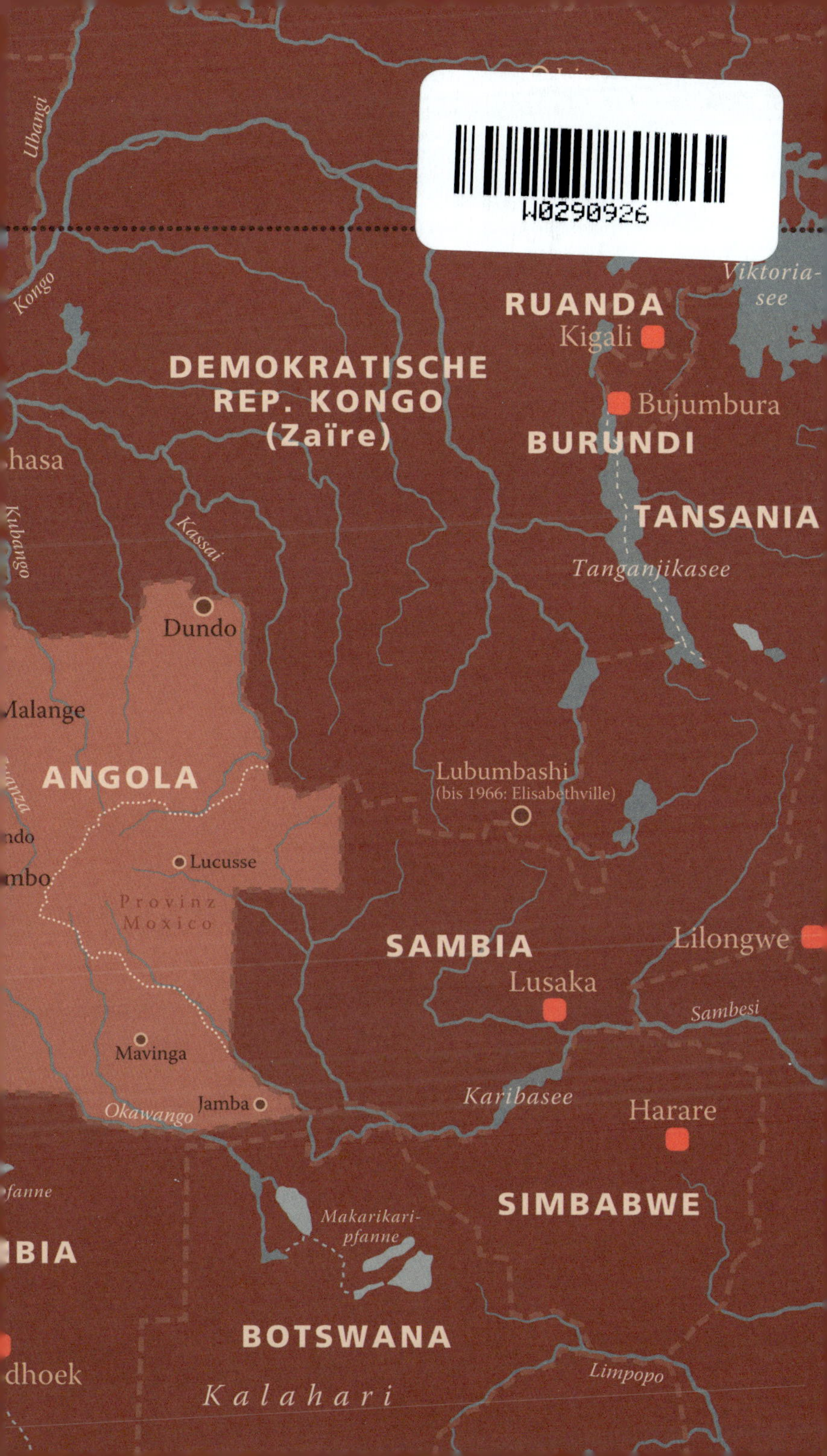

Ubangi
Kongo
RUANDA
Kigali
Viktoria-
see
DEMOKRATISCHE
REP. KONGO
(Zaïre)
Bujumbura
BURUNDI
hasa
Kubango
Kassai
TANSANIA
Tanganjikasee
Dundo
Malange
ANGOLA
Lubumbashi
(bis 1966: Elisabethville)
Lucusse
Provinz
Moxico
SAMBIA
Lilongwe
Lusaka
Sambesi
Mavinga
Jamba
Okawango
Karibasee
Harare
SIMBABWE
Makarikari-
pfanne
BOTSWANA
dhoek
Limpopo
Kalahari

José Eduardo Agualusa

Die Gesellschaft der unfreiwilligen Träumer

José Eduardo Agualusa

Die Gesellschaft der unfreiwilligen Träumer

Roman

Aus dem Portugiesischen
von Michael Kegler

C.H.Beck

Titel der portugiesischen Originalausgabe:
«A Sociedade dos Sonhadores Involuntários»
Erschienen bei Quetzal, Lissabon 2017

Mit 2 Karten (© Peter Palm, Berlin)

Umschlaggestaltung: Rothfos & Gabler, Hamburg
Umschlagabbildung: © shutterstock
Satz: Fotosatz Amann, Memmingen
Druck und Bindung: GGP Media GmbH, Pößneck
Gedruckt auf säurefreiem, alterungsbeständigem Papier
(hergestellt aus chlorfrei gebleichtem Zellstoff)
Printed in Germany
ISBN 978 3 406 73374 1

www.chbeck.de

Dieser und all meine Träume für Yara.

Für Patrícia Reis und Sidarta Ribeiro.

Für Laurinda Gouveia, Rosa Conde, Luaty Beirão, Domingos da Cruz, Nito Alves, Mbanza Hamza, José Hata, Samussuko Tchikunde, Inocêncio Brito, Sedrick de Carvalho, Albano Bingo, Fernando Matias, Nelson Dibango, Arante Kivuvu Lopes, Nuno Álvaro Dala, Benedito Jeremias, Osvaldo Caholo und alle jugendlichen Träumer Angolas.

«Das Seiende verursacht mir Asthma.»

E. M. CIORAN

«Vergessen wir nie,
dass Träumen ein Sich-Suchen ist.»

BERNARDO SOARES/
FERNANDO PESSOA

1

Ich wachte früh auf. Durch das schmale Fenster sah ich längliche, schwarze Vögel ziehen. Ich hatte von ihnen geträumt. Als wären sie nun aus dem Traum in den Himmel geflohen, ein feuchtes Blatt Seidenpapier, dunkelblau und mit bitteren, stockigen Rändern.

Ich stand auf und ging runter zum Strand, barfuß und in Unterhosen. Die ganze Gegend war menschenleer. Nur den Mann, der mich aus einem dunkelgrünen Schaukelstuhl heraus beobachtete, sah ich nicht, während die Sonne die Hügel erklomm. Gleich würde die Luft sich mit Licht füllen. Winzige Wellen kräuselten sich hintereinander zu zierlichen Schaumrändern. Hinter mir ragten die Klippen auf. Auf den Klippen erhoben sich wie stachelige Kathedralen Kakteen, und dahinter begann nun wie rasend der Himmel zu brennen.

Ich ging ins Wasser und schwamm, langsam, mit kräftigen Zügen. Es gibt Leute, die schwimmen aus reiner Freude, andere, um sich fit zu halten. Ich schwimme, um besser nachdenken zu können. Oft muss ich an einen Vers der mosambikanischen Dichterin Glória de Sant'Anna denken: «Im Wasser bin ich genau.»

Am Vortag war ich geschieden worden. Der Anruf hatte mich in der Redaktion des *O Pensamento Angolano* erreicht, als ich gerade an einem Interview arbeitete, das ich mit einem Piloten geführt hatte. Der Pilot, Domingos Perpétuo Nascimento, früher Militärflieger, in der Sowjetunion ausgebildet, hatte in Mavinga gekämpft und in dieser größten Schlacht auf afrikanischem Boden seit dem Zweiten Weltkrieg eine MiG-21 gesteuert. Später hatte ihn die Guerilla bei einem Überfall auf einen zivilen Konvoi zwischen Luanda und Benguela entführt, und er war zu ihnen übergelaufen. Nach dem Krieg war er zu einer angolanischen Luftfahrtgesellschaft gegangen. Vor ein paar Tagen hatte er auf der Flugzeugtoilette eine Tüte gefunden, mit einer Million Dollar darin, und zur Polizei gebracht. Eine gute Geschichte. Die Art von Geschichten, auf die ich mich spezialisiert habe. Ich war so vertieft in das Interview, dass ich das Telefon erst einmal klingeln ließ. Es hörte kurz auf und klingelte dann weiter. Schließlich nahm ich das Gespräch an. Ich erkannte Lucrécia sofort an der rauen Stimme und am Befehlston:

«Wo bist du?»

«In der Redaktion …»

«Und warum nicht im Gericht? Der Termin ist in fünfzehn Minuten.»

Ich wisse nichts von einem Termin, antwortete ich. Man hatte mir nichts gesagt. Lucrécias Stimme wurde um eine Spur lauter: «Sie haben dir eine Vorladung geschickt. Allerdings an die falsche Adresse. Ich habe das selbst erst vor Kurzem gemerkt. Ich hatte mir das falsch aufgeschrieben. Jedenfalls ist die Verhandlung in zehn Minuten.»

Lucrécia hatte ich einst auf einem Fest kennengelernt. Als ich sie sah, wusste ich, dass ich sie heiraten würde. Einem Freund schwärmte ich vor, wie perfekt sie sei, «schade nur, dass sie ihr Haar glättet». Die ganze Zeit über, die wir verheiratet waren, gelang es mir nie, sie zu überreden, ihre Locken einmal natürlich auf die Schultern fallen zu lassen. «Dann sehe ich aus wie ein Raubtier», sagte sie immer.

Im September 1992 kamen wir zusammen, zur Zeit der ersten Parlamentswahlen. Damals zog Euphorie durch die Straßen, Arm in Arm mit der Gewalt. Ich verbrachte die Zeit auf Kundgebungen, Feiern und mit Reisen ins Hinterland, endlosen Diskussionen in Kneipen, auf Terrassen und Hinterhöfen. Wer schlafen ging, wusste, Angola stand kurz vor dem Ende, und beim Aufwachen war man fest davon überzeugt, am Beginn eines endlosen Friedens zu stehen. Dann ging der Krieg wieder los, schlimmer als je zuvor, und wir heirateten. Ich leitete damals das Feuilleton des *Jornal de Angola*, schrieb Rezensionen, führte Interviews mit Schriftstellern, Musikern, Filmleuten. Meine Arbeit machte mir Spaß. Lucrécia hatte in London Innenarchitektur studiert und brauchte für ihre Tätigkeit nicht so viel Zeit.

Ihr Vater, Homero Dias da Cruz, war auf wundersame Weise zu Geld gekommen, am Ende des Einparteiensystems und der Zentralwirtschaft, als Begriffe wie «proletarischer Internationalismus» und «revolutionäre, demokratische Diktatur» noch in aller Munde waren und «Kapitalakkumulation» noch kein Euphemismus für Korruption.

Nach seinem Jurastudium 1973 im portugiesischen Coimbra war er gleich nach der Unabhängigkeit Direktor eines wichtigen Staatsunternehmens geworden, hatte 1990, schon reich und im Zentralkomitee der Partei, den staatlichen Sektor verlassen und eine Firma für Bergbauconsulting gegründet. Er ist ein harscher, kurz angebundener Mann, oft nicht sehr freundlich zu seinen Angestellten und Partnern, aber als Ehemann aufmerksam und ein zärtlicher Vater. Bis heute besteht er darauf, sich um seine Kinder zu kümmern, die alle schon weit über vierzig sind. Uns schenkte er damals eine Wohnung in Maianga, wo es uns gut ging. Der Krieg konnte uns wenig anhaben.

Lucrécia wurde schwanger, an einem herrlichen, sonnigen Märzmorgen kam unsere Tochter in einer Londoner Privatklinik auf die Welt, und wir nannten sie Lúcia. Sie wurde ein fröhliches, gesundes Kind, das schon früh eine glühende Leidenschaft für Singvögel entwickelte, wie sie Homero in seinem Garten in einer riesigen Voliere hielt: Dutzende Fliegenschnäpper, Schmetterlingsfinken, Diamantpfäffchen, Prachtfinken und Kanarienvögel in lärmendem Durcheinander. Stundenlang klammerte Lúcia sich an die Gitter des Käfigs und versuchte, sich mit den Vögeln zu unterhalten. Noch bevor sie ein Wort sprechen konnte, beherrschte sie schon den Gesang eines jeden Einzelnen. Ich glaubte jahrelang, dass mein Vater sie deswegen scherzhaft Karinguiri genannt hatte, nach einem Singvogel aus Benguela. Ihr Spitzname blieb es jedenfalls.

Die Probleme zwischen mir und Lucrécia begannen erst, als ich anfing, als Korrespondent einer portugiesischen Zeitung auch über Politik und Gesellschaft zu schreiben. Nicht, dass sie etwas dagegen gehabt hätte, sie interessierte sich nicht für Politik. Es war Homero, dem es nicht gefiel.

«Man wäscht seine schmutzige Wäsche zu Hause», erklärte er mir. «Es gefällt mir nicht, dass du in einer Zeitung im Ausland schlecht über dein Land redest.»

Ich versuchte, ihm klarzumachen, dass Land und Regierung nicht eins seien und die Regierung zu kritisieren gewiss keine Missachtung Angolas und der Angolaner, im Gegenteil, ich kritisierte die Regierung, weil ich von einem besseren Land träumte. Doch Homero wischte meine Ausführungen ärgerlich weg: «Du hast es nicht nötig, für diese Zeitung zu schreiben. Was zahlen sie?»

«Tausend Dollar im Monat.»

«Tausend Dollar? Eintausend? Das alles für läppische eintausend Dollar? Ich gebe dir zehntausend, und du hörst auf damit. Ihr habt ein Kind. Du musst dich um deine Familie kümmern.»

Ich schaute ihn entgeistert an und lehnte sein Angebot ab. Ein paar Tage später rief mich João Aquilino in sein Büro, der Direktor des *Jornal de Angola*, dem klar war, dass jeder in der Redaktion ihn verachtete. Sein Spitzname war Maulwurf, was genau auf ihn passte: ein schmächtiger Typ, leicht gebeugt und mit kleinen, zusammengekniffenen Augen, an dessen schmieriger, derber Erscheinung auch der teuerste Anzug nichts ändern konnte. Er war Direktor nicht wegen journalistischer Qualitäten geworden, denn er besaß keine, sondern aufgrund seiner Vergangenheit als beflissener Parteigänger. Und der erklärte mir nun mit seiner säuselnden Stimme, dass meine Tätigkeit für ein ausländisches Organ ein Verstoß gegen die Regeln des Hauses sei. Die Zeitung bestehe auf Exklusivität, also dürfe ich entweder nicht mehr für die Portugiesen schreiben, oder er sei gezwungen, mich zu entlassen. Als ich ihn darauf hinwies, dass etliche andere Journalisten, sogar der Chefredakteur, ebenfalls für Blätter im Ausland schrieben und die Zeitung, wenn sie etwas dagegen habe, nur besser bezahlen müsse, erhob er sich, ging mit hinter dem Rücken verschränkten Armen um seinen Schreibtisch herum, baute sich vor mir auf, stellte sich auf die Zehenspitzen und sagte: «Wissen Sie, warum Sie nicht längst schon entlassen sind? Allein aus Respekt vor ihrem Herrn Schwiegervater. Ihre Unverschämtheit bin ich leid. Was glauben Sie eigentlich, wer Sie sind? Sie halten sich wohl für was Besseres, nur weil Sie im Ausland studiert und ein paar Bücher auf Englisch gelesen haben. Ich warne Sie: Noch ein einziger Text in irgendeiner Zeitung der Kolonialmacht, und Sie fliegen raus.»

Ich trat zwei Schritte zurück, drehte mich um, wollte gehen, doch als ich bereits an der Tür war, überkam mich der Benchimol-Dämon, wie ich ihn nenne. Ich schloss die Tür wieder, ging mit ausgestrecktem Zeigefinger auf den Maulwurf zu und sagte: «Und das ist Ihnen nicht einmal peinlich?»

Der arme Mann sprang erschrocken zurück: «Bitte?»

«Sie sind doch nicht einmal Journalist! Sie sind ein Gedankenspitzel, ein politischer Kommissar in den Diensten der Diktatur!»

«Und Sie sind entlassen! Gefeuert! Packen Sie Ihre Sachen und gehen Sie!»

Unter dem Beifall der halben Redaktion (die andere Hälfte tat so, als hätte sie nichts mitbekommen) ging ich. Als ich am Abend Lucrécia davon erzählte, gab es Streit. Noch wütender war aber mein Schwiegervater. Er rief mich an und erklärte mir außer sich, mein Verhalten sei eine Schande für die gesamte Familie. Zwei Wochen später stand er bei einem Familienessen aus seinem Sessel am Kopfende des Tisches auf und brüllte: «Ich habe es satt, deine Artikel in dieser portugiesischen Zeitung zu lesen, in denen du gegen Angola und die Angolaner hetzt und unser Land in den Dreck ziehst. Ich werde das Schmierenblatt kaufen, und du wirst dort keine einzige Zeile mehr schreiben!»

Ein Cousin von Lucrécia, der in Lissabon aufgewachsen und erst nach der Uni zurück nach Angola gekommen war, wollte mir beispringen: «Beruhige dich, Onkel. Daniel darf doch schreiben, was er will, genauso wie du das Recht hast, dich darüber zu ärgern. Wir leben in einer Demokratie, und in einer Demokratie ist es gut, wenn es unterschiedliche Ansichten gibt.»

«Und du halt die Klappe!», befahl Homero. «Du bist noch nicht einmal richtig hier und schon redest du von Demokratie? Gott hat die Löwen erschaffen und die Gazellen, und er hat die Gazellen erschaffen, damit sie vom Löwen gefressen werden. Selbst Gott ist kein Demokrat.»

Bleiernes Schweigen legte sich über die Tischrunde. Ich stand auf und ging. Zwei Wochen später wurde die portugiesische Zeitung gekauft, niemand wusste, von wem, und der Chefredakteur rief mich an und erklärte, es täte ihm leid, dass er mich jetzt nicht mehr beschäftigen könne.

«Wir sind jetzt im Besitz einer angolanischen Firma. Ich darf dir nicht sagen, von wem. Sie haben sich verpflichtet, sich nicht in die Redaktionsarbeit einzumischen, nur deinen Kopf haben sie verlangt. Versuche uns zu verstehen, bitte. Ich habe Familie, ich darf meine Anstellung nicht riskieren.»

Lucrécia stellte sich auf die Seite ihres Vaters. Und ich war der Feind.

«Du magst meine Familie nicht», sagte sie. «Und du gibst dir auch nicht die geringste Mühe, dich zu integrieren. Wer meine Familie nicht mag, mag auch mich nicht.»

Ich telefonierte mit allen möglichen Zeitungen und Zeitschriften in Luanda und fragte nach Arbeit, aber es gab keine. Also blieb ich zu Hause, las Bücher und surfte im Internet, schaute mir Filme im Fernsehen an und spielte mit meiner kleinen Tochter. Wenn Lucrécia von der Arbeit nach Hause kam, fing der Streit an. Es waren schreckliche Monate. Oft wachte ich weinend auf. Ich nahm endlose Tauchbäder in schlammigem Wasser, und es war, als würde ich in meiner eigenen Nacht untergehen. Eines Abends schaute mein Freund Armando Carlos herein und rettete mich, riss mich aus meiner Lethargie: «Zieh dich an. Pack deine Koffer und komm.»

«Wohin denn?»

«Zu mir. Hier kannst du nicht länger bleiben.»

Armando Carlos lebte direkt gegenüber auf der anderen Straßenseite. Die Wohnung im vierten Stock eines verfallenen Hauses hatte er vor drei Jahren von einer Tante geerbt, die kinderlos und unverheiratet gestorben war. Der Fußboden aus abgetretenen Dielen war locker, und einige Bretter hätten längst ausgetauscht werden müssen. Von den Wänden blätterte die Farbe ab, wobei das Limonengrün der obersten Schicht gut zu dem verblassten Gelb passte, das darunter zum Vorschein kam. Der Gesamteindruck war nicht der von Verfall, sondern eher der einer ermatteten Pracht, sicher auch wegen des herrlichen Lichts, das sich ungehindert durch riesige Fenster ohne Vorhänge über die Wände verbreitete. Es gab ein großes Wohnzimmer, eine Küche und drei Schlafzimmer, zwei davon mit eigenem Bad. Wahrscheinlich erschien mir die Wohnung auch deshalb so riesig, weil es keinerlei Möbel gab. So gut wie nichts außer drei Matratzen, eine in jedem Zimmer, und ein paar Büchern.

«Die Möbel habe ich alle verschenkt. Auch die Platten und Bücher. Und fast alle Kleidung», erklärte Armando, als er mich durch die Wohnung führte. «Zwei Hemden habe ich noch, zwei Hosen, zwei Paar Socken, zwei Unterhosen und ein Paar Schuhe. Mehr brauche ich nicht. Besitz frisst zu viel Energie. All das zusammenzuhalten, was man besitzt, braucht nur unnötig Kraft, nutzt die Seele ab und zerstört sie. Einfach genießen ist besser. Ich will nicht das Segelboot, ich will reisen; ich will nur das Lied, nicht die Schallplatte. Kannst du mir folgen?»

Über so viel Begeisterung musste ich lachen: «Ich glaube schon. Ich verstehe.»

«Ich leide geradezu an dem Drang, nichts zu haben. Mein größter Wunsch ist, immer weniger zu besitzen. Wer nichts mehr hat, hat für alles, was wichtig ist, umso mehr Zeit.»

«Ist das Buddhismus?»

«Nein. Faulheit.»

«Faulheit? Mir kommt es sehr mühselig vor, gerade in einem Land, in dem alle doch immer nur mehr haben wollen.»

Armando überlegte kurz: «Das mag sein. Aber ich bin nicht nur faul, sondern auch ehrgeizig. Wenn ich unbedingt nichts mehr haben will, tue ich alles dafür.»

Seine Dreadlocks waren damals noch nicht so weiß, wie sie heute sind, sondern unter die schwarzen mischten sich nur einzelne graue Strähnen zu einem silbernen Ganzen, was im Kontrast zu seiner schimmernden dunklen Haut sehr gut aussah. Wir gingen in die Küche, den einzigen möblierten Raum in der Wohnung, und er machte uns Rührei mit Käse und Schinken.

«Ich weiß nicht, wo mir der Kopf stand, als ich mich in diese Frau verliebt habe», gestand ich nach dem dritten Bier.

Armando lachte: «Verliebtheit ist ein Moment der Verwirrung. Wer aus Liebe heiratet, sollte für unzurechnungsfähig und die Ehe damit für ungültig erklärt werden.»

«Kein schlechter Gedanke», gestand ich.

«Man sollte Leuten das Heiraten ausschließlich im Vollbesitz ihrer geistigen Kräfte erlauben. Man darf ja auch nicht betrunken fahren. Heiraten dagegen schon. Oder verliebt, was dasselbe ist. Eine Ehe ist auch nicht viel anders als Autofahren. Einmal nicht aufgepasst, und schon gibt es Verletzte, und am gefährdetsten sind die Kinder. Mit klarem Kopf würden die Leute nur aus Vernunftgründen heiraten wie meine Eltern.»

«Deine Eltern haben nur aus Vernunftgründen geheiratet?»

«Selbstverständlich. Und sie sind bis heute zusammen.»

Ich blieb jahrelang bei Armando wohnen, schrieb Theaterstücke und verdingte mich als technischer Übersetzer für alle möglichen Unternehmen. Armando ist Schauspieler. Er leitet eine kleine, sehr engagierte Theatergruppe namens Mukishi, die von Institutionen aus dem Norden unterstützt wird und zu Themen wie Menschenrechte oder Gesundheit arbeitet. Viel Geld war nur selten im Haus. Aber nachdem ich die Philosophie meines Freundes angenommen hatte, merkte ich, dass ich tatsächlich mit so gut wie nichts leben und trotzdem zufrieden sein konnte. Ich glaube, ich war nie so glücklich wie damals. Die Zeit verging. Vor drei oder vier Jahren bekam ich dann eine Stelle als Redakteur einer Onlinezeitung, ein unabhängiges Projekt, das mir Spaß machte. Ich mietete mir eine Wohnung in Talatona, kaufte mir eine Katze, die ich Baltazar nannte, und begann wieder ein einigermaßen geregeltes Leben. Und da kam Lucrécias Anruf. Sie hatte eine neue Beziehung mit einem Unternehmer begonnen, den ich noch von der Schule kannte, und wollte nun wieder heiraten. Also bat sie mich um die Scheidung. Ich willigte ein. Trotzdem und aus Gründen, die ich nicht verstehen konnte, ging sie damit vor Gericht.

Sie hatte angerufen und mich zur Verhandlung zitiert. Als ich dort war, hatte sie einen Rechtsanwalt dabei, der manchmal zum Essen bei ihrem Vater gewesen war.

«Hast du keinen Anwalt?», fragte sie mich.

Sie wusste genau, dass ich keinen hatte.

Dann war ich geschieden und pleite und ging nicht mehr zurück in die Redaktion, sondern setzte mich in mein Auto und fuhr nach Cabo Ledo. Unterwegs nahm mir ein Kleinbus die Vorfahrt, kam direkt auf mich zu, instinktiv riss ich das Lenkrad herum, der Kleinbus holperte über den Bürgersteig und knallte frontal gegen einen riesigen Kaktus. Ich hielt an und stieg aus, um zu sehen, ob jemand verletzt war, zum Glück war nichts weiter passiert, nur die Fahrgäste brüllten den Fahrer an. Ich fuhr weiter. Nach einer Stunde nahm ich den Fuß vom Gas, bog links in einen Sandweg ein und parkte schließlich im Schatten eines Mangobaums. Am Strand aufgereiht standen sieben Bungalows mit Palmdach, jeder in einer andern Farbe: Rot, orange, gelb, grün, blau, indigo, violett. An einem der Bungalows hing ein Schild mit der Aufschrift ‹Hotel Arco-Íris› – Hotel Regenbogen. Das war die Rezeption. Ich trat ein, grüßte den Inhaber, einen sehr mageren Typen mit eingefallenem Gesicht, schütteren, wirren Haaren und lebhaften Rabenaugen und fragte nach einem Zimmer für eine Nacht. Ich war nicht das erste Mal dort, kannte den Inhaber schon, jedenfalls seinen Namen, Hossi Apolónio Kaley, aber wir hatten noch nie mehr als zwei oder drei Worte miteinander gewechselt. Hossi kratzte sich mit seinen schmutzigen Fingernägeln über den rauen Bart: «Haben Sie kein Gepäck?»

Ich überhörte die Frage, nahm ihm den Schlüssel ab und ging zum blauen Bungalow, der so hässlich und eng war wie die anderen. Innen drängten sich ein Eisenbett, ein Stuhl, ein Fernseher und eine Minibar. Ich öffnete sie. Sie war leer. Der Fernseher ließ sich nicht einschalten. Dann zog ich mein Hemd aus, legte es sorgsam über einen Stuhl, zog die Schuhe und die Socken aus, die Hose, legte mich aufs Bett und schlief ein.

«Eine Frau ist ein Weg für sich», fiel mir beim Schwimmen ein, als hörte ich es jemand anderen sagen. Dieser andere machte kurz Pause und fuhr fort: «In jeder Frau steckt der Anbeginn einer Welt.»

«Von wegen Anbeginn. Höchstens der Teufel!», erwiderte ich der Person, die aus mir sprach. «Jede Frau ist eine Falle. Das schon eher.»

Schimpfen, und sei es nur in Gedanken und beim Schwimmen, erleichtert die Seele. Ich sah rechts neben mir etwas im Wasser treiben. Ein Fotoapparat, wasserdicht, gelb wie eine Mango. Meine erste, wütende Reaktion war, ihn weit wegzuschleudern. Die Zerstörung der Meere ärgert mich und macht mich traurig. Ich war einmal zwei Monate auf der *Rainbow Warrior* (damals war ich vierundzwanzig), kurz bevor das Schiff in Neuseeland im Hafen von Auckland vom französischen Geheimdienst versenkt wurde. Ein Freund von mir, der portugiesische Fotograf Fernando Fernandes, kam damals bei diesem Terroranschlag ums Leben. Das hat mich sehr mitgenommen, und ich gab den Aktivismus im Umweltschutz auf, nicht aber meine Ideale.

Vielleicht funktionierte die Kamera ja noch. Und ich könnte sie wenigstens aus dem Wasser holen. Also hängte ich sie mir ans rechte Handgelenk, immerhin hatte sie eine Schlaufe, und schwamm weiter, nun aber zurück zum Strand. Am Abend nahm ich aus Neugier die Speicherkarte heraus, steckte sie in meinen Computer und lud mir die Fotos herunter. Was ich sah, jagte mir einen Schrecken ein. Es war unmöglich, doch es war da. Bis um vier Uhr morgens sah ich mir jedes einzelne Bild ganz genau an, völlig im Bann dieser plötzlichen Offenbarung, die mich auf so besondere Weise erreicht hatte, dachte darüber nach, was das alles wohl zu bedeuten hatte, und grübelte über die Rätsel der Meeresströmungen und des eigenen Schicksals nach.

2

Man stelle sich ein Amphitheater vor. Ein Raum, der abschüssig auf eine Bühne aus dunklem, gebohnertem Holz zuläuft, rechts und links ein schwerer tiefroter Vorhang. Eine Frau am Klavier, nackt, um sie herum flattern Wellensittiche.

Ich sitze, ebenfalls völlig nackt, in einer der hinteren Reihen ganz oben, und in meinen Augen sind Tränen, während ich dem Konzert lausche. Ich kenne die Pianistin nicht, aber ich weiß alles über sie. Ein alter Mann links von mir in einer strahlenden Admiralsuniform flüstert: «Diese Frau ist ein Schwindel!»

Ich muss mich beherrschen, um ihn nicht zu schlagen. In meinem ganzen Leben habe ich nie so eine schöne Musik gehört. Und ich empfinde eine tiefe Bewunderung für die Frau. Ich weiß, dass sie im Gefängnis war, gefoltert worden ist, einen Tumor und einen grausamen, gewalttätigen Ehemann überlebt hat, der ihr die musikalische Laufbahn verbieten wollte. Erst als sie Witwe wird, beginnt sie, wieder Klavier zu spielen, gründet eine neuheidnische Kirche für Frauen, den ‹Culto da Deusa›, und lässt sich bei ihren Auftritten von Tieren begleiten, von Wellensittichen wie jetzt, aber auch von Hunden oder sogar Wölfen. Manchmal schießt sie zum Entsetzen der Veranstalter aus einer geladenen Pistole scharf in die Luft.

Ein Traum. Der, aus dem ich erwacht war, an dem Tag,

als ich geschieden wurde. Teile daraus fielen mir wieder ein, als ich am Morgen danach mit der Kamera am Handgelenk zurück zum Strand schwamm. Die dunkle Bühne, die nackte Frau, ihre schlaffen, faltigen Brüste. Ich träume nicht selten von Leuten, die ich nicht kenne. Manchmal ihr ganzes Leben, von der Geburt bis zum Tod. Nach dem Konzert ging ich zur Bühne hinab, um mich der Frau vorzustellen. Sie umarmte mich zärtlich. Und sagte: «Es geht alles vorbei, lieber Freund. Mit der Zeit legt sich Rost über alles. Alles, was glänzt, alles, was heute noch Flamme ist, wird zu Asche und vergeht.»

«Aber es ist doch schon alles fast Asche», hatte ich ihr geantwortet. «Man hat meine Vergangenheit angezündet.»

Beim Aufwachen hatte dieser Dialog keinerlei Sinn ergeben, später, nachdem ich bei Gericht gewesen war und es Abend wurde, durchaus. Manchmal träume ich Verse. Oder Interviews. Jonas Savimbi, der Anführer der Guerillabewegung UNITA, ist mir viermal begegnet. Zweimal in wachem Zustand und zweimal im Traum. Muammar al-Gaddafi habe ich nur einmal im Traum interviewt. Er erzählte mir von seinen entsetzlichen letzten Tagen, wie er in verlassenen Häusern hatte übernachten müssen auf der Flucht vor seinen Verfolgern und bei dem Versuch, sich zu seinem Geburtsort durchzuschlagen. Wie seine Kolonne von Flugzeugen bombardiert worden war und er sich aus seinem Fahrzeug in ein Abwasserrohr hatte flüchten müssen. Als ich ihn interviewte, steckte er in diesem Abwasserrohr, eng an die Zementwand gepresst, in einem Kakihemd, auf dem Kopf eine schwarze Mütze. Als ich aufwachte, schaltete ich den Fernseher ein, und da war er, ohne die Mütze, mit zerzaustem Haar, übernächtigt und mit blutüberströmtem Gesicht, und versuchte sich mit matten Bewegungen gegen die Schläge seiner Verfolger zu wehren. «Gott ist groß! Gott ist groß!», schrien die Mörder. Er tat mir leid. Und Gott erst recht.

Bei den Interviews, die ich im Traum geführt habe, waren die Interviewten oft wirklicher und vor allem geistreicher als im Wachzustand. Andere dagegen sprachen in seltsamen Sprachen, die ich nur bruchstückhaft erraten konnte. Julio Cortázar zum Beispiel, ein Schriftsteller, mit dem ich mich nicht einmal besonders auskenne, erschien mir in Gestalt einer riesigen, sehr alten Zeder mit knorrigem Stamm und gekräuselten Nadeln. Auf meine Fragen antwortete er, indem er die Wolken am Himmel umherschob. Sie waren eine Art Alphabet und der Himmel für ihn eine leere Seite. Ich erinnere mich noch gut an diesen Traum, weil in Cortázars Schatten, in einem Korbstuhl, sehr gerade und abwesend, die Frau mit den Haaren wie Zuckerwatte gesessen hatte. Die Frau mit den Haaren wie Zuckerwatte erschien mir im Traum regelmäßig. Eine sehr große Frau, elegant und in Tücher gekleidet wie unsere Bessanganas. Ihr Gesicht länglich, kantig, aufsehenerregend, nicht unbedingt schön, und die Haare eine kupferfarbene, weich überbordende Mähne. Als Cortázar endlich die Wolken in Ruhe ließ, sagte die Frau mit den Haaren wie Zuckerwatte:

«Ich kannte mal einen Mann, der vom Meer geträumt wurde.»

3

«31. Mai 2016
Ich sitze gern früh auf der Veranda vor meinem Bungalow und warte darauf, dass die Sonne aufgeht. Auch heute saß ich dort ganz unbekümmert, als ich auf einmal Daniel Benchimol an den Strand kommen sah, nur in Unterhose. Ich wunderte mich, dass er sich so in aller Öffentlichkeit zeigte, auch wenn sonst niemand am Strand war.

Er ging ins Wasser und schwamm hinaus. Immer zielstrebig geradeaus, als wollte er nie mehr zurückkommen. Ich überlegte mir, dass er in dieser Geschwindigkeit immer geradeaus schwimmend in weniger als einhundert Tagen in Recife, Brasilien, ankommen würde.

Er war schon siebenmal hier im Hotel. Immer allein. Als ich ihn heute, am Dienstag, hier ankommen sah, wunderte ich mich, weil er kein Gepäck dabeihatte, nur eine schmale Tasche. Wochentags, wenn keine Ferien sind, kommen nur selten Gäste. Er nahm wortlos die Schlüssel, sagte nicht einmal Danke, dabei ist er sonst immer so höflich. Distanziert, aber höflich. Irgendwas muss ihm die Laune verdorben haben.

Ich interessiere mich immer für meine Gäste. Zum Beispiel mag ich Tolentino, den alten Portugiesen mit seinen grauen Haaren, dem weißen Bart, der noch gut in Form ist, stramm und wirklich sympathisch. Jeden Monat hat er eine neue Freundin, trippelt heran wie ein Sambatänzer und flüstert mir zu: ‹Die Liebe meines Lebens›, und die junge Frau in seinem Arm lächelt verlegen. Sie sind immer sehr jung und sehr groß und sehr schlank und geschmeidig.

Oft kommt auch ein früherer Minister mit seiner Ehefrau, beide sehr dick, beide sehr überheblich. Sie beschweren sich, weil kein Klopapier da ist, weil die Klimaanlage nicht funktioniert, weil Moskitos im Zimmer sind, weil das Fleisch zäh ist. Der Koch spuckt ihnen gern in die Suppe, und ich tue so, als bemerke ich das nicht, und ich muss gestehen, dass ich selbst manchmal Lust dazu hätte. Ich muss gestehen, dass ich es schon getan habe.

Sehr gern mag ich das junge Paar, er fast schwarz, sie nicht ganz weiß, die aussehen wie aus einem Spielfilm der Fünfzigerjahre. Er ist stets gut gekleidet, manchmal in Jackett und Krawatte, sie trägt weite Röcke und fröhlich gemusterte Blusen.

Ich stelle Nachforschungen über alle an. Ein Laster, das mir von früher geblieben ist. Tolentino de Castro ist Rechtsanwalt, in den Sechzigerjahren nach Angola gekommen und hat zuerst in Benguela gelebt, dann in Luanda. Dort befreundete er sich mit dem Komponisten Liceu Vieira Dias und anderen wichtigen Leuten aus dem Kulturleben der Stadt und der Unabhängigkeitsbewegung. Nach der Unabhängigkeit arbeitete er viele Jahre lang als Berater im Justizministerium und hat nun seine eigene Kanzlei. Heute vertritt er einige der größten Vermögen im Land. Er selbst ist reich, aber bescheiden geblieben. Einen Gutteil seiner Einnahmen steckt er in eine Stiftung für Straßenkinder. Sogar auf Bäume erstreckt sich seine Wohltätigkeit.

Seit etwa zehn Jahren kauft er Baobabs, die in Gefahr sind. Natürlich nicht die Bäume selbst, sondern die Grundstücke, auf denen sie stehen und auf denen ihre Besitzer bauen wollen. Mittlerweile besitzt er zwei Dutzend oder mehr kleine Parzellen zwischen abscheulichen Hochhäusern und hohen Mauern. Und darauf immer Baobabs. Einmal zeigte er mir einen dieser Bäume, ein riesiges Exemplar, den man schon zu fällen begonnen hatte, als er ihn rettete. Erst gab er den Arbeitern Geld, damit sie die Maschinen abstellten, dann ging er den Besitzer des Grundstücks suchen. In die Kerbe, die bereits in den Stamm geschlagen war, passt ein ganzer Mensch. Tolentino streckte sich darin aus, um es mir vorzuführen. ‹Manchmal komme ich abends hierher›, sagte er, ‹und lege mich hinein, um zu schlafen.›

Ich fragte, warum er das tue.

‹Warum ich in einem Baobab schlafe?›

‹Nein, warum Sie so viel Geld für die Rettung von Baobabs ausgeben. Es sind doch nur Bäume.›

Tolentino stieg aus seinem Baum heraus, klopfte sich die Kleidung ab und schaute den Baobab zärtlich an. ‹Sehen Sie ihn sich doch an. Ist er nicht wunderschön?›

Tolentino gibt auch viel Geld für seine Geliebten aus. Das immerhin scheint mir eine sinnvolle Verschwendung zu sein.

Der ehemalige Minister heißt Nzuzi Sincero de Maia, geboren in Pointe-Noire in Kongo und zu Kolonialzeiten Krankenpfleger. Weil Agostinho Neto ihn mochte, wurde er Fischereiminister und später Botschafter in Äthiopien. Er ist Diabetiker, impotent und hat wohl nicht mehr sehr lange zu leben. Das weiß ich von seinem Arzt.

Die Geschichte des eleganten Paars ist kurioser. Melquesideque ist in Luanda geboren, musste aber schon bald auf dem Arm seiner Großmutter aus Angola fliehen, weil seine Eltern 1977 als angeblich an einem Staatsstreich Beteiligte erschossen wurden. Er wuchs in Lissabon auf, ging dann zum Medizinstudium nach London, wo er seine Frau Tukaiana kennenlernte, die dort eine Ausbildung als Fotografin beendete. Sie verliebten sich und waren sofort unzertrennlich. Eines Abends, als er zu ihr in die Wohnung kam, saß sie da an ein Kissen geklammert, in Tränen aufgelöst. ‹Verschwinde!›, brüllte sie ihm entgegen.

Er ging auf sie zu, um sie zu trösten: ‹Was ist denn?›

‹Das kann ich dir niemals erzählen. Du wirst mich nie wiedersehen wollen.›

Und dann erzählte sie es doch: Sie hatte gerade erfahren, dass ihr Vater, ein heiterer, freundlicher, allseits beliebter Mann und Besitzer von kleinen Hotels überall in Angola, der Folterer und Mörder von Melquesideques Mutter gewesen war. Vor den Augen ihres Mannes, den er anschließend erschossen hatte. Das hatte ihr eine Cousine erzählt, hatte sich mit ernstem Gesicht zu ihr an den Küchentisch gesetzt und gesagt: ‹Es gibt etwas, das du über deinen Vater erfahren musst›, und dann hatte sie zu erzählen begonnen. João da Gruta, Tukaianas Vater, war nach der Unabhängigkeit einer der Gründer der politischen Polizei gewesen. Damals war er ein großer, schlanker, junger Mann mit einem arabisch anmutenden, schmalen Gesicht und schwarzen, sehr dichten Bartstoppeln, was ihm den Spitznamen Christus von Ingombota einbrachte.

An diesen Christus kann ich mich noch gut erinnern.

Persönlich bin ich ihm nie begegnet, kenne ihn nur von Fotos, aber ich weiß noch genau, welches Entsetzen allein die Erwähnung des Namens auslöste. ‹Der hier ist bei Christus gewesen›, hieß es damals, und alle traten zur Seite und schauten zu Boden, wenn der Betreffende kam, denn er war in der Hölle gewesen und nun wieder da, also kein Mensch mehr, sondern nur noch eine Art düsterer Schatten, der, aufgescheucht, manchmal noch lächelte und nur manchmal noch lachte wie einer von uns.

Melquesideque hatte sich das schweigend angehört, war aufgestanden und – ohne die Tür hinter sich zuzuziehen – aus der Wohnung gegangen. Zwei Wochen lang hörte Tukaiana nichts mehr von ihm. Dann saß er eines Morgens vor ihrer Wohnung im Treppenhaus. Er kam ihr zerbrechlich vor und zugleich sehr gereift. Er stand auf, streckte ihr einen Strauß Rosen entgegen und bat sie, ihn zu heiraten.

Auf Daniel war ich schon beim ersten Mal neugierig geworden. Erst als er sich als Journalist in das Anmeldeformular eintrug, brachte ich seine Person mit dem Namen zusammen. Ich dachte sofort an die Reportage vom mysteriösen Verschwinden einer Boeing 727 vom Flughafen in Luanda. Benchimol hat sich auf Verschwundenes spezialisiert, Leute, manchmal recht prominente, deren Spur sich zu Zeiten des Krieges verloren hatte, Regierungsgelder, die sich in Luft auflösten, entführte ausländische Geschäftsleute und solche Sachen. Bei der Regierung ist er nicht sehr beliebt.

Er wurde 1960 in Huambo geboren. Sein Vater, Ernesto Benchimol, war Angestellter der Eisenbahngesellschaft von Benguela und in Angola und Portugal sogar mal ein bekannter Fußballspieler gewesen. Sogar eine Saison für Benfica. Nach seiner Fußballkarriere war er ein leidenschaftlicher Jäger, Angler, Sportschütze und Schwimmer geworden und gab jahrelang nach Feierabend Schwimmunterricht im Becken des Eisenbahner-Sportvereins. Daniel ist der jüngste von drei Brüdern. Alle drei waren wie ich auf der Monte-Olimpo-Schule, aber ich kann mich nicht mehr an sie erinnern. Samuel und Júlio waren sehr gute Schwimmer, wie es sich ihr Vater erträumt hatte. Daniel dagegen hatte nie auch nur das geringste Talent für den Sport an den Tag gelegt und für die Jagd sowieso nicht. Das weiß ich von Vasco Vai-com-Deus, der jahrzehntelang Hausmeister im Eisenbahner-Sportverein gewesen war und nun weit über neunzig sein müsste. Er ist fast blind und bewegt sich nur noch mit einem Rollator meterweise voran. Seit einer Kehlkopfoperation hat er ein Loch im Hals und verständigt sich mithilfe eines Apparats, eine Art Verstärker, den er beim Reden gegen das Loch hält. Seine Robocop-Stimme belustigt die Kinder und gruselt Erwachsene. Nach siebzig Jahren Alkohol- und Zigarettenmissbrauch ist sein Körper kaum noch zu gebrauchen, aber sein Geist scheint noch mehr als lebendig zu sein. Als ich Daniel erwähnte, lächelte er: ‹Der Junge ist keinen einzigen Meter geschwommen›, erklärte er mir mit seiner metallischen Stimme. ‹Ich weiß noch sehr gut, wie er abends immer in einer Ecke des Schwimmbeckens hing, dürr und vor Kälte schlotternd. Er war eine Schande für die gesamte Familie.›

Als ich ihm erzählte, ich hätte Daniel schwimmen gesehen, und das sogar sehr gut, hatte der Alte gelächelt. Fast glücklich: ‹Tatsächlich? Mag sein. Dann wird es ihm das Meer beigebracht haben.›

Ich war damals in Huambo zu Besuch bei entfernten Cousins. Plötzlich legte mir Vasco Vai-com-Deus seine dürre, knochige linke Hand auf den Oberschenkel und drückte mit der rechten das Mikrofon gegen sein Loch im Hals: ‹Kennen Sie schon das mit dem Löwen? Die Geschichte von dem Burschen da, der bei Ihnen wohnt, und dem Löwenbaby?›, fragte er.

Als ich verneinte, bat er mich, ihm eine Zigarette zu geben. Ich versuchte, es nicht zu tun: ‹Sie dürfen nicht rauchen, Ihre Frau hat mich schon gewarnt, dass Sie mich darum bitten würden. Sie hat mir verboten, Ihnen Zigaretten zu geben.›

‹Los, machen Sie schon, geben Sie mir eine Zigarette!›

Ich schaute mich rasch um, ob die Frau uns vielleicht gerade nicht sah. Sie war jung, vielleicht fünfunddreißig, wenn überhaupt, und hatte mir im Morgenmantel die Tür aufgemacht und sofort mit Hinweis auf den Gesundheitszustand ihres Mannes den Zeigefinger in den Brustkorb gerammt: ‹Der alte Sack darf auf keinen Fall rauchen!›

Ich nahm aus der Schachtel in meiner Tasche eine Zigarette heraus, steckte sie an, und mit einer unglaublich flinken Bewegung riss sie der Alte mir aus den Fingern und steckte sie sich in das Loch im Hals. Ich sah ihn den Rauch einsaugen im Abendlicht, das sich mit der Wucht eines Unwetters gegen die Eukalyptusbäume warf. Wir saßen im Garten hinter seinem kleinen Haus, ein paar Meter weiter war früher einmal eine Mauer gewesen, deren Überreste noch zu erkennen waren, ein Haufen Backsteine im tiefgrünen Gras. Aber nun ging der Garten bis weit in den Busch hinein, bis zu einem Eukalyptuswäldchen.

‹Das war kurz vor oder nach der Unabhängigkeit.› Dann hustete und röchelte Vasco Vai-com-Deus erst einmal lang. Er drückte seine Zigarette am Lehmboden aus und fuhr dann erst fort: ‹Mein Bruder Hermínio war damals im zoologischen Garten beschäftigt. Die Familie des Jungen, wie hieß der Vater noch einmal?›

‹Ernesto. Ernesto Benchimol.›

‹Genau. Der Ernesto. Die Familie Benchimol wohnte ganz in der Nähe, zwei Schritte vom Zoo entfernt.›

Am nächsten Tag ging ich gleich diesen Zoo suchen, oder was davon noch zu sehen war. Ich streifte allein durch das Dickicht und stieß auch auf den Löwenkäfig, der fast noch intakt war, nur dass die Wände von Kugeln durchlöchert und der Zementboden voller Risse waren. Hinter den Gittern saß ein Junge in orangefarbenen, kurzen Hosen auf einer Holzkiste und pfiff mit geschlossenen Augen eine Melodie. Erstaunt stellte ich fest, dass ich die Melodie kannte: ‹Meu Mundo é Hoje› von Paulinho da Viola. Dabei mag ich gar keine brasilianische Musik. Überhaupt mag ich nichts aus Brasilien. Ich hasse es geradezu. Außer Paulinho da Viola und Pelé. Und natürlich Mangueira, die Sambaschule. Mangueira verehre ich, keine Ahnung, warum.

Während ich so durch die Ruinen streifte, versuchte ich mich zurückzuversetzen in jenen November 1975, kurz vor der Unabhängigkeit oder kurz danach, wie auch immer. Heiß muss es gewesen sein, sogar dort im zoologischen Garten zwischen den Eukalyptusbäumen. Eines Abends bekam Vasco Vai-com-Deus einen Anruf von seinem Bruder: ‹Wir müssen sie töten, uns bleibt nichts anderes übrig.›

Und dann hatte Hermínio angefangen zu weinen. Als sich sein Bruder beruhigt hatte, hatte ihm Vasco gesagt: ‹Ich kenne da einen Jäger, Ernesto Benchimol, du weißt, wen ich meine? Den Typen, der wie ein Galan aus dem Kino herumläuft und im Eisenbahnklub Schwimmstunden gibt? Ganz genau, der ist Jäger. Der hat Löwen gejagt, Elefanten. Der sollte doch wissen, wie es geht.›

‹Dann sprich mit dem Kerl. Ich kann das Leiden der Tiere nicht mehr mit ansehen.›

Am nächsten Morgen kam Ernesto Benchimol mit seiner Ausrüstung in den Zoo. Und seine drei Söhne auch, um ihm zu helfen. Wohl war ihm nicht dabei: ‹Jäger sind keine Schlachter›, erklärte er seinen Söhnen. ‹Die Jagd ist ein Spiel zwischen Jäger und Beute, und es muss in Freiheit gespielt werden. Was wir hier im Zoo tun, ist nichts dergleichen, es ist eine Erlösung. Wir töten die Tiere, damit sie nicht leiden müssen.›

‹Könnten wir sie nicht einfach füttern?›, fragte Daniel.

Seine älteren Brüder hatten gelacht. Der Vater war wütend geworden: ‹Ach, und was sollen wir ihnen als Futter geben? Hast du eine Idee?›

Daniel hatte nichts mehr gesagt. Er war fünfzehn und fast schon so groß wie seine älteren Brüder. Viel größer jedenfalls als Ernesto. Er nahm sein Gewehr über die Schulter und folgte den anderen. Vasco und Hermínio empfingen sie. Sie gingen zu dem Elefanten. Das Tier namens Jamba lebte auf einer Art Insel, umgeben von einem Wassergraben. In der alten Zeit hatten die Leute ihm Erdnüsse über den Graben geworfen, und er hatte sich dafür bedankt, indem er ein Glöckchen klingelte. Nun lag Jamba auf der Seite, abgezehrt und so dürr wie ein Kleiderhaken, den Rüssel von Fliegen bedeckt. Als er sie kommen sah, zuckte der Rüssel kurz, und die Fliegen stoben auseinander. Ein dunkler Schwarm wie eine düstere Ahnung. Der Jäger legte ein Brett über den Graben und ging auf die andere Seite. Dann streichelte er Jamba hinter dem Ohr, legte den Lauf seines Gewehrs etwas über dem Auge an, das als Einziges noch feucht und rund wie eine Murmel glänzte, und drückte ab. Daniel schrie auf, Tränen in den Augen. Júlio, der mittlere Bruder, sagte etwas und grinste, doch der älteste, Samuel, verbot ihm den Mund. Dann töteten sie das Krokodil, die Hyänen, die Strauße und die Giraffen.

‹Und die Affen?›, fragte Ernesto. ‹Wo sind die Affen?›

‹Die Affen hat schon jemand freigelassen›, antwortete Hermínio. ‹Sie springen hier in den Eukalyptusbäumen herum und schreien vor Hunger. Die Büffel haben wir schon an die Löwen verfüttert; die Büffel, die Antilopen und auch die Warzenschweine.›

Daniel versuchte es noch einmal: ‹Dann gebt ihnen doch jetzt auch das Fleisch des Elefanten und die Giraffen und Strauße. Dann müsst ihr sie gar nicht töten.›

Hermínio hatte Mitgefühl mit dem Jungen: ‹Es muss sein, Kleiner, das Löwenbaby da tut mir am meisten leid.›

Erst vor zwei Monaten hatte die Löwin zwei Junge bekommen, eins war nach nur wenigen Stunden gestorben.

Das überlebende war auf dem linken Auge blind, und sie hatten es Moshe Dayan genannt.

‹Ich zähle bis drei», sagte Ernesto. ‹Bei drei schießen wir. Ihr schießt auf das Weibchen, ich auf das Männchen. Und zielt auf die Köpfe.›

Bei drei drückte er ab. Der Löwe brach zusammen. Die Jungs hatten weniger Glück, denn sie waren wahrscheinlich nervös. Die Löwin sprang auf und knallte mit einem markerschütternden Brüllen mit dem Kopf gegen das Gitter. Ernesto richtete instinktiv seine Waffe auf sie, drückte ab, und sie starb. Hermínio ging Moshe Dayan holen, den sie vorsorglich in einen anderen Käfig gesperrt hatten, damit er die Tötung seiner Eltern nicht mit ansehen musste.

Daniel umklammerte das kleine Tier: ‹Tötet lieber mich!›, brüllte er. ‹Bevor ihr ihn tötet, müsst ihr mich töten.›

‹Wir hätten ihn gar nicht mitnehmen dürfen›, schimpfte Ernesto ganz sichtlich verärgert. ‹Der Junge macht uns nur Schwierigkeiten.›

Samuel, der geduldiger war, versuchte, seinen Bruder zu überreden, Moshe Dayan loszulassen. Aber für Ernesto war das alles nur Heulerei.

‹Lass ihn!›, befahl er. ‹Dann muss er das Vieh eben selbst töten.›

Daniel weinte: ‹Eher töte ich mich selbst.›

‹Und ich habe lieber ein totes Kind als einen verweichlichten Jammerlappen. Los, mach es tot!›

Da war Daniel aufgestanden, hatte nach seiner Flinte gegriffen und sich den Lauf unters Kinn gedrückt: ‹Wenn sich einer bewegt, schieße ich!›

Aber der Vater hatte nur losgelacht: ‹Wie willst du denn schießen, Junge? Ich weiß, dass du lange Arme hast, aber so kommst nicht einmal du an den Abzug heran. Keine Ahnung, wie zum Teufel der Hemingway es geschafft haben soll, sich mit einer beschissenen Jagdflinte zu erschießen.›

Tatsächlich. Daniel umklammerte mit beiden Händen den Lauf. Die Waffe gleichzeitig unter dem Kinn festzuhalten und irgendwie an den Abzug zu kommen, um zu schießen, war einfach nicht möglich.

‹Lass die Waffe los!›, drohte Ernesto mit betont ruhiger Stimme. ‹Dann nimmst du das Tier eben mit nach Hause und kümmerst dich selbst darum. Irgendwann wird es doch verhungern, das arme Tier, und dann wird es mehr leiden, als wenn wir es hier gleich erschießen. Du hast es nicht anders gewollt.›

So hatte Daniel also ein Löwenkind mit nach Hause genommen. Er hatte sein Fahrrad verkauft, um davon alles Milchpulver zu kaufen, das es noch in der Stadt gab. Anfangs fütterte er das Tier noch mit Milch, erst aus der Flasche, dann aus einer Schüssel. Dann begann er, in der Nachbarschaft Katzen zu jagen, was ihm sehr wehtat, denn anders als seine Brüder liebte er alles, was lebte. Júlio und Samuel fingen nachts gerne Kröten im Fluss, kreisten sie mit Licht ein und brachten sie dann in einem Eimer nach Hause. Am nächsten Morgen reihten sie sie an der Wand auf und erschossen sie mit einem Luftgewehr. Daniel schlich sich oft nachts heimlich nach draußen, um die Kröten wieder zurück in den Fluss zu bringen. Aber nun, als es keine Katzen mehr gab, fielen ihm diese Kröten ein, die er all die

Jahre vor einem grausamen Tod bewahrt hatte, und er ging sie im Uferschlamm suchen. Doch der kleine Löwe weigerte sich, das seltsame Fleisch auch nur anzurühren, nicht einmal gekocht und mit Gindungo, Salz und Zitrone gewürzt.

Die Portugiesen waren fast alle schon fort. Tausende prächtiger Villen waren mit dicken Eisenketten und Vorhängeschlössern verrammelt. Daniel überredete seinen besten Freund Gato, einen sehr dicken Jungen, Sohn eines Krankenpflegers, mit ihm dort einzubrechen. Über die Mauern zu kommen war einfach, zumindest für Daniel, Gato gelang es nicht immer. Dann schlugen sie mit Steinen ein Fenster ein und waren drin. In manchen Häusern war noch alles aufgeräumt, die Betten gemacht und der Boden gebohnert, als wären die Bewohner nur kurz in Urlaub gefahren. In anderen herrschte bereits blankes Chaos. In einem lagen überall Scherben in Zimmern und Fluren, im nächsten stießen sie auf eine aus Draht und einer Granate gebastelte Falle, die nur deswegen nicht losging, weil Gato, der den Spitznamen ‹Katze› wegen seiner Raubtieraugen und seines unglaublichen Instinkts bekommen hatte, ein kurzes Funkeln im Flur wahrnahm und schnell stehen geblieben war. An die Wand gegenüber hatte der Hauseigentümer mit roter Farbe geschrieben: ‹Verreckt, Kommunisten!›

‹Verfluchte Weiße!›, schimpfte Gato. ‹Fünfhundert Jahre lang haben sie uns ausgebeutet und jetzt, wo sie weg sind, mit Gewehren und Knüppeln verjagt, wollen sie uns immer noch umbringen.›

Ich weiß das alles, weil ich mich lange mit Vasco Vaicom-Deus unterhalten habe und auch mit Gato, der eigentlich Estevão Chindandala heißt und ein riesiger Mann ist, der, wäre er motorisiert, wie er selbst sagt, ein Lastwagen wäre, und dabei so laut und so herzlich gelacht hat, dass es aussah, als drängten Kaskaden von Licht und von Wasser aus seinem Mund. Nicht unbedingt, weil er dick sei, sagte er, sondern weil er Lastwagen mag. Er ist stolzer Besitzer eines Transportunternehmens und doch nie aus Huambo herausgekommen. Wir trafen uns in seinem Büro, einem sehr niedrigen, engen Kabuff, das mir vielleicht auch nur deshalb so eng vorkam, weil Estevão es mit seinem Leib und vor allem mit seiner Stimme fast völlig ausfüllte.

Daniel, erzählte mir dieser Koloss von Estevão, sammelte bei diesen nächtlichen Streifzügen alles Mögliche ein, Uhren und Fotoapparate, die er dann gegen Fleisch einzutauschen versuchte, um Moshe Dayans unersättlichen Hunger zu stillen. Es gab eine Abmachung mit einem Metzger namens Robert Williams, der seinen Namen von dem englischen Millionär hatte, der einst die Eisenbahn von Benguela hatte bauen lassen und nach dem die Portugiesen deswegen Caála benannt hatten. Nach der Unabhängigkeit bekam der Ort seinen afrikanischen Namen zurück. Nur der Metzger hieß weiterhin Robert Williams, und niemand denkt dabei heute noch an den Ort. Dieser Robert tauschte die Beute, die ich nicht als gestohlen bezeichnen würde, sondern als, wie es damals hieß, ‹wieder angeeignet› und die eigentlich weder gestohlen noch wieder angeeignet, sondern einfach zurückgelassen worden war, gegen zwei oder drei Kilo Fleisch ein, die Moshe Dayan gierig verschlang.

Eines Nachts geschah das Unvermeidliche. Als Daniel nach Hause kam, stand schon sein Vater da, mit einem Gürtel in der Hand. Er kam nicht einmal dazu, etwas zu sagen. Ernesto schlug wutentbrannt mit dem Gürtel auf ihn ein und brüllte, für Verbrechen sei in seiner Familie kein Platz. Seine Brüder versuchten vergeblich, ihn in Schutz zu nehmen, sogar seine Mutter Angelina umklammerte ihn unter Tränen. Dann fiel sie ihn Ohnmacht und musste für den Rest der Nacht ins Krankenhaus.

Am nächsten Morgen war Moshe Dayan nicht mehr da.

‹Vater hat den Löwen weggebracht›, murmelte Júlio.

Daniel sollte nie wieder von ihm hören. Nach Jahren, als Ernesto im Sterben lag, nahm er seine Hand und fragte, was damals mit Moshe Dayan geschehen sei. Doch der Alte hatte ihn nur erstaunt angesehen und gehaucht: ‹Das weiß ich nicht›, und mit geschlossenen Augen: ‹Ich erinnere mich nur noch an das Meer.›»

4

Zum Hotel Arco-Íris gehört ein Restaurant, das als Terrasse über den Strand ragt. Wie auf einer Bühne stehen dort sieben Holztische unter Sonnenschirmen in unterschiedlichen Farben, rot, orange, gelb, grün, blau, indigo und violett. Da sonst noch kein Gast dort war, konnte ich mir den Tisch aussuchen, der am nächsten zum Meer stand – den mit dem blauen Schirm. Ich rief einen Kellner und bestellte ein Bier. Dazu Hähnchen vom Grill. Der Kellner ging fort und kam gleich mit dem Bier zurück. Das Hähnchen würde noch etwas dauern, entschuldigte er sich mit einem offenen Lächeln. Ich dankte. Aufrichtigkeit ist eine sehr seltene Tugend geworden bei Kellnern. Sie werden immer mehr zu Politikern. Fragt der Gast beispielsweise, ob der Fisch frisch sei, erzählt der Kellner, anstatt gleich zu sagen, dass er aus dem Tiefkühlfach kommt, etwas von traumhafter Buttersoße. Also begnügte ich mich einstweilen mit dem Bier, ließ meinen Blick über den Strand schweifen und stellte mich darauf ein, zu warten. Da kam Hossi Apolónio Kaley mit einer Zigarre im Mund:

«Darf ich Ihnen Gesellschaft leisten?»

Etwas erstaunt bat ich ihn, Platz zu nehmen. Der Hotelier setzte sich mir gegenüber und musterte mich aufmerksam, wie ein historisches Ausstellungsstück im Museum: «Ich habe Ihre Artikel gelesen. Was sucht ein Journalist dienstags in Cabo Ledo?»

«Auch Journalisten müssen mal ausruhen. Gern auch an Werktagen.»

«Aber morgen ist Feiertag. Unabhängigkeitsfeier. Warum sind Sie nicht morgen gekommen?»

«Ach, das hatte ich gar nicht im Kopf. Ich musste mich heute entspannen. Dann bleibe ich eben gleich einen Tag länger, wenn schon mal Feiertag ist.»

«Und Sie feiern die Unabhängigkeit nicht?»

«Was gibt es da schon zu feiern ...»

«Meinen Sie? Ich war ja noch zu jung, um dafür zu kämpfen, aber sonst hätte ich es getan. Dafür habe ich später gekämpft ...»

«Waren Sie Soldat?»

«Ja, aber bei der Guerilla ...»

«Sie haben für die UNITA gekämpft?»

«Ganz genau. Ich bin durch die Hölle gegangen.»

«Das tut mir leid ...»

«Das muss Ihnen nicht leidtun. Wenn der Hund töten kann, muss er das, was er getötet hat, auch nach Hause schleppen.»

«Darum geht es nicht. Ich glaube generell nicht, dass Gewalt zu Befreiung führt. Ich glaube nicht an Befreiungskriege. Krieg ist das Gegenteil von Befreiung. Was sie Befreiungskampf nennen, war nur die Vorstufe zum Bürgerkrieg.»

«Meinen Sie?»

«Und ob ich das meine. Schon vor der Unabhängigkeit gab es drei Befreiungsarmeen, nicht wahr? Und schon damals kämpften alle drei gegeneinander. Brachten sich gegenseitig um.»

«Und Sie glauben, ohne Gewalt wären die Portugiesen gegangen?»

«Ich glaube schon. Ja, ich glaube, wir wären friedlich auch unabhängig geworden. Was gewaltsam erreicht wurde, bleibt von Gewalt infiziert. Man sieht doch, was dann passiert ist.»

«Die Portugiesen sind weg. Zurück in ihr eigenes Land. Das ist passiert. Wir sind jetzt unabhängig.»

«Ja. Den portugiesischen Kolonialismus gibt es nicht mehr, aber wir sind nicht freier geworden, und friedlicher wurde es auch nicht.»

«Das kann sein. Aber ich lasse mich lieber von einem Schwarzen herumkommandieren als von einem Weißen oder einem Mulatten, was nicht persönlich gemeint ist, mein Freund.»

Da kam der Kellner mit dem Tablett. Er stellte mir das Brathähnchen und die Pommes hin. Ich schaute Hossi an: «Möchten Sie auch etwas?»

«Nein, vielen Dank. Ich esse kein Fleisch.»

«Kein Fleisch?»

«Ich bin Vegetarier.»

«Tatsächlich? Sie sind Vegetarier? Meine Tochter auch.»

«Was ist daran so besonders? Weil Sie so staunen …»

«Es gibt nicht so viele Vegetarier hier in Angola.»

«Sogar Hitler war Vegetarier. Und Gandhi. Ich bin weder Hitler noch Gandhi und esse trotzdem kein Fleisch.»

«Und warum nicht?»

«Warum isst Ihre Tochter keins?»

«Aus moralischen Gründen, glaube ich. Vielleicht auch wegen der Gesundheit.»

«Und Hitler?»

«Ich weiß nicht. Wegen der Gesundheit vielleicht?»

«Auch deswegen. Aber nicht allein. Er war Tierfreund. Die Nazis erließen verschiedene Tierschutzgesetze. Hitler wollte die Schlachthöfe abschaffen und auch das Fleischessen überhaupt.»

«Das war mir nicht bekannt.»

«Natürlich nicht. Die Leute wollen so etwas nicht wissen. Es ist schwer zu ertragen, dass ein Mensch, der so viel Leid über die Menschheit gebracht hat, sich Gedanken über das Leiden der Tiere gemacht hat. Dass Gandhi Vegetarier war und Tiere liebte, ist nicht schwer zu verstehen. Aber dass Hitler nicht durch und durch böse war, stellt man sich ungern vor. Was glauben Sie, wissen Sie über den Tod?»

«Über den Tod? Sterben ist nur, nicht gesehen zu werden, sagte Fernando Pessoa.»

«Nur nicht gesehen zu werden? In dem Satz ist das ‹nur› zu viel. Sterben ist, nicht gesehen zu werden, und das ist furchtbar!»

«Da haben Sie recht.»

«Sie haben keine Ahnung, nicht wahr? Keine Ahnung, weder vom Tod noch vom Bösen!»

«Da haben Sie auch wieder recht. Meine Ahnungslosigkeit kennt keine Grenzen, und sie wird nur noch größer, je älter ich werde. Und über den Tod weiß ich sowieso nichts. Ich habe nie jemanden umgebracht.»

Hossi schaute mich mitleidig an: «Glauben Sie, man weiß erst, was ein Feuer ist, wenn man einmal eins gemacht hat? Töten ist nicht dasselbe wie Sterben.»

Ich lächelte: «Das heißt also, Sie haben nicht nur getötet, sondern sind auch schon gestorben?»

Der Hotelier nickte aufrichtig staunend. Seine sonst raue Stimme wurde beinahe sanft: «Ja. Ich bin sogar zweimal gestorben. Ich erzähle Ihnen aber nur von dem zweiten Mal.»

5

An dem Abend, als Hossi Apolónio Kaley zum zweiten Mal starb, suchte ich gerade zwei Jahre vor Ende des Krieges in einem Garten in Huambo nach Erinnerungen an mich selbst. Vor dem Haus, in dem ich meine gesamte Kindheit und Jugend verbracht hatte, weitete sich wie damals ein unermesslicher Horizont. Die Sonne legte sich immer noch wie ein riesiger Ball rot und rund über die Grasfläche, und schon war Nacht. Der Junge, der ich damals gewesen war, lag gern auf dem Rücken hoch oben im Avocadobaum, wenn noch weiter oben das Firmament aufging und Millionen von Sternen in ständiger Bewegung erschienen, wie Glühwürmchen in einem Brunnen.

Die Mispeln, Guaven und alle Pitangasträucher waren gefällt worden. Nur der Avocadobaum stand noch wie immer, inzwischen ein ganzes Stück größer und mit deutlich geschundenem Stamm. Der Garten war nun ein Parkplatz. Im Haus, halb verfallen und vom rostigen Staub der Jahrzehnte bedeckt, befand sich jetzt ein Rekrutierungsbüro der Armee, und im Schreibzimmer meines Vaters war die Zahlstelle. Die Regale entlang der Wand waren noch immer dieselben, nun aber standen Ordner darin. Ernesto Benchimol hatte eine gute Bibliothek besessen. Vor allem an die Lexika erinnere ich mich. Es gab etliche Enzyklopädien, manchmal mit Dutzenden Bänden wie die *Luso-Brasilianische-Enzyklopädie*. Mein Vater schätzte vor allem das *Lello Universallexikon* in zwei Bänden. Das alles war schon lange verschwunden. Oder fast. In einer Ecke fand ich ein sehr abgegriffenes, seltenes Exemplar der *Großen Enzyklopädie der Welten*, den zweiten Band. Ich drückte das Buch ganz ergriffen an mich und wischte es mit dem Hemdsaum ab. Ein Beamter, der hinter dem Schreibtisch schlummerte, den Kopf in die Hände gestützt, schaute auf: «Was tun Sie da mit dem Buch?»

«Das ist meins!», knurrte ich. «Ich will es mitnehmen.»

Drohend stand der Mann auf:

«Das werden Sie ganz bestimmt nicht!»

Es war Mittagszeit. Wir waren allein. Eine lautstarke Auseinandersetzung hätte Aufmerksamkeit erregt. Also steckte ich meine Hand in die Tasche und zog einen größeren Schein heraus.

«Nehmen sie. Ich nehme das Buch mit.»

Der Mann nahm den Geldschein und zuckte die Schultern.

«Stimmt es, dass Sie hier geboren sind?»

«Ja. Ich und meine zwei Brüder.»

Natürlich stimmte das nicht. Wir sind im Eisenbahner-Krankenhaus von Benguela geboren. Aber aufgewachsen sind wir in dem Haus.

«Dann nehmen Sie es», sagte der Beamte. «Es ist tatsächlich Ihr Buch.»

Das alles war mir wieder eingefallen, als ich mich mit Hossi unterhalten hatte. Zurück im blauen Bungalow und von dem Gehörten noch ziemlich verstört, schaltete ich meinen Computer ein und sah in meinen Notizen nach. Ich führe ein Tagebuch, seit zwanzig Jahren, weil ich Angst habe, so wie mein Vater zu enden. Bald nachdem er aus Huambo fort war, begann sein Gedächtnis nachzulassen, in Windeseile war seine Vergangenheit verschwunden. Erst wusste er nicht mehr, was er vor einer Woche gemacht hatte, dann nicht mehr, was vor fünf oder sechs Jahren gewesen war. Schließlich blieb ihm nur noch das ein oder andere Bild aus seiner fröhlichen Kindheit in Benguela, weit zurück in den Dreißigerjahren des letzten Jahrhunderts. Als er starb, war ich bei ihm: «Das Meer», murmelte er. «Ich erinnere mich nur noch an das Meer.»

Ich suchte in meinem Tagebuch, um zu sehen, was in der Welt los war, als Hossi zum zweiten Mal starb.

«Ich suchte das Haus. Vor dem Haus, auf dem Platz davor, stand ein Junge und ließ einen Drachen steigen. Es waren keine Pitangasträucher mehr da und auch nicht der Guavenbaum, aber der Avocadobaum steht noch. Beim Abendessen – am Tisch neben mir im Restaurant – habe ich den Korrespondenten der portugiesischen Nachrichtenagentur Lusa kennengelernt. Von ihm erfuhr ich, dass Blondin Beye bei einem Flugzeugabsturz ums Leben gekommen ist, an der Elfenbeinküste. Ein seltsamer trauriger Zufall. Der Vermittler im Friedensprozess kommt gerade jetzt um, wo alles schon wieder auf Krieg zusteuert. Für mich nur ein weiteres Zeichen dafür, wie sehr dieses Land schon am Rand eines schrecklichen Ausbruchs steht. Der Lusa-Journalist erzählte mir auch, dass er in Andulo gewesen war. Der Weiße, der sich dort um die Landebahn kümmert, hat ihm angeblich von einem UFO erzählt, mit ungefähr vierhundert Metern Durchmesser, das dort am

Abend kurz vor einem Gewitter eine Zeit lang über dem Boden geschwebt sei.»

Hossi hat etwas über Andulo gesehen, das er nicht beschreiben kann. Das ist seine letzte Erinnerung. Was nach dem Unfall war, weiß er nicht mehr. Bis heute weiß er nicht, wie viele Erinnerungen er verloren hat. Und auch nicht, wie viel von ihm selbst mit ihr verschwunden ist.

«Erinnerungen zu verlieren ist nicht dasselbe, wie einen Arm zu verlieren», sagte er zu mir. «Wenn man einen Arm verliert, weiß man, dass einem ein Arm fehlt. Die Leute schauen einen an und wissen, es fehlt ein Arm. Mit der Erinnerung ist es anders. Man weiß nicht, was man verloren hat, es fällt nicht auf, aber da man sie nicht mehr hat, hört etwas im Kopf auf zu funktionieren. Manchmal tauchen hier Leute auf, die mich kennen. Aber ich kann mich an sie nicht erinnern. Ich tue so, als würde ich sie erkennen, aus Höflichkeit oder um keine Erklärungen geben zu müssen, aber ich habe nicht die geringste Ahnung, wer sie sind. Es sind Leute aus dieser Zeit, die ich vergessen habe, vielleicht Wochen, vielleicht Monate, vielleicht Jahre, aus diesen riesigen Löchern in meiner Erinnerung.»

Hossi sah etwas über der kleinen Stadt schweben. Er hockte gerade im Regen auf seinem Dach und versuchte, eine Antenne zu reparieren, als plötzlich ein eigentümlicher blauer Schein durch das Dunkel brach. Er stand auf, zitternd vor Aufregung, und etwas, das wie der Bauch eines riesigen Walfischs aussah, kam aus den Wolken und glitt lautlos über seinen Kopf hinweg. Als der blaue Wal fort war, schloss sich die Nacht wieder über ihm, und er stand immer noch da, den Arm auf das Wunder gerichtet. Da erst begann es zu donnern. Gleich der erste Blitz traf ihn. Hossi war tot.

«Ich wachte an einem Ort auf, an dem die Flüsse nicht fließen: Sie stehen», versuchte er zu erklären, und dabei zitterte seine Stimme. Ich rückte mit meinem Stuhl näher heran, um ihn besser zu hören. «Schmetterlinge schweben reglos über dem Wasser der Flüsse. Und niemand wird alt dort. Meine Großmutter war bei mir und lachte. Ich weiß nicht, wie lange ich tot war. Dann traf mich ein zweiter Blitz, und ich wachte auf. Ich war wieder lebendig.»

Ich lachte.

«Donnerwetter, mein Herr! Das geht zu weit! Ein Blitz geht ja noch. Das glaube ich Ihnen sogar. Diesen Ort ohne Zeit nehme ich Ihnen auch ab. Aber den zweiten Blitz? Und der zweite Blitz gab Ihnen das Leben zurück? ...»

Hossi warf mir einen zornigen Blick zu. Dann stand er auf und zog sein Hemd aus. Eine schwarze, gezackte Narbe zog sich von seinem Hals bis zum Bauch hinunter und verzweigte sich dabei zu tausend präzisen und feingliederigen Blitzen.

Es sah furchtbar aus. Wunderschön.

Dann drehte sich Hossi um, und auf seinem Rücken sah ich noch eine solche Narbe, noch verästelter, noch feiner verzweigt als die andere, wie eine von einem begnadeten Künstler gefertigte Tätowierung.

«Als hätten sich diese zwei Blitze mir für immer eingebrannt. Als würden sie sich jeden Augenblick auf meiner Haut entladen.»

Ich ließ mein Besteck sinken. Entsetzt. Staunend.

«Verzeihung. Ich weiß nicht, was ich sagen soll.»

Am Abend darauf, als ich wieder zu Hause war, nahm ich den zweiten Band der *Großen Enzyklopädie der Welten* aus dem Regal mit den Raritäten, wo er gleich neben den vier wertvollen Fotobänden von Cunha e Moraes über Angola 1885 und 1886 steht. Ich schlug das Buch irgendwo auf, wie ich es immer tue, wenn ich mich ablenken will. Ich las den Eintrag über einen Kleinwüchsigen aus Kuba namens El Negro Juan, der einige Jahre lang den berühmten Automatenbauer Wolfgang von Kempelen auf seinen Unternehmungen begleitet hatte und dessen Schachautomaten bedient haben soll, der als ‹Schachtürke› angeblich automatisch gegen staunende Gegner spielte.

An einer anderen zufällig aufgeschlagenen Stelle las ich:

«NEIPPERG (Sara) brasilianische Pianistin und Mystikerin, Porto Alegre 1866 – Rom 1963. Siedelte im Alter von 6 Jahren mit den Eltern nach Paris über, lernte autodidaktisch Klavier spielen und trat schon mit 12 öffentlich auf. Mit sechzehn heiratete sie einen reichen armenischen Geschäftsmann, der ihr eine weitere Karriere als Pianistin verbot. Erst nach dem Tod ihres Ehemanns 1904 kehrte sie auf die Bühne zurück und interpretierte u. a. avantgardistische Komponisten wie Erik Satie, mit dem sie befreundet gewesen sein soll, sowie eigene Stücke. Auf der Bühne ließ sie sich dabei von Tieren begleiten, sogar von Wölfen, deren Bellen und Heulen sie in die Musik des Orchesters einbaute. Einmal soll sie sogar eine Schafherde auf die Bühne gebracht haben. Unter dem Verdacht, in Verbindung mit der Résistance zu stehen, wurde sie nach der Besetzung Frankreichs durch Nazi-Truppen inhaftiert und gefoltert. Nach dem Krieg gründete sie einen neopantheistischen Geheimbund für Frauen, ‹Das Geheimnis›.»

Ich klappte das Lexikon zu. Wahrscheinlich hatte ich das irgendwann früher schon einmal gelesen, als Kind, und all die Jahre in einer verborgenen Schublade meines Gehirns aufbewahrt. Nun war es mir in Gestalt eines Traums wieder erschienen. Jedenfalls stellte ich es mir so vor. Zumindest wäre es eine plausible Erklärung.

6

Der Feigenbaum tanzte, wand sich in der Abendsonne, als kitzelte ihn der Wind. Er war mir gleich sympathisch. Der Baum kicherte über die Mauer hinweg. Ein Rabe, vielleicht kein Rabe, aber ein kräftiger Vogel, dunkel wie ein Rabe, fiel aus den Blättern und sah mich an, wie ein Rabe die auffällige Gestalt eines Mannes anschauen würde – und bellte. Weitere solcher Vögel erschienen. Umkreisten mich knurrend. Und der Feigenbaum kicherte nicht mehr. Er zog sich zusammen wie ein Oktopus vor dem Angriff.

Da wurde mir klar, dass ich träumte. Der Wind fegte nicht wirklich über den Hof. Auch der Hof war nicht wirklich, auch nicht der Feigenbaum, der mich bedrohte, erst recht nicht das lärmende Rudel Raben. Ich wollte aufwachen. «Wach auf!», befahl ich mir selbst. «Mach die Augen auf. Bewege einen Arm!» Es gelang mir nicht. Ein unermessliches Angstgefühl presste sich mir auf die Brust. Hinter dem Feigenbaum hörte ich eine Stimme: «Ja, du schläfst. Lass dich gehen. Gegen den Traum anzukämpfen, ist wie in einem Fluss gegen die Strömung zu schwimmen. Lass dich gehen.» Die Frau mit den Haaren wie Zuckerwatte kam hinter dem Baum hervor. Sie tänzelte heran, ihre schönen Füße versanken im schlammigen Boden. «Lass dich gehen. Ein Traum ist nur ein Traum, und irgendwo wirst du aufwachen.»

Ich schaute auf ihre Hände, ihre langen Finger mit den

blau lackierten Nägeln, die, wenn sie sprach, langsam Muster in die Luft zeichneten, und musste an Schlangenbeschwörer mit ihren Flöten denken. Da verwandelte sich einer der Raben in Hossi Apolónio Kaley und blieb doch ein Rabe – Hossi in Gestalt eines Raben. Er blickte mich streng an: «Träume sind zarte Gebilde», murmelte er. «Die meisten von ihnen zerfallen an der Luft, wie die Haut von Vampiren, und nichts bleibt zurück. Nur wenige Menschen träumen tatsächlich. Du hast die Berufung dazu, aber dir fehlt Übung.»

«Übung?»

«Du musst träumen üben. Glaube an deine Träume. Und jetzt wach auf!»

«Nein, jetzt noch nicht. Erzähle mir vom Tod.»

«Wie bitte?»

«Du hast mir erzählt, dass du zweimal gestorben bist. Beim zweiten Mal bist du an einem Ort ohne Zeit aufgewacht …»

«Ganz genau. Zeit ist nur eine Lüge, aber eine notwendige. Auch der Tod. Wach auf, wach auf, wach auf! Wenn du nicht aufwachst, wirst du diesen Traum verlieren, und es wird in dieser Nacht keinen neuen Traum mehr geben.»

Ich wachte auf. Quälte mich aus dem Bett und ging zum Fenster. Es regnete. Schwer schlug das Wasser gegen das kalte Fensterglas. Dunkelheit legte sich über die Straße und wirbelte zwischen den Hütten der Armen hindurch, die für den Bau neuer Luxuswohnanlagen aus ihren Häusern vertrieben wurden. Auf einem Stein saß ein alter Mann und schaute zu mir hoch. Er saß oft da. Irgendwann einmal wollte ich ihn ansprechen. Stattdessen setzte ich mich an meinen Schreibtisch und schrieb den Traum auf. Dann öffnete ich das Verzeichnis mit den Bildern aus der Kamera, die ich aus dem Wasser gerettet hatte. Da war sie, die Frau meiner Träume, die Frau mit den Haaren wie Zuckerwatte, und schaute mich an. Es waren verstörende Bilder, die sich auf die Seele auswirkten wie ein Sandkorn im Schuh auf einen empfindlichen Fuß. Unschuldige Bilder bei oberflächlicher Betrachtung. Aber dann, wenn man genauer hinschaute, fiel auf, dass die Grasfläche am Flussufer nicht echt sein konnte. Und die Frau (die Frau meiner Träume), die dort nackt in der unteren linken Ecke stand, warf auf den Sand keinen Schatten. Vögel zogen über den Himmel mit geschlossenen Augen, als wären sie schon tot oder schliefen.

Es war Donnerstag, als ich von den Raben träumte. Am Samstag war ich wieder in Cabo Ledo. Hossi wirkte nicht überrascht, mich zu sehen: «Wieder der blaue?»

«Wie bitte?»

«Der blaue Bungalow?»

«Ja, ja, bitte, den blauen. Ich habe von Ihnen geträumt, wissen Sie?»

Dem Hotelier war sein Schreck anzusehen: «Sie haben von mir geträumt?»

«Verzeihung, nicht was Sie denken ...»

In diesem Augenblick kam ein portugiesisches Paar an die Rezeption. Die Frau war sehr groß, hatte lange blonde Haare und war leblos bleich, ihre Stimme auch: «Haben Sie ein Zimmer frei?»

Hossi gab mir den Schlüssel: «Wir reden beim Essen weiter.»

Ich ging verwirrt hinaus. Auf der Fahrt hatte ich mir zwei Stunden lang überlegt, wie ich den Hotelier darauf ansprechen sollte. Niemals aber hätte ich angenommen, dass es so sein würde. Ich versuchte zu lesen, aber ich konnte mich nicht konzentrieren. Dann duschte ich, zog mich an und ging ins Restaurant. Diesmal war das Hotel voll. Ich fand einen Tisch unter dem gelben Sonnenschirm in einer Ecke ohne Blick aufs Meer. Diesmal bestellte ich gegrillten Barsch.

«Es kann dauern», warnte der Kellner.

«Ist in Ordnung. Bringen Sie schon mal ein Bier.»

Ich war bereits bei der dritten Flasche, als Hossi kam. Er setzte sich mir gegenüber an den Tisch, schwitzend und mit zerzaustem Bart.

«Bitte entschuldigen Sie. Heute ist viel Betrieb. Sie sagten, Sie hätten von mir geträumt?»

Ich verhaspelte mich: «Ja, ich weiß, es klingt seltsam.»

«Hatte ich ein violettes Jackett an?»

«Ein violettes Jackett?»

«Nicht?»

«Nein.»

«Umso besser. Dann bin ich beruhigt. Es gab einmal eine Zeit, da haben die Leute von mir geträumt. Aber immer nur, wenn ich in der Nähe war. Ich erschien ihnen im Traum in einem violetten Jackett.»

«Ich kann Ihnen nicht folgen.»

Hossi lehnte sich in seinem Stuhl zurück.

«Die Leute träumten von mir, wenn ich in der Nähe war. Träume, ja, Träume! Eine Freundin sagte einmal, dass Träumen genau wie Leben sei, nur ohne die große Lüge des Lebens. Vielleicht ist es das. Vielleicht auch das Gegenteil. Ich kann es nicht sagen. Manchmal glaube ich an etwas und genauso leidenschaftlich an dessen Gegenteil, manchmal auch leidenschaftslos. In letzter Zeit gehen mir übrigens Haare und Leidenschaft aus. Auch die Ideen und Ideale. Vielleicht ist es das Alter. Vielleicht das Nirvana. Was glauben Sie?»

7

«Samstag, 20. Juni 1998
Nun endlich schreibe ich wieder in dieses Tagebuch. Nachdem ich von zwei Blitzen getroffen worden war, von denen mich einer getötet, der andere wieder ins Leben zurückgeholt hat. Zunächst einmal war ich gelähmt. Ich konnte blinzeln und sprechen, aber sonst keinen einzigen Muskel bewegen. Nun bin ich in einer Klinik in Kuba.

Vor ein paar Tagen sah ich im Fernsehen einen Bericht über eine ganze Familie, die vom Blitz getroffen worden war. Ein Augenzeuge, ein Fischer, erzählte, er habe einen riesigen Lichtblitz gesehen, der sich über zwei Sonnenschirmen entlud. Die Leute, die darunter Schutz gesucht hatten, seien nach allen Seiten zu Boden gefallen wie Blütenblätter, erzählte der Fischer. Ich stelle mir vor, dass es auch bei mir so gewesen sein muss. Ich bin zu Boden gefallen wie ein Blütenblatt.

Die Guerilla entschied, mich nach Südafrika zu bringen, in einer Militärkolonne zunächst nach Andulo, von dort in einem kleinen Flugzeug zu einer geheimen Piste in Sambia, weiter nach Lusaka und schließlich nach Johannesburg. Kurz vor dem Ziel geriet die Kolonne in einen Hinterhalt.

An was ich mich sonst noch erinnere:

Die heiße Luft. Ein Greifvogel reglos weit oben, wie mit einer Nadel auf blauem Karton festgesteckt. Dann flog der vorausfahrende Jeep in die Luft, als sei er aus Pappe und von einem plötzlichen Windstoß erfasst worden. Eine Art Leere saugte ihn an, und einen Augenblick später kam die Explosion. Schüsse. Schreie. Der Tod tanzte und brüllte um mich herum, und ich war wie festgeschraubt an meinen Sitz und konnte mich nicht bewegen.

Ich weiß nicht mehr alles, was dann geschah. Als es Nacht wurde, erkannte mich in Huambo einer vom militärischen Geheimdienst. Am Tag darauf wurde ich nach Luanda geschickt. Man behandelte mich wie einen Prinzen, machte mir Versprechungen, bot mir Posten und Geld an. Niemandem kam der Verdacht, dass ich ihnen alles, was sie von mir wollten, auch gratis gegeben hätte. Ich hasse Savimbi. Ich hoffe, er stirbt eines grausamen Todes. Ich habe darüber nie mit jemandem gesprochen. Und nichts dergleichen je in mein Tagebuch geschrieben. Ich hatte Angst, unsere Spitzel könnten es lesen. Jetzt habe ich keine Angst mehr. Ich habe zwei Söhne verloren. Ich habe meine Frau verloren. Schon lange glaube ich nicht mehr an den Krieg. Also einigte ich mich mit ihnen und erzählte ihnen alles, an das ich mich noch erinnerte. Mein Gedächtnis war und ist immer noch so voller Löcher wie die Landstraße nach Canjala. Anfangs glaubten sie mir nicht, dachten, ich würde Vergesslichkeit vortäuschen, um sie in die Irre zu führen. Drei Monate lang blieb ich im Militärhospital. Dort wurde meine Lähmung behandelt, die Wunden verheilten, doch mein Gedächtnis kam nicht zurück. Schließlich haben sie mich hierhergeschickt, in eine auf Kriegstraumata spezialisierte Klinik. Es geht mir gut. Es ist alles sehr sauber, sehr ruhig.

Sonntag, 21. Juni 1998
Letzte Woche ist David Mestre gestorben, der Dichter. Ich habe es von einem angolanischen General namens Amável Guerreiro erfahren, ein Mulatte aus Calulo, der wegen eines psychotischen Schubs in Behandlung ist (er hört Stimmen). David Mestre starb in Portugal unversöhnt mit dem Regime. Einmal aß ich in Luanda mit ihm zu Mittag, 1992, kurz vor den Wahlen. Er schenkte mir damals ein Buch von sich mit der Widmung: ‹Dem Kwacha, der (beinahe) bereut›. Ich weiß nicht, wie ihm meine diesbezügliche Unsicherheit aufgefallen war. Ich habe eine gewisse Angst vor Dichtern. Die guten sind so eine Art Seher.

Montag, 22. Juni 1998
Gestern kam eine junge Psychologin. Sehr hübsch, sehr blass. Alle hier nennen sie Schneeflocke. Ihren wirklichen Namen kenne ich nicht. ‹Erzählen Sie mir aus Ihrem Leben›, bat sie.

Sie ist so hübsch und hat so strahlende Augen, dass ich sofort anfing zu reden. Ich erzählte ihr, was ich noch alles weiß. Mit siebzehn habe ich mich den Truppen des Schwarzen Hahns, der UNITA, angeschlossen, damals am Anfang, in der entsetzlichen Kinderzeit unseres Landes. Die ersten Monate, erzählte ich, war es ein Fest, jedermann wollte kämpfen. Doch schon damals töteten wir uns gegenseitig, schon damals töteten wir uns, aber zumindest wussten wir, wofür. Wir glaubten daran – noch. Die Kommunisten auf der einen Seite, auf der anderen wir, für die Demokratie und gegen die Russen und die Kubaner.

Schneeflocke berichtigte mich: ‹Nein, *Camarada*, auf

der einen Seite ihr Marionetten des Imperialismus, unterstützt von südafrikanischen Rassisten, und auf der anderen sozialistisch-proletarische Internationalisten.›

Ich wusste nicht, ob sie sich über mich lustig machte, oder es ernst meinte, was sie sagte. Ich nickte nur. Für mich ist es im Grunde sowieso alles gleich. Der Krieg dauerte einfach zu lang. Irgendwann hörten wir auf, noch zu wissen, warum wir uns töteten. Wir töteten nur noch aus Gewohnheit. Für manche war es zur Sucht geworden. Ja, viele hatten Geschmack an der Schießerei gefunden. Sie tauchten ein in den Kugelhagel und lachten, wie man von einem Felsen ins brodelnde Meer springt, wie man beim Pokern alles auf eine Karte setzt, wie man der weltschönsten Frau seine Liebe erklärt. Ich wurde in die militärische Aufklärung gesteckt. Zu meinen Aufgaben gehörte das Verhören von Gefangenen. Einmal brachte man mir einen verängstigten Mann, dessen Gesicht schon von Schlägen entstellt war. Ich brauchte eine Weile, bis ich ihn erkannte. ‹Geh im Sand spielen› hatten wir ihn genannt, aber sein richtiger Name war Abel, glaube ich. Wir waren zusammen aufgewachsen. Als Kinder von Lokomotivführern, beide. Das Wohnviertel der Lokomotivführer lag hinter dem Bahnhof. Kleine Häuschen mit Obstbäumen im Garten. Hundegebell. Hühner, die zwischen dem Blätterkohl scharrten. Daran musste ich denken.

‹Geh im Sand spielen› muss etwas älter als ich gewesen sein. Er erkundigte sich nach meinen Schwestern, meinen Cousins, meinem Vater. Wir lachten zusammen über früher. Über die Ständchen, die wir den Mädchen von der Portugiesischen Jugend vor ihren Wohnheimfenstern gebracht hatten, die noch warmen Brötchen im Morgengrauen in der Bäckerei Confiança. Über damals, als Júnior nach einer durchfeierten Nacht im Atlético-Klub eingeschlafen war und Alvarito ihm in die Hand schiss. ‹Geh im Sand spielen› hatte ihm eine filterlose Zigarette zwischen die Lippen gesteckt und angezündet, und als die Glut seine Lippen verbrannte, hatte Júnior sich die Hand voller Scheiße ins Gesicht geschlagen und war aufgewacht. Wir lachten zusammen. Und als wir lachten, waren wir wieder Freunde. Dann wurde ich still, und er fing an zu weinen.

Schneeflocke glaubt nicht, dass meine Gedächtnisprobleme, meine Erinnerungslücken, die mir solche Sorgen bereiten, direkt mit den Blitzen zu tun haben. Sie glaubt, meine Amnesie käme allein von der Gewalt im Krieg. Traumata, sagt sie, sind der Teufel hoch zwei. Sie interessiert sich für mich wie ein Insektenforscher für einen seltenen Käfer. Ich bin allerdings noch viel seltener, als es aussieht. Und noch viel mehr Insekt. Aber das sagte ich ihr nicht.

Sonntag, 16. August 1998

Ein irgendwie seltsamer Morgen. Beim Aufwachen hatte ich starke Rückenschmerzen und ein Stechen in der Brust. Als ich im Aufenthaltsraum vor dem Fernseher vorbeiging, schaltete er sich aus. Das ist mir schon mehrmals passiert. Die Irren schimpfen dann immer mit mir. Sie glauben, ich könne Elektrogeräte beeinflussen. Und wer weiß, vielleicht stimmt es. Ich bin ein Blitz in Zeitlupe.

…

Schneeflocke erschien aufgeregt auf Station und erklärte mir grinsend: ‹Ich habe von Ihnen geträumt. Und Sie trugen ein Seidenjackett. Purpurfarben.› Ich schaute sie misstrauisch an. Ich hatte noch nie eine solche Jacke. Nicht einmal gesehen.

Dienstag, 18. August 1998
Schneeflocke war wieder bei mir: ‹Du warst da, Genosse, mit diesem Jackett in der seltsamen Farbe und hast Portugiesisch gesprochen, aber ich habe auch Portugiesisch gesprochen, und was du mir gesagt hast, war völlig vernünftig, so vernünftig, wie es nur im Traum sein kann.› Ich hörte ihr zu und sagte nichts, und sie fuhr fort: ‹Wenn Träume nach dem Aufwachen noch Sinn ergeben, dann ist man in Wirklichkeit noch nicht wach.›

Mittwoch, 19. August 1998
Heute war es Amável Guerreiro, der General. Dann zwei Krankenschwestern. Und dann einer vom Reinigungspersonal. Sie alle haben von mir geträumt. Es ist wie eine Seuche. Ich finde es lustig und habe schon sehr viel darüber gelacht. Ich war nie sehr beliebt, ganz im Gegenteil, es fällt mir schwer, Freunde zu finden. Und nun bin ich plötzlich berühmt.

Samstag, 22. August 1998
Wahrscheinlich bin ich der Einzige hier, der nicht geistig verwirrt ist. Ich musste an eine Geschichte von meiner Großmutter denken. In einem Dorf irgendwo fiel einmal ein seltsamer Regen. Wen dieser Regen traf, der wurde

sofort verrückt. Die ganze Bevölkerung wurde verrückt, nur ein alter Mann nicht, der, als es regnete, in seiner Hütte geschlafen hatte. Der Alte ging auf die Straße hinaus, und ein Junge kam und spuckte ihm ins Gesicht. Dann kam eine alte Frau und zeigte ihm ihren nackten Hintern, eine andere Frau brüllte ihn plötzlich an, und so ging es den ganzen Tag. Als es Abend wurde, stürzte der Alte sich voller Verzweiflung in ein Wasserloch. So ähnlich geht es mir. Alle träumen von mir. Dass ich ein violettes Seidenjackett anhabe und dies oder jenes tun würde. Anfangs fand ich es noch ganz amüsant. Nun fängt es an, mich zu beunruhigen. Dieselben, die mich anfangs noch grüßten und Witze machten, schauen mich nun nur noch argwöhnisch an.

Montag, 24. August 1998

Ein Patient stellte sich mir heute in der Tür zum Speisesaal in den Weg und schimpfte. Ich konnte nicht alles verstehen, was er sagte, aber das Wichtigste schon. Er hält mich für einen Medizinmann. Ein anderer kam hinzu, dann noch einer und noch einer und noch einer. Eine Mauer aus Wütenden. Ich wich langsam zurück in mein Zimmer, schloss hinter mir ab. Ich hörte sie draußen brüllen, den Tumult immer lauter werden. Sie schlugen mit Fäusten auf meine Tür ein. Ich bekam Angst, dass sie mich lynchen würden. Schneeflocke holte mich schließlich mit drei Soldaten da raus. Wir stiegen in einen Wagen und fuhren fort. ‹Im Krankenhaus bist du nicht mehr sicher›, sagte sie. Fast schien mir, als würde sie anfangen zu weinen. ‹Es gibt Leute, die sind einfach nur rückständig. Erst diese kollektive Hysterie, die ich auch noch selbst angezettelt habe; es tut mir leid. Dann, dass sie dir Zauberkräfte andichten – du weißt, dass sie das tun, nicht wahr? Deine Leute, meine Leute, alle …›

Ich sagte nichts.

Ich habe im Krieg Dinge gesehen, die man nicht erklären kann. Licht, das durch Wände geht, und wie es Spinnen regnete und tote Vögel. Bis heute habe ich das Bild eines Sees plastisch vor Augen, aus dem fette Frösche sprangen, so gelb wie Zitronen. Wer die Frösche aß, sprach auf einmal eine fremde Sprache. Die Leute wollten Portugiesisch sprechen oder Kimbundu, aber es kam nur diese andere Sprache heraus. Untereinander jedoch, da verstanden sie sich. Wir anderen, die wir die Frösche nicht essen wollten, verstanden nichts. Ich erinnere mich an einen alten Mann, der kleine Schlangen erbrach wie Nudeln. Ich erinnere mich an Bäume voller winziger, leuchtender Krebse. Nachts sahen sie aus wie Weihnachtsbäume. Einen Baobab gab es, der, wenn es dunkel wurde, die traurigsten Lieder der Welt sang. Ich sah Frauen, die erschossen, gesteinigt, lebendig verbrannt wurden, weil Soldaten behaupteten, sie hätten sie durch die Nacht fliegen sehen wie Fledermäuse, oder dass sie sie mit sanften Gesängen verführt hätten, um sie anschließend in Vögel zu verwandeln. Und ich sah Soldaten, die glaubten, sie seien in Vögel verwandelt worden und nun zwitschernd in den Zweigen der höchsten Bäume saßen. Einmal übergaben sie mir einen Mann, einen berühmten Heiler, der angeblich versucht haben sollte, Savimbi zu vergiften. Als wir redeten – wobei reden bestimmt nicht der richtige

Ausdruck ist – wurde der Mann immer älter. Er konnte gar nicht mehr gestehen, weil er in meinen Armen an Altersschwäche starb.

Dienstag, 25. August 1998
Ich denke oft an den südafrikanischen Hauptmann Petrus Viljoen in Mavinga, der auf eine Mine getreten war und beide Beine verloren hatte, der meine Hand hielt wie die einer Braut und mir ins Ohr flüsterte: ‹Brüderchen, Brüderchen, liebes Brüderchen›, in seinem seltsamen rollenden, holpernden Portugiesisch, ‹dein Land ist so grün, ja dein Land ist so grün, ich wär gern grün wie dein Land.› Dann bat er mich um einen Whisky, er mochte Whisky so gern, aber wir hatten keinen, also gab ich ihm etwas Palmwein, Marufo, und er starb lächelnd in meinen Armen. Ich träumte später von ihm, und er war grün wie das Gras nach dem Regen und anstatt seines Kopfes hatte er den eines Flusspferds, trotzdem erkannte ich ihn an seinem Lächeln, und er sagte mir mit einer Stimme so traurig wie die jenes singenden Baobabs: ‹Brüderchen, Brüderchen, wir töten uns ohne besonderen Grund. Die uns jetzt in den Tod schicken, machen sich längst schon bereit, auf die andere Seite zu wechseln.›

Seitdem träumte ich noch oft von Hauptmann Petrus, dann auch von anderen Toten, auch denen, die ich selbst auf die andere Seite befördert habe, und sie alle erzählten mir von einer wirren Zukunft, von der Sinnlosigkeit des Krieges, und ich begann meine Pflicht zu vernachlässigen, meine Körperhygiene, sogar meine eigene Sicherheit. Meine Vorgesetzten bestellten mich ein: ‹Was ist los, Brigadier, du warst immer ein Muster an Disziplin, Organisiertheit, militärischer Strenge, nun redest du mit dir selbst und siehst müde aus, bist schlecht rasiert, und mit deinen Gummisandalen an den Füßen siehst du aus wie ein Gammler, ein Wahnsinniger.› Ich gab keine Antwort, sondern schaute sie nur ausdruckslos an, schweigend, was sie noch wütender machte. Eines Morgens stieg ich dann also auf ein Dach, um eine Antenne zu reparieren. Es regnete, und ich wurde von Blitzen getroffen, bin gestorben und wiederauferstanden und habe ein Stück meines Erinnerungsvermögens verloren, oder besser gesagt, viele Erinnerungen.

Nun haben sie mich in einer kleinen Wohnung untergebracht. So ähnliche Häuser gibt es auch in Luanda. Auf den Balkons grillen sie Schweinekoteletts (fast ohne Fleisch, nichts als Fett und Knochen). Die Leute hier essen Zeug, das wir unseren Hunden nicht geben würden. Sie hungern. Und Schneeflocke hat mir verboten, hinauszugehen. Ich darf nicht mit den Nachbarn sprechen.

Freitag, 28. August 1998

Seit ein paar Tagen bin ich nun hier eingesperrt. Ich tue fast nichts. Höre die Stimmen im Haus. Morgens kommt eine Frau, die sich um meine Wohnung kümmert. Sie bringt mir auch Essen und Trinken. Sie heißt Concepción und kommt mir sehr alt vor. Sie hört schwer. Vielleicht ist sie aber auch ein Spitzel und stellt sich nur schwerhörig, um mich besser aushorchen zu können. Jedenfalls kann ich mich nicht richtig mit ihr unterhalten.

Samstag, 29. August 1998
Heute kam Schneeflocke am Nachmittag. Mit einem Militärangehörigen. Er trug eine gelbe Bermudahose und ein geblümtes Hemd, wie meine älteren Cousins in den Sechzigerjahren. Sogar eine Nickelbrille mit dünnem Rand wie John Lennon. Wie ein aus der Zeit gefallener Hippie, doch seine Augen verrieten mir auf den ersten Blick seine wirkliche Tätigkeit. Kollegen erkennen sich. Er setzte sich mir gegenüber, gab mir einen leichten Klaps auf das Knie und zischte: ‹*Moreno*, anscheinend kommst du in die Träume der anderen. Wie machst du das?›

Dass er mich als ‹*Moreno*› bezeichnete, ärgerte mich, aber er lachte, und ich lachte zurück. Dann mussten wir beide lachen. Schallend. Endlich setzte sich der Offizier wieder gerade hin, strich sich das Hemd glatt und wurde ernst: ‹Was für eine verrückte Geschichte, *Compañero*, was für eine irre Geschichte. Irgendwann schicken sie mich noch zu einem Verhör mit dem Unsichtbaren.› Als er das mit tiefer Stimme zu mir sagte, setzte auch ich mich gerade. ‹*Compañero*, vor dir sitzt ein Kubaner der seltensten Sorte, Marxist-Leninist durch und durch, und ich glaube weder an die beschissene Santería noch an Jesus Christus noch an seine Heilige Mutter, die am 15. August an Bord einer silbernen Wolke gen Himmel gefahren ist. Wenn du uns beiden einen Gefallen tun willst, sagst du gleich, was du den Irren für ein verdammtes Zeug eingeflößt hast, damit sie von dir träumen. Ich will nur ein bisschen davon, dieses verdammte Gift, um damit in die Träume einer gewissen Isabel reinzukommen, am Sonntag durch ihre Träume spazieren, wie über den Malecón.›

Er machte eine lange Pause. Ich spürte seinen Atem, ein leichter Hauch von vergorenem Obst. Vielleicht ist er Diabetiker oder hatte lange nichts mehr gegessen. Seine Augenhöhlen waren tief wie Brunnen. Nicht auszuschließen, dass er seit vierundzwanzig Stunden pausenlos durchgearbeitet hatte. Übermüdet und hungrig wird jeder Mensch zur Gefahr, umso mehr, wenn er Offizier der kubanischen Aufklärung ist. Mit so einem will man es sich nicht verderben.

‹Verzeihen Sie, *Compañero*›, murmelte ich mit gesenktem Blick und in der Tonlage, mit der ich auch Gott ansprechen würde, falls er mir in Gestalt eines ausgehungerten Löwen erschiene. ‹Sagen Sie einfach, was Sie von mir wollen. Ich bin zu jeder notwendigen Zusammenarbeit bereit.›

Der Mann entspannte sich etwas. Dann fragte er mich, was ich davon hielte, und ich sagte, alles sei nichts als ein völliger Quatsch, und die Antwort schien ihm zu gefallen: ‹Umso besser, Brigadier›, erwiderte er. ‹Sie sind doch Brigadier, oder nicht? Ich weiß, dass Sie auf Seiten der Marionetten gekämpft haben. Und ich danke Ihnen für Ihre Aufrichtigkeit. Ich heiße Pablo, Pablo Pinto, und ich bin Hauptmann. Es klingt vielleicht seltsam, aber die da oben denken nicht so wie wir. Also wollen sie, dass wir der Sache nachgehen. Einen, der sich in fremde Träume schleicht, könnten sie gut gebrauchen. Hier bei uns sagt man, die CIA würde noch viel merkwürdigere Dinge ernst nehmen. Also müssen wir uns notwendigerweise damit befassen.›

Ich ließ mir meine Verwunderung anmerken. Der

Hauptmann lächelte. ‹Aber keine Angst, Genosse, keine Angst. Kommt die Nacht, legst du dich schlafen, auch das brave kubanische Volk legt sich schlafen, und morgen früh sprechen wir mit ein paar Nachbarn von dir. Ich nehme an, du kommst nur in die Träume von Leuten, die in deiner Nähe sind.›

Ich schüttelte müde den Kopf. ‹Nehmen Sie es mir nicht übel, Hauptmann, aber Sie sind verrückt.›

‹Aber gewiss, du hast recht, das ist alles verrückt. Also bringen wir die Sache hinter uns. In einer Woche bist du zurück in Angola. Ich habe nur beste Erinnerungen an die Frauen in deinem Land. Schöne Frauen. Und gutes Essen. Geschmorter Ziegenbraten, Hühnchen in Palmbutter und diese Maniokpaste, Funje heißt die, nicht wahr? – alles so schön. Gutes Essen, schöne Frauen, Musik, fast so gut wie bei uns. Euer Problem ist die Disziplinlosigkeit und eure Arroganz. Wären wir nicht gekommen, 1975 und später dann in Mavinga, wärt ihr heute eine Provinz von Südafrika. Hättest du gern, Brigadier, dass Angola eine Provinz von Südafrika wäre?›

‹Nein, das stand aber auch nie zur Debatte. Südafrika wollte Angola nie annektieren.›

‹Ach so?! Du redest immer noch wie eine Marionette …›

Ich wusste nicht, ob der Typ sich über mich lustig machte oder es ernst meinte. Also schwieg ich und schaute zu Boden. ‹Wenn du leben willst›, sagte mein Vater, ‹dann stelle dich tot.› Arme Leute lernen so etwas von klein auf. Sich stumm stellen, gehörlos und blind. Sich klein machen und eingraben wie Tote.

Freitag, 4. September 1998
Ich wachte auf vom Kaffeeduft aus der Wohnung rechts nebenan. In meiner Küche gibt es einen Kühlschrank. Auf den hat jemand einen Käfig mit zwei Kanarienvögeln gestellt. Durch das Fenster schaut man auf einen winzigen Lichthof, wo meist nicht viel los ist. Die Vögel singen den ganzen Tag. Wenn es dunkel wird, werden sie leise, und wenn sie ruhig sind, wird es im ganzen Haus traurig. Ich gebe ihnen frisches Wasser, Vogelfutter und Bananenstücke, an denen sie fröhlich herumpicken. Den größeren, dickeren Vogel nenne ich Bucha. Den schmächtigeren Estica. Oft rede ich mit ihnen. Vielleicht träumen sie ja von mir.

...

Ich gehe immer früh schlafen. Solange der Schlaf nicht kommt, liege ich wach und horche. Die meisten Stimmen kann ich schon unterscheiden. In der Wohnung über mir wohnt ein Paar. Die Frau muss noch sehr jung sein. Der Mann nicht. Jede Nacht streiten sie, und dann gehen sie miteinander ins Bett. ‹Gib es mir, Papi, gib's mir hart!›, schreit die junge Frau. Und der Mann schnauft und legt los. ‹Schlag mich, Papi, schlag deine Frau. Schlag mich ins Gesicht. Fester!›, brüllt die junge Frau, und ich höre, wie seine Handfläche auf ihre Haut klatscht. Wenn sie es tun, wackelt die Lampe an meiner Wohnzimmerdecke.

Rechts von mir wohnt eine Familie mit vier Kindern und einem kranken Großvater. Der Alte hustet und hustet und hustet die ganze Nacht lang. Wenn ich nachts zur

Toilette muss, höre ich ihn durch die Wand gegen den Katarrh kämpfen und in seinem blumigen Spanisch auf Christus und die Jungfrau Maria schimpfen, auf Fidel Castro, die Kinder, auf alle Kinder, die sich nicht um ihn kümmern und ihn hier verrecken lassen, anstatt ihn nach Miami zu schicken.

In der anderen Wohnung leben ein Jazzpianist und zwei Revuetänzerinnen. Der Pianist hat ein Klavier. Darauf spielt er alte Boleros, die auch mir sehr vertraut sind: ‹Porque Tú me Acostubraste›, ‹Solamente Una Vez›, ‹Bésame Mucho›, ‹Angelitos Negros› oder ‹Las Simples Cosas›, das ich besonders mag. Im Busch, als ich noch Guerillero war, hörten wir viel Musik aus Lateinamerika. Einmal nahmen wir einen kubanischen Hauptmann gefangen, einen heiteren, sehr witzigen Typen namens Ramirez. Er konnte singen, echt gut singen. Ich hatte ihn einmal in Jamba mit einer Band namens Jaguares Pretos auftreten sehen. Leider hat ihn der Alte erschießen lassen. Der Pianist nebenan spielt das alles dermaßen emotional und authentisch, dass ich das Gefühl habe, die Lieder, kaum dass ich sie erkannt habe, nicht mehr zu kennen. Das sind jeden Tag meine besten Stunden.

Samstag, 5. September 1998

Pablo will nicht, dass ich ans Fenster gehe. Die Nachbarn dürfen nicht wissen, dass es mich gibt. Also verstecke ich mich hinter den Gardinen und beobachte sie. Ein paarmal konnte ich den Pianisten sehen, wie er sich auf den Weg zur Arbeit macht. Oder wie er sich mit den Tänzerinnen über Besucher des Etablissements unterhält, in dem sie alle drei arbeiten. Ein andermal sah ich, wie er mit einer langbeinigen jungen Frau redete. Ich glaube, das ist die Nachbarin über mir. Gestern war ich sehr früh wach und ertappte ihn innig umschlungen mit einem sehr schlanken, rothaarigen jungen Mann mit amerikanischem Akzent.

Sonntag, 6. September 1998
Pablo war wieder hier. Kaum hatte er die Tür hinter sich geschlossen, wusste ich, dass es kein erfreulicher Anlass war. ‹Brigadier, lieber Brigadier›, sagte er. ‹Deine Geschichte fängt an, immer verrückter zu werden. Wir haben uns mit einigen deiner Nachbarn unterhalten. Mit allen. Sie waren auf alles gefasst, nur nicht darauf, dass wir sie nach ihren Träumen befragen würden. Ein alter Mann hat mich sogar beschimpft.› Pablo lachte herzlich und schüttelte mit dem Kopf. Er machte die Stimme des Alten nach – er ist ein guter Imitator: *‹Du beschissener Sohn eines syphilitischen Ziegenbocks. Habt ihr Träume jetzt auch schon verboten?* Ich musste mich ziemlich zusammenreißen und dachte mir schnell eine Geschichte aus, dass ich kein Polizist sei, sondern Psychologe und dass wir an einer Studie über die Träume der kubanischen Bevölkerung arbeiteten. Kurzum, es war wirklich nicht leicht. Nein, es war sogar schwierig. Der merkwürdigste Auftrag in meinem ganzen Leben.›

Ich blickte ihn wütend an. Er schaute zurück, so als wären wir Boxer, und jeder wartete auf den ersten Schlag. Er hoffte wohl, dass ich etwas sagen würde, aber ich schwieg. Ein Bulle, und ich war nun einmal ein guter Bulle, lernt mit dem Schweigen zu arbeiten. Also zog er sich einen Stuhl heran und setzte sich direkt vor mich. ‹Die Scheiße ist, dass sie alle von ein und derselben Person geträumt haben. Von einem Mann in einem violetten Jackett. Und als ich ihnen ein Foto von dir zeigte, staunten sie. Erstaunt waren sie und wohl auch sehr erschrocken.›

‹Haben sie mich erkannt?›

‹Ja, fast alle. Nur der Alte nicht. Oder er hat dich erkannt, wollte uns aber die Freude nicht machen. Zumindest glaubt er mir nicht, dass ich Psychologe bin.›

Ich schüttelte den Kopf und wurde immer beunruhigter: ‹Was zum Teufel habe ich in den Träumen der Leute gemacht?›

Pablo nahm seine Brille ab und putzte sie mit dem Hemdsaum: ‹Ernsthaft, das weißt du nicht?›

‹Woher zum Teufel sollte ich das wissen?›

Pablo stieß mir seinen rechten Zeigefinger in den Brustkorb: ‹Vorsicht, mein Freund. Etwas mehr Respekt, wenn ich bitten darf. Du spazierst einfach so durch die Träume der Leute und kannst dich auf einmal an nichts mehr erinnern?›

‹Nein. An gar nichts. Ich kann mich an gar nichts erinnern!›

‹In Ordnung, zu streiten ist sinnlos. Wir machen es so: Für die nächste Zeit werde ich hier übernachten. Es macht dir doch nichts aus?› Ich musste an eine Katze denken, die mit einem Spatzen spielt. Dann setzte er seine Brille wieder auf. Mit Brille kamen mir seine Augen noch kleiner und härter vor. ‹Keine Angst, mein Freund. Natürlich schlafe ich im Wohnzimmer auf dem Sofa. Und du schläfst weiter in deinem Zimmer. Ich bin, ehrlich gesagt, ziemlich neugierig. Und du musst es doch auch sein. Ich habe so schreckliche Albträume. Bizarre Albträume, die ich oft selbst nicht als meine erkenne. Und du hast die Ehre, als Erster dabei zu sein.›

…

Pablo steht in der Küche und brät grüne Bananen.

…

Wir aßen zusammen im Wohnzimmer, in Unterhosen, so vertraut wie Mann und Frau. Gegen Mitternacht fing der Alte über mir an, mit der Frau mit den langen Beinen herumzuschreien.

‹Geht das jede Nacht so?›, fragte der Hauptmann.

‹Ja, bisher jede Nacht. Und gleich gehen sie zusammen ins Bett.›

Kurz darauf fing die Lampe zu wackeln an. Ich sah Pablos Schatten über meinen hinauswachsen, als wollte er ihn verschlingen, dann wieder schrumpfen und in der Ecke verschwinden. Der Hauptmann schüttelte anerkennend den Kopf. ‹Früher war der mal Journalist. Er heißt Nicolás Santa-Maria und ist vierundsiebzig. Hättest du das gedacht?›

‹Er scheint gut in Form zu sein.›

‹Kann man so sagen. Gut in Form und auch im Kopf klar wie Comandante Fidel höchstpersönlich. Man würde ihn niemals auf älter als fünfundfünfzig schätzen. Umso erstaunlicher, wenn man weiß, dass er vierundzwanzig Jahre im Gefängnis war. Aber ich sage dir nicht, warum; das ist Staatsgeheimnis.›

Pablo wartete, bis das Paar seine furiose Abendgymnastik beendet hatte, stand dann auf und wünschte mir süße Träume. Ich zog mich zurück in mein Zimmer. Er schläft jetzt auch. Ich kann ihn im Wohnzimmer schnarchen hören.

...

Ich schreibe. Weil ich nicht schlafen kann. Der Gedanke, die Augen zu schließen und auf einmal in einem der Träume von Pablo zu sein, macht mir Angst.

Montag, 7. September 1998

Es ist zwei Uhr Nachmittag. Ich bin gerade mit dem Essen fertig. Als heute früh schon um halb sieben der Hauptmann in meinem Zimmer stand, ohne anzuklopfen, muss ich ein erbärmlicher Anblick gewesen sein. Er schaute mich mit verächtlicher Miene an: ‹*Caramba, Moreno!* Du siehst wirklich aus, wie einer, der die ganze Nacht lang durch die Träume der anderen streift. Das muss ziemlich anstrengend sein.›

Ich sagte, es täte mir leid, ihn enttäuschen zu müssen, aber ich hätte kein bisschen geschlafen. Ich hatte mich die ganze Nacht lang im Bett gewälzt. Pablo setzte sich zu mir ans Kopfende und schaute halb wütend, halb enttäuscht aus dem Fenster: ‹Darum also habe ich nicht von dir geträumt, sondern schon wieder so einen irren Albtraum.

Die ganze Nacht habe ich auf dich gewartet, du Hornochse, aber du warst nicht da.›

Ich ärgerte mich, sagte, seine Albträume seien mir herzlich egal. Alle Träume und Albträume der Kubaner seien mir völlig egal und ich wolle zurück nach Luanda.

Aber Pablo hörte mir gar nicht zu, sondern stand auf und begann hektisch durchs Zimmer zu tanzen. Vier Schritte vor, vier zurück, vier Schritte vor, wieder vier Schritte zurück. Dann kramte er in seiner Jackentasche, ließ es wieder sein und sagte: ‹Ich hätte nie aufhören sollen zu rauchen. Nichtrauchen ruiniert meine Gesundheit. Und was dich angeht, *Moreno*, geh schlafen! Ist das denn so schwer? Wir geben dir Kost und Logis und lassen dir deine Wäsche waschen, und du musst nur schlafen! Das ist die Abmachung. Wenn du dich weigerst zu schlafen, nehme ich das persönlich. Ich kann dich festnehmen lassen wegen ... wegen ... Was weiß ich denn weswegen; jedenfalls kann ich dich einsperren lassen ...›

‹Dann lassen Sie mich doch einsperren. Aus welchem Grund, ist doch gleichgültig. In Kuba oder in Angola kann alles ein Grund sein, jemanden ins Gefängnis zu bringen – die falschen Bücher, der falsche Haarschnitt, die falschen Hosen oder ein falscher Stempel im Pass, welche Religion, welche sexuelle Orientierung, welche Essensgewohnheiten man hat. Da können Sie mich doch wohl auch einfach einsperren, weil ich nicht schlafe!›

‹Das stimmt. Ich lasse dich einfach so einsperren, ohne Grund. Stell dir vor, ich könnte jetzt schön am Fenster meines bescheidenen Palasts stehen und Brot in den Milchkaffee tunken und draußen die Mädchen vorbeiziehen sehen. Ich wohne direkt neben einer Schule. Ja, einer Schule. All diese Mädchen mit ihren Röckchen und den engen Blusen am Morgen. Wenn ich nur daran denke, regt sich der Mann in mir. Und stattdessen wache ich auf einem Sofa auf, das noch aus der Zeit von Batista stammt, und muss mir dein trauriges Hundegesicht ansehen. Heute Nacht muss ich zu drastischeren Maßnahmen greifen.›

...

Um zehn Uhr kam Pablo mit seinen drastischen Maßnahmen: zwei Schlaftabletten. Er hielt sie mir hin: ‹Schluck das.›

Ich nahm die Tabletten ohne weitere Diskussion. Mal sehen, ob ich jetzt schlafe.

Dienstag, 8. September 1998
Ich habe geschlafen wie ein Gebirge. Und bin frisch und erholt aufgewacht, glatt im Gesicht und mit ruhigem Gewissen. Pablo briet in der Küche schon Eier. ‹Gut siehst du aus, *Compañero*. Ich sehe, du hast geschlafen.›

Ich hätte tatsächlich geschlafen, antwortete ich. Und zwar sehr gut.

‹Acht Stunden und zweiundzwanzig Minuten hast du geschlafen. Und ich habe geträumt, *Compañero*, nur nicht von dir. Das heißt, entweder haben wir es hier mit einem prächtigen Schwindel zu tun, oder du drückst dich vor meinen Träumen.›

Ich aß die Eier. War sauer und starrte mit finsterem Blick stur auf meinen Teller. Am Nachmittag kam Pablo noch einmal und erzählte mir einigermaßen erstaunt, dass im Haus niemand in den letzten zwei Nächten von mir geträumt hätte. ‹Dann probieren wir es noch einmal heute Nacht. Aber diesmal ohne Tabletten.›

Zwei Stunden später war er schon wieder da und brachte Hühnchen zum Abendessen und dazu zwei Flaschen chilenischen Rotwein der Marke ‹Gato Negro›. Ich mache mir nicht viel aus Wein, trinke lieber Bier, aber der schmeckte mir. Wir aßen gut, tranken den ‹Gato Negro› und Pablo erzählte mir aus seinem Leben. Dass er sich schon mit achtzehn Jahren freiwillig gemeldet hätte, um in Angola zu kämpfen. Nicht aus Überzeugung, denn schon damals habe er an überhaupt nichts geglaubt, sondern um seinem despotischen Vater zu entkommen, der ihn gern als Mediziner gesehen hätte, wie er selbst einer war, sein Großvater und auch dessen Vater. Als überzeugter Kommunist sei er dann nach Havanna zurückgekehrt und, wie er hinzufügte, als Militär. Als er das Wort Mi-li-tär betonte, schaute er mir fest und mit ernstem Gesicht in die Augen.

Ich widerstand diesem Blick. Ich wollte schon damals mit dem Militär nichts mehr zu tun haben. Ich habe die Schnauze gestrichen voll. Doch ich verstehe ihn. Die Armee ist als Institution mehr als nur eine große Familie. Das Militär ist wie eine Komposition, eine perfekte Symphonie im kakofonischen Lärm einer Großstadt. Wer dabei ist, wird zu einer Note in der Partitur. In dieser Komposition strammzustehen, gibt einem das Gefühl von Harmonie und Behagen.

Mittwoch, 9. September 1998
Als ich heute früh aufwachte, saß Pablo schon wieder an meinem Bett. Er muss mich beim Hinsetzen geweckt haben und gab sich keinerlei Mühe, seine Begeisterung zu verbergen: ‹Wie machst du das nur? Es war genau so, wie es Schneeflocke erzählt hat. Wie es die anderen erzählen. Du hattest ein komisches Jackett an. Aber sonst warst du wirklicher, als du in Wirklichkeit je gewesen bist. Vielleicht, weil alles andere so unwirklich war. Du warst plötzlich da, lächelnd in der Absurdität meines Albtraums. Dann hast du angefangen zu sprechen.›

‹Was habe ich denn gesagt?›

‹Was du gesagt hast?! Wenn du dich selbst nicht erinnern kannst, werde ich es dir bestimmt nicht verraten. Was nützt es denn, wenn du zwar in die Träume der anderen hineinkommst, aber dich nicht erinnern kannst?›

‹Aber das genau ist es doch! Ich bin wertlos für euch. Ich werde niemals ein Spitzel für euch sein können, weil ich mich an nichts erinnern kann. Was nützt euch ein Spitzel mit totalem Gedächtnisverlust?›

‹Weiß ich nicht. Vielleicht könnten wir dich benutzen, um den Träumern bestimmte Botschaften einzuflüstern?›

‹Und wie soll das gehen? Ich kann keine Träume beeinflussen.›

Pablo legte seine Stirn in Falten. Er zog aus der Tasche seiner Bermudashorts ein kleines Heft und einen winzigen Bleistift und schrieb etwas auf. Dann frühstückten wir, und danach ging er weg. Um zwei Uhr nachmittags kam er mit Schneeflocke wieder.

Als ich sie sah, brach ich zusammen. Ich klammerte

mich an sie und rief: ‹Holen Sie mich hier raus! Erklären sie denen, dass alles nicht mehr als ein riesiger Irrtum ist. Ich bin nicht der, für den sie mich halten. Sie sind alle verrückt. Ich will zurück in mein Land!›

Schneeflocke war genauso nervös wie ich. Sie wischte mir mit dem Handrücken die Tränen weg und versuchte mich zu beruhigen. Sie war derselben Meinung wie ich und wollte nur noch dieses ‹kleine Rätsel› lösen. Sie nannte es ‹kleines Rätsel›. Und schon könne ich wieder nach Hause. Inzwischen hatte sich Pablo an den Tisch gesetzt und tat so, als schriebe er etwas in sein Heft. Ich wandte mich an ihn und verlangte, jemanden von der angolanischen Botschaft zu sprechen. Er lächelte mir verständnisvoll zu: ‹Keine Sorge, die angolanischen Behörden sind informiert. Nur noch ein paar Tage. Du hast doch in Mavinga viel schlimmere Dinge erlebt. Ja, ich weiß, dass du in Mavinga warst. Und selbst wenn du wieder zurück in Luanda bist, wirst du in der Kaserne bestimmt nicht mehr so gutes Essen bekommen. Es ist doch ganz einfach, *Moreno*, du musst doch nur schlafen und träumen.›

‹Und nenn mich nicht dauernd *Moreno!*›

‹Ganz ruhig›, mischte sich Schneeflocke ein. ‹Beruhige dich, Hossi. Lass uns reden. Der Hauptmann hat seine Arbeit erledigt. Nun lass uns reden. Nur du und ich.›

Pablo stand auf und gab mir die Hand. ‹Einstweilen lasse ich dich mit der Frau Doktor allein. Ich habe auch Wichtigeres zu tun. Wir schicken dir weiter die Putzfrau zum Aufräumen und um dir zu essen zu bringen. Geh nicht ans Fenster und lass dich von niemandem sehen.›

‹Von niemandem sehen lassen?! Wie lange noch? Wie lange noch bleibe ich hier eingesperrt?›

‹Du bist nicht eingesperrt. Du hast einen Auftrag. Du bist ein angolanischer Kämpfer mit einer Mission. Wenn es nach mir ginge, wärst du schon längst zu Hause. Du gehst mir nämlich auf die Nerven. Aber ich darf dich nicht gehen lassen. Ich werde anweisen, dir mehr Wein zu bringen. Den Wein, den du so gerne magst. Beruhige dich einfach und schlafe.›

Er nickte Schneeflocke zum Abschied kurz zu und war weg. Die Psychologin setzte sich. Sie schaute mich lange an und wiegte den Kopf: ‹Das muss dir alles recht seltsam vorkommen.›

Ich setzte mich auch und wischte mir mit dem Hemd übers Gesicht. Es war sehr heiß. Ich wollte nur, dass mich Schneeflocke in Ruhe ließ und auch ging, damit ich kalt duschen konnte. Ich schaute sie schräg an, wie ein Chamäleon eine Katze beäugt, und machte meinem Ärger Luft. Ich war nach Havanna geschickt worden, weil ich ein Gedächtnisproblem hatte, zur Behandlung, und nun war ich aus der Pfanne ins lodernde Feuer geraten. Die Psychologin versuchte, mich zu beruhigen: ‹Als du hier ankamst, warst du sehr durcheinander. Das ist aus meiner Sicht ganz natürlich. Wer wäre es nicht, nach den vielen entsetzlichen Dingen, die du erlebt hast. Aber lass uns über Träume reden. Kannst du dir vorstellen, wozu Träume gut sind?›

‹Was weiß ich! Für meine Großmutter waren Träume ein Blick in die Zukunft. Sie konnte im Traum Dinge voraussehen. Wenn morgens die Sonne schien, wusste sie trotzdem, dass es abends womöglich regnen würde.

‹Genau. Träume und Ahnungen sind miteinander verwandt. Träume sind immer schon eine Disziplin der Magie gewesen. Aber du glaubst nicht an Magie, oder? Ich bin Psychologin. Ich glaube ein bisschen daran.›

Ich erzählte ihr, dass ich im Lauf meines Lebens, vor allem damals im Busch, viele seltsame Dinge gesehen hatte, viele Geschichten gehört, aber noch nie solchen Unsinn, wie ihn sich die Leute des kubanischen Geheimdienstes nun ausgedacht hatten. Sie erwiderte, dass Träume uns helfen, mit der Wirklichkeit fertigzuwerden. Frühere Kämpfer hätten oft Albträume, die immer wiederkehrten. Ich schüttelte heftig den Kopf: ‹Nicht ich habe Albträume, sondern Pablo! Der ist komplett verrückt!›

‹Pablo hat auch in Angola gekämpft. Was ich sagen will, ist, dass Albträume uns manchmal helfen, traumatische Erinnerungen zu verarbeiten. Und es gilt als sicher, dass Träume dazu dienen, Erinnerungen zu halten. Sie helfen uns auch, Lösungen für Probleme zu finden, die uns belasten. Mendelejew schuf das Periodensystem der Elemente nach einem Traum. August Kekulé träumte von einer Schlange, die sich selbst in den Schwanz beißt, und als er aufwachte, wusste er, dass er die Molekularstruktur des Benzols entdeckt hatte. Angeblich haben auch Beethoven und Wagner im Traum Teile der Kompositionen gehört, an denen sie jeweils gerade arbeiteten. Manchmal ganze Partituren. Paul McCartney soll *Yesterday* geträumt haben. Als er aufwachte, war die Melodie in seinem Kopf, er setzte sich ans Klavier und spielte sie auswendig herunter. Erst dachte er, er hätte sie irgendwo aufgeschnappt und traute sich nicht, damit ins Studio zu gehen. Er dachte, sie sei nicht von ihm, und pfiff sie monatelang Freunden vor, um herauszufinden, wer sie geschrieben hatte. Schließlich musste er einsehen, dass er sie wirklich geträumt hatte. Wissen Sie, dass ein Mensch durchschnittlich in seinem Leben insgesamt sechs Jahre lang träumt? Irgendeinen Sinn muss das haben.›

Ich hörte ihr aufmerksam zu, tat aber so, als interessierte mich das alles nicht. Dann sagte ich ihr noch einmal, dass ich fast nicht träume. Sie reagierte gereizt und schimpfte, nun lauter, ich wolle ihr meine Träume wahrscheinlich nur nicht offenbaren. Da stand ich auf, ging zur Tür, hielt sie auf und sagte: ‹Bitte gehen Sie!›

Schneeflocke ging. Ich duschte kalt und machte Abendessen. Beim Abendessen im Wohnzimmer blätterte ich in alten Literaturzeitschriften, ohne tatsächlich darin zu lesen. Ich aß, wusch das Geschirr ab und legte mich mit einem Buch aufs Sofa: *Der Herbst des Patriarchen* von Gabriel García Márquez, das ich gestern in einer Pappschachtel unter dem Bett gefunden hatte. Es wurde dunkel, aber die Hitze ließ nicht nach. Schließlich legte ich das Buch weg, duschte noch einmal und stellte mich nur in Unterhosen ans Fenster und schaute hinaus in den Lichthof. Es war niemand zu sehen. Es war stickig. Eine Brise schob leicht die Gardinen zur Seite und strich mir erfrischend über die Haut. Und plötzlich überkam mich der Drang, rauszugehen, zu fliehen, mich zu verlieren in den dunklen Straßen der Stadt. Ich zog ein Paar Jeans an, schob die Gardinen zur Seite und sprang aus dem Fenster. Vom Lichthof ging es auf einen größeren Hinterhof, auf dem fünf oder sechs Autowracks aus den Fünfzigerjahren verrosteten. Ich setzte mich auf eine Mauer, mit dem Rücken zum Eingang, und schaute hinaus auf das Chaos. Da hörte ich eine Frauenstimme: ‹Guten Abend! Sie also sind der aus Nummer 33.›

Ich wandte den Kopf, um sie zu erkennen. Sie lehnte an der Tür und lächelte. Sie trug ein sehr leichtes Sommerkleid, das mit einem Pfau bedruckt war. So wie ich dasaß, so halb in der Nacht, konnte sie mein Gesicht nicht erkennen. Doch kaum war sie näher gekommen, wurde aus ihrem halb spöttischen Lächeln ein Staunen: ‹Heilige Jungfrau! Das ist ja der Mann aus den Träumen!›

Sie wich drei Schritte zurück Richtung Hauseingang. Ich hob beschwichtigend meine Hände: ‹Haben Sie von mir geträumt?›

Das Mädchen zögerte: ‹Ich und viele andere. Die Polizei fragt schon überall danach. Wer sind Sie?›

Ich versuchte, sie zu beruhigen, aber ich war selbst völlig nervös und fing an zu stottern. Ich erzählte ihr, dass ich kein Kubaner sei, sondern Afrikaner und mich hier gegen meinen Willen verstecken müsse. In Wahrheit sei ich vom kubanischen Geheimdienst entführt worden. ‹Bitte erzählen Sie niemandem, dass Sie mich gesehen haben.›

Die junge Frau schien sich allmählich zu beruhigen. Sie trat wieder drei Schritte vor und streckte mir ihre Hand entgegen: ‹Ava. Mein Name ist Ava, wie Ava Gardner.›

‹Und ich heiße Hossi. In meiner Sprache bedeutet das Löwe. Ich hatte mal einen Zwillingsbruder, der ist im Krieg umgekommen. Wenn in meiner Kultur Zwillinge geboren werden, und es sind Jungen, dann nennt man den einen Hossi und den anderen Jamba, Elefant.›

Wir unterhielten uns noch zwei Stunden lang. Ich bin gerade erst weg von ihr. Sie versprach, morgen um dieselbe Zeit wieder dort auf mich zu warten.

Donnerstag, 10. September 1998
Seit ich wach bin, denke ich nur noch an Ava. Ich habe zu lesen versucht, aber ich kann nicht. Als Concepción in die Küche kam, sah sie mich dort sitzen und mit den Kanarienvögeln reden. Sie sagte nichts, zeigte aber auch kein Erstaunen. Sie machte mir eine Suppe, räumte auf und ging wieder.

...

Ava war zur vereinbarten Zeit wieder da. Ich kletterte aus dem Fenster und setzte mich neben sie auf den Treppenabsatz. Sie trug ein blaues, sehr schlichtes Kleid und war barfuß. Damit sah sie noch jünger aus als gestern. Ich traute mich gar nicht, sie nach ihrem Alter zu fragen. Wir unterhielten uns bis um zwei Uhr früh. Ich erzählte ihr, dass ich Soldat bin und dass ich von zwei Blitzen getroffen worden war. Anders als die meisten anderen Leute zweifelte sie nicht daran, sondern wollte nur meine Narben sehen: ‹Wie wunderschön!›, sagte sie.

Dann drückte sie ihre Lippen auf zwei Finger und strich mir damit über die Haut. Nun sitze ich an meinem Küchentisch und unterhalte mich mit den Kanarienvögeln – schon wieder. Bucha schaut interessiert, Estica hat ihren Kopf ins Gefieder gesteckt und schläft. Ich sollte auch schlafen, aber ich bin gar nicht müde.

Freitag, 11. September 1998
Wenn ich die Augen schließe, sehe ich Avas Augen, groß, honigfarben, strahlend. Heute Nacht habe ich sie wieder gehört, in der Wohnung über mir, wie sie stöhnte, als sich der Alte auf ihr abmühte. Ich wartete dann am Fenster auf sie, doch sie kam nicht.

Samstag, 12. September 1998
Zum Mittagessen war Pablo da. Er brachte mir einen Kassettenrekorder: ‹Falls du mal aufwachst und dich an einen Traum noch erinnern kannst, nimm es auf.› Ich sagte ihm noch einmal, dass ich nicht träume. Schon seit Jahren nicht mehr. Oder ich träume und kann mich an nichts mehr erinnern.

…

Auch heute war Ava nicht da.

…

Sonntag, 13. September 1998
Den ganzen Tag musste ich an Ava denken. Ich musste so oft an sie denken, dass ich Bauchschmerzen bekam. Auch meine Augen tun weh, weil ich sie immer zusammenkneife, weil ich so fest an sie denke. Ich überlege mir stundenlang, wie es wohl wäre, wenn wir zusammen wären. Vielleicht könnte ich in Havanna bleiben und von Übersetzungen aus dem Spanischen ins Portugiesische leben oder Elektrogeräte reparieren. Nichts würde dage-

gen sprechen. In Angola jedenfalls wartet niemand auf mich.

…

Ava war da. Ich lag schon seit Stunden ausgestreckt auf dem Wohnzimmerfußboden und starrte zur Decke und stellte mir vor, dass die Decke ein Schattentheater sei, als ich ein leichtes Klopfen an der Fensterscheibe zum Hausflur hörte. Sie war es. Als sie mich sah, lächelte sie. Sie umarmte mich. Küsste mich auf die Wange. ‹Darf ich reinkommen?›

Sie wartete nicht auf Antwort, sondern schob ihr rechtes Bein vor, dann ihr linkes und war in der Wohnung. Dann umarmte sie mich noch einmal. Lange. Dabei berührte sie mit ihren Lippen meinen Hals und murmelte: ‹Du riechst gut.›

Ich stieß sie erschrocken zurück. Ich war ehrlich: ‹Ich war schon lange nicht mehr mit einer Frau zusammen.›

Ava wich drei Schritte zurück. Dann zupfte sie am Saum ihres Kleides, dem, mit dem ich sie schon einmal gesehen hatte, das mit dem aufgedruckten Pfau, sodass ich ihre Beine erkennen konnte: ‹Gefalle ich dir?›

‹Aber ja!›

‹Dann küss mich!›

Ich küsste sie und vergaß alle Ängste.

Montag, 14. September 1998
Ich schaue zurück, was mir von meinem Leben geblieben ist, und kann mich nicht erinnern, je so glücklich gewesen zu sein.

Dienstag, 15. September 1998
Am Nachmittag stand Ava auf einmal da. Ich öffnete ihr die Tür, aufgeregt, hatte Angst, dass sie jemand gesehen hat. Sie kam herein, ließ ihr Kleid über die Schultern zu Boden gleiten. Und dann war sie nackt.

‹Es gefällt mir, wie du mich ansiehst, wenn ich mich ausziehe›, sagte sie. ‹Nur mit deinem Blick bekleidet, bin ich unbesiegbar.›

Unbesiegbar fühle auch ich mich, seit sie in meinem Leben ist. Unbesiegbar und zugleich verletzlich. Unbesiegbar, wenn sie bei mir ist, wenn sie über mir ist, stöhnt und laut ist, und immer wieder verletzlich, wenn sie fortgeht, ohne dass ich weiß, ob sie wiederkommt.

Freitag, 18. September 1998
Letzte Nacht habe ich sie wieder in den Armen des Alten gehört. Ich spreche nicht mit ihr darüber. Ich habe kein Recht dazu. Ich tue so, als wüsste ich nicht, dass sie mit einem anderen Mann lebt. Ava erzählt viel von ihrem Vater, über ihre schwierige Kindheit, aber fast nie etwas aus ihrem Alltag. Ich weiß, dass sie Krankenschwester gelernt hat, dann aber aufgehört hat. Sie hat Informatik studiert, aber auch das abgebrochen. Einmal fragte ich sie, wie sie sich ihre Zukunft vorstellt. ‹Mit dir›, sagte sie und knabberte an meinem Ohr.

…

Pablo war da. Er wollte wissen, ob ich ihm einen Traum aufgenommen hätte. Ich sagte Nein. Da bat er mich, ihm den Rekorder zurückzugeben. Er erzählte mir, dass vor einigen Tagen fünf Kubaner in Miami unter dem Vorwurf der Spionage festgenommen worden seien. Von einem dieser fünf Männer sprach er so voller Wärme, als müsste auch ich ihn kennen, als wären wir alle schon seit unserer Kindheit befreundet. Dann ging er und umarmte mich.

Sonntag, 20. September 1998
Heute Nacht habe ich Ava mit dem Rücken zu mir an die Wand gelehnt, ich musste mich schrecklich zusammenreißen, um nicht laut zu schreien. Es war gut.

Dienstag, 22. September 1998
Ich schließe die Augen und sehe schon wieder Ava, wie sie ihren runden, festen, glatten Hintern hebt und sich mir zeigt. Ich spüre sie in meinem Mund beben. Sehe, wie sie sich auf die Lippe beißt, still.

…

Mitten in der Nacht bin ich aufgewacht. Avas Duft. Und ich war sicher, dass etwas Schlimmes geschehen wird.

Mittwoch, 23. September 1998
Heute früh war Concepción nicht da. Das wunderte mich. Um kurz nach drei Uhr kam Pablo mit drei Soldaten. Er sagte, ich solle meine Sachen zusammenräumen und die Koffer packen: ‹Du fährst nach Hause, Brigadier!›

Ich schaute ihn entgeistert an: ‹Jetzt?›

‹Jetzt. Ein Flugzeug wartet auf dich auf dem Flughafen José Martí.›

‹Aber das geht nicht.›

‹Warum geht das nicht? Du wolltest doch unbedingt wieder nach Hause. Und außerdem hattest du von Anfang an recht. Es war nur Einbildung gewesen. Lass uns das alles vergessen. Die ganze Zeit hier vergessen.›

Ich packte meine paar Sachen zusammen mithilfe (oder besser unter Bewachung) der Soldaten. Und dabei überlegte ich mir, wie ich Ava Bescheid sagen könnte. Mir fiel aber nichts ein. ‹Ich habe geträumt›, sagte ich. ‹Ich habe entsetzliche Träume gehabt.›

Pablo drehte mir den Rücken zu: ‹Deine Träume interessieren mich nicht. Sie haben mich eigentlich nie interessiert. Ich bin Militär. Ich befolge Befehle. Los, gehen wir!›

Er brachte mich zum Flughafen, wir stiegen aus dem Auto, und er begleitete mich noch bis zur Treppe ins Flugzeug. Dann umarmte er mich. Ganz nahe an meinem Ohr flüsterte er: ‹*Moreno*, es tut mir leid, tut mir sehr leid. Soll ich deiner Freundin etwas ausrichten?›

Ich musste mich schrecklich beherrschen, um nicht laut loszuheulen: ‹Sag ihr, ich komme zurück, um sie zu holen.›

Dann stieg ich die Treppe hinauf, bekam einen Platz am Fenster neben einem dicken, verschwitzten Mann, der sofort einschlief, kaum dass das Flugzeug in der Luft war, und die gesamte Reise lang schnarchte. Nun sind wir im Landeanflug auf Luanda. Ich weiß nicht, was mich erwartet. Es interessiert mich auch nicht.»

8

Ich bin es gewohnt, dass mir Leute die seltsamsten Dinge erzählen. Mich überrascht kaum noch etwas. Was die einen für merkwürdig halten, ist für andere ganz normal. Als Hossi zu Ende erzählt hatte, fragte ich: «Was ist aus Ava geworden?»

Der Hotelier hatte die Frage erwartet: «Ich habe nie wieder etwas von ihr gehört ...»

«Haben Sie es nicht versucht?»

«Nein. Ich kenne doch nicht einmal die Adresse des Hauses, in dem ich gefangen war. Außerdem ist sie verheiratet, erinnern Sie sich? Ihr Ehemann Nicolás war der beste Freund ihres Vaters. Als dieser ins Gefängnis kam, überlegte er sich eine List, um auch festgenommen zu werden und seinem Freund im Gefängnis zu helfen. Er half ihm, beschützte ihn. Der Alte starb in seinen Armen. Wenige Monate darauf starb auch Avas Mutter. Als er entlassen wurde, war Ava ein Waisenkind, das nur auf Nicolás wartete. Dankbarkeit ist stärker als Liebe. Sie würde ihren Mann niemals für mich verlassen.»

Wir schwiegen. Hossi war in Gedanken bei Ava. Ich dachte an die Frau mit den Haaren wie Zuckerwatte.

«Eigentlich wollte ich Ihnen ja von meinen Träumen erzählen», gestand ich. «Ich träume von Leuten, die ich nicht kenne, die es aber wirklich gibt oder gegeben hat.»

«Es wäre auch seltsam, von Leuten zu träumen, die es

nicht gibt. Vermutlich kann man sich im Traum keine Gesichter ausdenken. Man träumt immer von echten Personen. Habe ich irgendwo gelesen. Erzählen Sie mir von den Träumen.»

«Ich träume sehr ausführlich. Manchmal träume ich ein ganzes Leben und unterhalte mich auch mit den Leuten. Ich führe Gespräche, wie sie für Träume sehr außergewöhnlich sind. Meine Freunde glauben mir das nicht.»

«Das ist normal. Glauben Sie, ich glaube Ihnen?»

«Warum nicht?»

«Warum sollte ich Ihnen mehr glauben als Ihre Freunde?»

«Weil Sie mir eine vollkommen unglaubwürdige Geschichte erzählt haben und ich Ihnen geglaubt habe.»

«Dann sind Sie dümmer als die meisten. Als Journalist sollten Sie schon von Berufs wegen skeptischer sein. Das wäre besser für Sie.»

Da kam wieder der Benchimol-Dämon über mich: «Das heißt also, Sie haben sich all das, was Sie mir gerade erzählt haben, die Träume, die tödlichen Blitze, die Liebe zu Ava, diese ganzen Geschichten nur ausgedacht?»

«Alles gelogen. Alles ausgedacht. Oder nein. Nicht gelogen. Was für einen Unterschied macht das?»

«Das macht durchaus einen Unterschied!», brüllte ich.

«Aber nicht im Geringsten. Das ist vollkommen gleichgültig. Wichtig ist, dass Sie es geglaubt haben. Als ich Ihnen meine Geschichte erzählt habe, haben Sie sie geglaubt. Also war sie wirklich, als ich sie erzählt habe.» Er seufzte lang, wie das Pfeifen einer Lokomotive beim Verlassen des Bahnhofs. «Nein, ich kann Ihnen nicht helfen. Wie sollte ich auch? Suchen Sie sich einen Psychologen.»

9

Ich war von den Fotografien besessen. Ich ließ sie ausdrucken, schaute sie mir vor dem Einschlafen an. Und gleich nach dem Aufwachen wieder. Verbrachte viele verlorene Augenblicke damit, diese nackte Frau anzuschauen, so entrückt, so schön. Ich strich mit den Fingern über ihre kleinen Brüste, ihre langen Beine. Und wenn ich einschlief, traf ich sie in meinem Träumen wieder, nur zog sie nun in der Ferne vorbei, nicht wie ein Mensch, sondern wie eine Landschaft. Nur die schlafwandelnden Vögel redeten mit mir.

Eines Abends fand ich bei Google die Möglichkeit, Bilder erkennen zu lassen. Ich lud eines der Fotos hoch und war überrascht, gleich achtundsechzig Ergebnisse zu bekommen. «Relevanteste Suchergebnisse für dieses Bild: Moira Fernandes.»

Ich suchte nach ‹Moira Fernandes›.

Und sofort erkannte ich die Frau mit den Haaren wie Zuckerwatte: «Künstlerin, geboren am 7. August 1983 in Maputo (Mosambik), als Kind einer von der Ilha de Moçambique stammenden Familie. Studierte als Stipendiatin einer britischen Institution an der Byam Shaw School of Art, London. Lebt und arbeitet seit ihrem 25. Lebensjahr in Kapstadt, Südafrika, erhielt zahlreiche nationale und internationale Auszeichnungen. Sie ist hauptsächlich Fotografin, produziert aber auch Ölbilder und Aquarelle.

Bekannt wurde sie mit einer Reihe von fotografischen Inszenierungen ihrer eigenen Träume.»

Ich rief den südafrikanischen Journalisten Peter van der Merwe an, den ich vor Jahren im Krieg kennengelernt hatte. Wir waren Freunde geworden. Peter arbeitete für *Mail & Guardian*, eine der angesehensten Zeitungen Südafrikas. Ich fragte ihn, ob er Moira Fernandes kenne.

«Moira, die Künstlerin?», lachte Peter. «Ist sie etwa verschwunden?»

«Ich hoffe nicht. Aber sie hat etwas verloren, das ich gefunden habe. Ich würde es ihr gerne zurückgeben.»

«Ich sehe, du arbeitest immer noch in dem Metier. Nur, dass du früher nie fündig wurdest ...»

«Von wegen ...»

«Was denn? Dieses bescheuerte Flugzeug etwa? Hast du das Flugzeug gefunden?»

Wir plauderten noch ein paar Minuten lang, lachten und alberten herum. Ich versprach, ihn einmal in Johannesburg zu besuchen, in der Hoffnung es nie tun zu müssen – ich hasse Johannesburg. Dann verabschiedete ich mich und legte auf. Eine halbe Stunde später bekam ich die E-Mail-Adresse von Moira Fernandes. Ich setzte mich hin und fing an zu schreiben: «Hallo Moira!»

Dann hielt ich kurz inne. Ich weiß nie, wie ich eine fremde Person anreden soll. Und hier war es noch schlimmer, denn ich kannte sie ja, durfte es ihr nur nicht sagen. Ich korrigierte also: «Verehrte Frau Moira Fernandes, mein Name ist Daniel Benchimol, ich bin Journalist und lebe in Luanda. Kürzlich fand ich beim Schwimmen im Meer eine Kamera, auf der Fotografien von Ihnen gespeichert sind. Ich nehme an, sie gehört Ihnen, und würde sie Ihnen gern zurückgeben. Mit freundlichen Grüßen Daniel Benchimol.»

Ich schickte die Mail ab und ging Tee machen. Als ich das Wasser in die Kanne gab, musste ich wieder an Lucrécia denken. Ich spürte einen wütenden Stich. Meine ganze Zukunft hatte ich dieser Frau in die Hände gelegt, und sie hatte sie einfach weggeschmissen und die Vergangenheit gleich mit.

10

«Lieber Daniel,
vielen Dank für Ihre Nachricht. Sie zu bekommen, hat mich sehr gefreut und zugleich überrascht. Es ist wirklich meine Kamera. Sie schreiben, Sie sind Journalist. Journalisten fragen normalerweise, werden irgendwann zu notorischen Fragern. Ich habe mich gewundert, dass Sie mir nicht eine einzige Frage gestellt haben, nicht einmal, ob diese Kamera mir gehört. Das hat mir zu denken gegeben. Ich glaube, Sie haben es absichtlich gemacht, und sich bemüht, nicht zu fragen. Das hat mich beeindruckt.

Also will ich von mir aus die Fragen beantworten, die Sie mir rücksichtsvollerweise nicht gestellt haben.

Daniel Benchimol – Wie ist Ihnen die Kamera abhandengekommen?
Moira Fernandes – Ich habe sie in Kapstadt verloren, vor mehr als einem Jahr. Ich war mit meinem Freund Hugo unterwegs, der Exkursionen für Touristen organisiert. Die Touristen werden in Käfigen ins Wasser gelassen, um Haie zu beobachten. Ich nahm meine Kamera mit, um die Haie zu fotografieren. Auf die Speicherkarte kopierte ich auch ein paar fertig bearbeitete Bilder, um sie Hugo zu zeigen. Sie haben die Aufnahmen wahrscheinlich gesehen und die von den Haien auch. Ich hoffe, Sie haben keinen Schre-

cken bekommen, oder wenigstens keinen großen. Hugo sagt, Kunst unterscheidet sich von Postkarten dadurch, dass sie beunruhigt und aufrüttelt. Postkarten dagegen sollen beruhigen.

Sind Sie beunruhigt worden?

Ein Hai ist plötzlich direkt auf mich zugeschwommen und gegen die Gitterstäbe meines Eisenkäfigs geknallt. Ich wäre vor Schreck fast gestorben. Ich bin erschrocken wie noch nie in einer Kunstausstellung. Vor Schreck habe ich meine Kamera losgelassen.

Ihre Fotografien erinnern an Träume. Sind sie Träumen nachempfunden?
Ja. Ich träume, und wenn ich aufwache, schreibe ich mir alles auf, was ich geträumt habe. Dann inszeniere ich diese Träume und baue mich in sie ein.

Warum stellen Sie immer sich selbst in den Mittelpunkt dieser Träume?
Weil es meine Träume sind. Wären es Ihre Träume, die ich inszeniere, würde ich Sie hineinmontieren.

Und warum sind Sie dabei immer nackt?
In meinen Träumen bin ich immer nackt.

Aber ist das nicht eitel? Sehen Sie sich gern selbst?
Sie haben recht. Ich bin eitel. Ich betrachte mich gerne selbst. Als Jugendliche ging es mir nicht gut. Ich war größer als meine Freundinnen und sehr dünn. Und ich war nie hübsch. Noch heute finde ich mein Gesicht eigenartig, die

Nase zu groß, die Wangenknochen zu deutlich hervorstehend, aber ich weiß heute, wie ich das für mich nutzen kann. Damals weinte ich viel, hasste mein Aussehen. Hasste mein Haar. Bis ich zwanzig war, glättete ich es. Irgendwann war ich es leid, und ich ließ es natürlich wachsen. Heute falle ich den Leuten auf. Weil ich groß bin, aber vor allem wegen meiner Haare, meiner Nase, meinen Wangen. Ich trage gern Turbane in leuchtenden Farben, passend zu meiner Kleidung. Die Kleider entwerfe ich selbst. Dabei lasse ich mich gern von Ndebele-Motiven inspirieren. Ich lackiere meine Fingernägel blau, grün oder in anderen grellen Farben, damit die Leute nicht immer nur auf mein Haar achten. Doch die Leute schauen mir immer noch mehr auf das Haar als auf meine Hände. Täglich bekomme ich Komplimente dafür. Oder werde beschimpft. Es gibt überall dumme Leute.

Noch einmal zu den Fotografien. Sie wirken wie Landschaften.

Das höre ich oft. Aber ich mag es nicht. Man durchquert Landschaften, aber man lebt sie nicht. Wenn uns Landschaften schmerzen, anrühren, empören, dann sind sie keine Landschaften mehr, sondern Ereignisse. Ich möchte meine Fotografien als Ereignisse sehen. Ich will, dass sie schmerzen, bewegen, den Betrachter aufwühlen. Erst gestern fragte ich meinen besten Freund Hugo, ob es einen Nutzen hat, was ich tue: ‹Hältst du meine Arbeit für entbehrlich?› Er schaute mich staunend an. Er ist groß, wirklich groß, breitschultrig, ein wahrer Riese mit einem starken Kreuz und kräftigen Armen. Ein erschrockener großer Mann wirkt erschrockener als ein kleiner. ‹Nein, dein Werk ist sehr notwendig!›, versicherte er mir.

‹Warum?›

‹Weil es uns mit unseren geheimsten Ängsten konfrontiert.›

Hugo hat ein Segelboot, wie gesagt. Er fährt Touristen aufs Meer, um sie zwischen den Haien tauchen zu lassen. Die Touristen werden in einem stabilen Stahlkäfig ins Wasser gelassen. Sie bezahlen, um Angst zu bekommen, obwohl sie dabei nicht das geringste Risiko eingehen. In zehn Jahren gab es nur ein einziges Mal ein Problem. Ein junger Amerikaner stieg aus dem Käfig, um zu zeigen, dass er keine Angst vor den Haien hatte. Hugo wartete, bis er wieder an Bord war, und gab ihm wortlos zwei Ohrfeigen, ohne ihn anzuschreien.

Ich fragte: ‹Was meinst du mit Ängsten?›

‹Die Träume›, stammelte Hugo. Immer, wenn er aufgeregt ist, stottert er. ‹In deinen Arbeiten geht es um Träume, nicht wahr?›

‹Ja, Träume, meine Träume. Sind meine Träume beängstigend?›

‹Träume sind immer beängstigend, weil sie so intim sind. Sie sind das Intimste, was wir haben. Die Intimität ist erschreckend.›

Hugo sagt immer so treffende Dinge. Und was halten Sie von meiner Arbeit?

Irgendwann werden Sie es mir vielleicht sagen. Bis dahin danke ich für Ihre Freundlichkeit. Sie brauchen mir die Kamera nicht zurückzugeben. Schicken Sie mir nur die

Aufnahmen von den Haien per E-Mail. Als Erinnerung an diesen Tag und den Schrecken.

Falls Sie mal nach Kapstadt kommen, würde ich mich freuen, wenn Sie mich in meinem Atelier besuchen.

Mit herzlichen Grüßen

Moira.»

11

Als Kind, als ich fast zwölf war, habe ich einmal eine Katze getötet. Warum, weiß ich bis heute nicht. Ich sah die Katze auf der Mauer liegen, im Schatten des Avocadobaums. Ein schönes Tier mit schwarzem, glänzendem Fell. Ich weiß noch, wie das Licht senkrecht auf den Nachmittag brannte. Jahrelang habe ich meine Tat auf das Licht geschoben. Als hätten das Strahlen der Sonne, der klare, lichterfüllte Himmel mir die Lizenz zum Töten gegeben. Ich hatte eigentlich nur auf den Baum klettern wollen, um von dort auf die Welt herunterzuschauen, wie ich es immer tat, doch da war mein Blick auf die Katze gefallen. Einer meiner Brüder hatte ein Luftgewehr an den Waschtrog gelehnt und vergessen. Ich nahm das Gewehr, zielte auf den Kopf der Katze und drückte ab. Die Katze fiel von der Mauer. Ich bekam kurz Panik. Ich hatte gedacht, dass sie mit einem lauten Miau aufspringen würde. Dass so ein kleines Stück Blei sie töten könnte, war mir nie in den Sinn gekommen. Ich hatte sie nicht umbringen wollen. Ich schaute mich um. Es war niemand zu sehen. Mein Vater hielt Mittagsschlaf in seinem Büro, meine Brüder waren wahrscheinlich im Haus und spielten. Die Mutter war sicher am Abwaschen. Ich stieß den Kadaver mit dem Gewehrlauf an. Nichts. Da nahm ich ihn und warf ihn entsetzt über die Mauer. Drüben war nichts, nur eine riesige Brache mit hohem Gras.

Niemand hat jemals mein kleines Verbrechen entdeckt. Die nächsten Tage kletterte ich jeden Nachmittag auf die Mauer, um nach der Katze zu schauen. Es kamen die Ameisen. Es waren so viele, die sich in der toten Katze bewegten, sie aushöhlten, dass die Katze zu atmen schien, als würde sie noch leben. Das ging drei Tage lang so. Als die Ameisen weg waren, war auch keine Katze mehr da. Was noch dalag, verhielt sich zu einer Katze wie ein Handschuh zu einer Hand. Und die Sonne erledigte alles Übrige.

Ich muss oft an die Katze denken.

«Ist Ihnen schon einmal aufgefallen, dass die gleiche Sonne, die Granatäpfel zum Leuchten bringt oder die Haut nach einem herrlichen Tag am Strand, Fotos aus unserer Jugend ausbleicht?», fragte ich Hossi. «Licht betont alle Farben des Lebendigen und lässt das, was nicht lebt, verblassen. Die Sonne bringt Lebendiges zum Strahlen und löscht die Toten aus.»

«Sie haben also ein Leben auf dem Gewissen!», sagte der Hotelier und ließ meine philosophische Abhandlung in sich zusammenbrechen. «Also nicht nur ich. Auch Sie haben Ihre Leichen im Keller.»

Ich warf ihm einen bösen Blick zu:

«Verdammt, Hossi! Es war nur eine Katze!»

«Eine Katze, ein Soldat, ein Kind. Jeder Tod wiegt so viel, wie es ihm unser Gewissen zubilligt. Die tote Katze wiegt für Sie schwerer als für viele Generäle, die ich kenne, ein ganzes Dorf, das sie mit Gewehrfeuer und Macheten dem Erdboden gleichgemacht haben.»

Ich war wieder nach Cabo Ledo gefahren, um ihm

Moiras Mail zu zeigen. Als ich kam, saß er gerade mit einer Angel am Strand. Ich setzte mich neben ihn und erzählte ihm von der Kamera, die ich gefunden hatte, dort in diesem herrlichen Meer, von den seltsamen Fotos und von der südafrikanischen Künstlerin, die sie gemacht hatte.

«Auch sie hat sehr besondere Träume. Sie arbeitet sogar damit. Ist das nicht ein toller Zufall?»

«Ich träume doch gar nicht! Andere träumen von mir. Außerdem sind die Träume der meisten besonders. Träume sind an sich besonders. Wären sie es nicht, wären es wohl keine Träume.»

«Ach, gehen Sie mir nicht auf die Nerven. Sie sagen immer, Sie träumen nicht, aber als Sie mir das aus Kuba erzählt haben, sagten Sie, dass Sie im Busch immer von Leuten geträumt hätten, die Sie getötet haben und sterben sahen. Sie haben mir erzählt, dass Sie von einem Hauptmann namens Petrus geträumt hätten ...»

«Ach, Hauptmann Petrus. Habe ich Ihnen von Petrus erzählt?»

«Haben Sie.»

«Ja, damals träumte ich noch. Das war, bevor ich von diesen zwei Blitzen getroffen wurde. Da habe ich reichlich geträumt. Hinterher nie mehr wieder. Jedenfalls kaum noch. Oder ich träume, erinnere mich aber nicht mehr.»

«Wie auch immer, Sie wissen genau, was ich sagen will. Wissen Sie, was ich mir überlegt habe?»

«Nein, und ich will es auch gar nicht wissen.»

«Wissen Sie, woher das Wort Schamane stammt?»

«Nein.»

«Schamanen sind Träumer, wie unsere Heiler. Sie versuchen, die Welt über Träume zu verstehen. Das Wort Schamane stammt aus einer ostsibirischen Sprache und bedeutet ‹einer, der im Dunkeln sieht›.»

«Schamane für ‹einer, der im Dunkeln sieht›, das nenne ich mal eine gute Zusammenfassung.» Hossi holte die Schnur ein. Dann legte er seine Angel auf den Strand und funkelte mich böse an. «Was denn nun, *Camarada*? Willst du mir weismachen, wir seien so eine Art Medizinmänner, du und ich und diese Frau?»

Ich erschrak über seine Reaktion und wusste nicht, was ich ihm antworten sollte. Mit einem schiefen Grinsen fuhr Hossi fort: «Aber normal sind wir auch nicht. Weder Sie noch ich. Ihre Freundin ist vielleicht noch normaler als wir. Immerhin findet sie einen Weg, ihre Träume zu Geld zu machen.»

Er sprang auf, wickelte die Angelschnur auf und baute die Rute auseinander.

«Kommen Sie. Ich will Ihnen etwas zeigen.»

Ich stand auch auf, klopfte mir den Sand von der Hose: «Darf ich Sie etwas fragen?»

«Sie dürfen. Aber ich entscheide dann, ob ich auch antworte.»

«Sie sagten, Sie seien Vegetarier. Und jetzt sehe ich, dass Sie angeln …»

«Hätten Sie besser hingeschaut, wie es sich für einen Journalisten gehört, wäre ihnen aufgefallen, dass an der Schnur kein Haken ist.»

In der Tat. Am Ende der Angelschnur war nur Blei und kein Haken. Ich lachte.

«Warum tun Sie das?»

«Weil ich gern angele. Aber ich will keine Fische fangen. Ich könnte auch gern Fische fangen und trotzdem Vegetarier sein. Das eine hat mit dem anderen nichts zu tun. Aber ich mag nicht. Ich kaufe den Fisch bei den Fischern. Gleich hier nebenan, wie Sie wahrscheinlich gesehen haben, ist ein Fischerdorf. Dort kommt der Fisch her, den Sie essen. Nun kommen Sie. Ich will Ihnen etwas zeigen.»

Wir gingen zum gelben Bungalow. Er bat mich einzutreten. In dem engen Raum standen überall an den Wänden Regale, vom Boden bis zur Decke, Maßanfertigungen aus gutem Holz. Darin standen Dutzende Schachteln und Ordner. Und eine kleine Holzstatuette, die mir ins Auge fiel. Neugierig nahm ich sie in die Hand:

«So etwas habe ich noch nie gesehen ...»

Hossi riss mir die Figur aus der Hand.

«Das ist mein Zwillingsbruder Jamba. Er war Soldat, so wie ich, nur auf Regierungsseite. Er ist schon lange tot. Wie Sie wahrscheinlich wissen, weil Sie zwar Mischling sind, aber als Ovimbundu-Bastard doch irgendwie einer von uns, ist es in unserer Tradition üblich, dass, wenn ein Zwilling stirbt, der Überlebende eine Figur des Verstorbenen aufbewahrt.»

Er stellte die Statuette wieder ins Regal, dorthin, wo sie gestanden hatte. Er bat mich, auf einem der zwei einzigen Stühle Platz zu nehmen, zog einen Aktenordner aus dem Regal und setzte sich dann auf den anderen.

«Sie hatten einen Zwillingsbruder?», fragte ich verwundert.

«Ja, das habe ich Ihnen doch schon erzählt.»

«Warten Sie. Waren Sie etwa auf der Monte-Olimpo-Schule?»

«Ja, wir beide.»

«Großer Gott! Dann sind wir ja auf derselben Schule gewesen! Ich kann mich an Sie erinnern.»

«Weil wir Zwillinge waren, oder weil wir als Einzige schwarz waren?»

Damals wusste ich nicht einmal, dass ich Mischling war. Mir war nicht einmal klar, wie man sein muss, um weiß oder schwarz zu sein. Ich kann mich an Hossi und Jamba erinnern, weil sie Zwillinge waren und ihre Mitschüler und Lehrer ständig damit an der Nase herumführten. Einer von beiden, ich weiß nicht, ob Hossi oder Jamba, konnte Schmerz besser aushalten als der andere oder war selbstloser und steckte daher immer die Prügel ein, die dem anderen galten. Hossi staunte, dass ich mich daran noch erinnerte: «Ja, das stimmt. Ich baute Mist, und Jamba bekam für mich die Prügel. Diese Lehrerin, wie hieß sie noch einmal? ...»

«Tarsila ...»

«Genau, Tarsila Zarvos. Eine sehr mutige Frau. Eine große Nationalistin. Wissen Sie, dass mein Bruder und ich kein Schulgeld bezahlen mussten? Und es war ganz bestimmt eine teure Schule. Wir zahlten nicht, weil mein Onkel im Gefängnis war, wegen seiner Verbindungen zur Unabhängigkeitsbewegung. Ein Bruder von ihr war mit ihm im Gefängnis. Sie waren Freunde geworden. Sie schlug uns oft, besser gesagt, sie schlug Jamba oft. Einmal bekam er dreißig Linealschläge hintereinander, der arme Kerl. Danach waren seine Hände ganz dick geschwollen.»

«Ich bin auch oft geschlagen worden. Noch heute träume ich schlecht von dem Lineal.»

«An das Lineal kann ich mich auch noch erinnern. An Sie allerdings nicht.»

«Ich war ziemlich unscheinbar. Niemand kann sich an mich erinnern.»

Wir redeten noch eine ganze Weile über die Schule. Eine Erinnerung nach der anderen. Schließlich schlug Hossi den Ordner auf: «Schauen Sie. Hier sind Zeitungsausschnitte, die Sie interessieren könnten. Lesen Sie. Da, wo ich unterstrichen habe.»

Ich las: «Tȟatȟáŋka Íyotake (Sitzender Bulle), Häuptling der Lakota Nadouessioux, war Mitglied eines Geheimbunds von mystischen Träumern und Sehern. Seine militärischen Erfolge erklärte er damit, dass ihm ein weißer Bison im Traum erscheine, mit dem er seine Strategien erörtere, und dieser weiße Bison sei Gott.»

Ich lachte:

«Als weißen Bison könnte ich mir Gott auch eher vorstellen als in Gestalt eines gasförmigen Wirbeltiers, wie bei Aldous Huxley. Auch würde ich lieber von einem Bison träumen als von einem gasförmigen Wirbeltier.»

Hossi nahm mir den Ordner wieder aus der Hand. Blätterte rasch weiter: «Und jetzt lesen Sie hier.»

Ich las: «Evaldson Bispo dos Santos lebt in der Kleinstadt São Francisco im brasilianischen Bundesstaat Minas Gerais, fünfhundertdreißig Kilometer entfernt von der Landeshauptstadt Belo Horizonte. Er wurde in bitterer Armut geboren und wuchs ebenso arm auf. Da er gern ziellos durch die Stadt stolperte, bekam er den Spitznamen Galinha Tonta, besoffenes Huhn. Eines Tages, mit sieben Jahren, klopfte er an einer Tür und fragte nach Essen, das Hausmädchen ließ ihn ein und gab ihm etwas Suppe. Dann allerdings kam die Hausherrin, schimpfte, stieß seine Schüssel mit dem Fuß um und warf ihn hinaus.

Tief betrübt kehrte Galinha Tonta zurück zu der Hütte, in der er mit seinen Eltern lebte. In der Nacht träumte er von drei Kindern, einem japanischen Kind namens Toshio, einem deutschen Kind namens Hans und einem englischen namens Paul. Die drei Kinder stellten sich vor und erklärten, sie würden ihm ihre jeweiligen Sprachen beibringen. Monatelang, Nacht für Nacht, erschienen ihm nun die Kinder und gaben ihm Unterricht. Irgendwann hörte die Mutter ihn seltsame Sprachen sprechen und war überzeugt, dass der Junge vom Teufel besessen sei. Sie nahm ihn mit in die Kirche, und der deutschstämmige Priester erschrak, als er ihn reden hörte. Galinha Tonta sprach deutsch und konnte sogar etwas schreiben, was er in seiner Muttersprache nie gelernt hatte.

Fünfzehn Jahre lang erschienen ihm Toshio, Hans und Paul immer wieder im Traum, wurden älter mit ihm und halfen ihm, alle drei Sprachen zu perfektionieren. Heute unterrichtet er Leute, die sich keinen Privatunterricht leisten können. 2004 trat er mit seiner Geschichte im Fernsehen auf, und man brachte ihn nach São Paulo zu renommierten Sprachenschulen, in denen er seine Kenntnisse vor japanischen und deutschen Lehrern unter Beweis stellte. Der Japanischlehrer meinte, um so gut zu sprechen wie Galinha Tonta, müsse ein normaler Mensch mindestens fünf oder sechs Jahre lang wöchentlich zweieinhalb Stunden zum Unterricht gehen.»

Ich klappte den Ordner zu. Hossi kam näher.

«Was sagen Sie?»

«Was soll ich sagen? Für einen, der nichts von Träumen hält, haben Sie gute Arbeit geleistet.»

Hossi dankte mit einem verhaltenen Kopfnicken.

«Mit so etwas kenne ich mich aus: Informationen sammeln. Das heißt aber nicht, dass ich alles, was da steht, glaube. Es heißt nur, dass ich neugierig bin. Wann fahren Sie eigentlich nach Kapstadt?»

«Wann?»

«Sie fahren doch hin, oder nicht?»

«Ich habe mir darüber noch keine Gedanken gemacht.»

«Natürlich haben Sie. Fahren Sie, sprechen Sie mit der Frau. Das fängt doch gerade an, spannend zu werden.»

12

Das Haus von Moira Fernandes war hellgrün gestrichen und von einer breiten Veranda umgeben. Dahinter lag ein kleiner Garten. Das Muster der Fliesen auf der Terrasse weckte Kindheitserinnerungen in mir. Der Fußboden unserer Küche in Huambo hatte genauso ausgesehen. Vielleicht auch nicht, aber ich habe ihn so in Erinnerung. Meine Brüder und ich saßen oft am Küchentisch, wenn unsere Großmutter uns nach der Schule eine Kleinigkeit zum Essen hinstellte, Kuchen und Röstbrot und Limonade aus den Zitronen in unserem Garten. Besonders erinnere ich mich an das Licht, das sich leuchtend durch die offene Tür über den himmelblau gefliesten Boden ergoss.

Auf der Terrasse vorn hatte Moira zwei Liegestühle. In einem lag sie gerade, als ich kam. Sie war eingeschlafen, mit einem offenen Buch auf dem Schoß. Ich stand lächelnd da und betrachtete sie eine Weile. Als hätte ich genau diesen Augenblick schon einmal erlebt. In ihren Haaren spielte das letzte Nachmittagslicht, ihre Haut strahlte honigfarben. Ich räusperte mich. Überlegte, wie ich sie ansprechen sollte. Da öffnete sie ihre Augen und schaute mich direkt an.

«Bitte entschuldigen Sie», sagte ich etwas verlegen. «Ich heiße Daniel Benchimol. Ich suche Moira Fernandes.»

Moira legte das Buch auf ein Beistelltischchen neben

dem Liegestuhl und stand auf. Sie war noch größer als in meinen Träumen.

«Daniel? Das Tor ist offen. Kommen Sie rein und herauf zu mir ...»

Als ich die fünf Stufen, die mich von ihr trennten, hinaufging und ihr zur Begrüßung die Hand gab, hatte ich schon wieder das Gefühl, all das schon einmal erlebt zu haben. Sie war und war doch nicht die Frau mit den Haaren wie Zuckerwatte, von der ich so oft schon geträumt hatte. Sie kam mir auf einmal wie eine Fälschung vor, eine plumpe Reproduktion dieser Frau meiner Träume. Ich bemühte mich, mir dieses Durcheinander, das sich in mir ausbreitete, nicht anmerken zu lassen. Sie zog in einem unwillkürlichen Ausdruck des Staunens eine Augenbraue hoch: «Alles in Ordnung?»

Ich versuchte, mich aus ihrer Warte zu sehen. Ein Mann, etwas größer als durchschnittlich, dunkler Teint, mit einer kräftigen, fast so unbändigen Mähne wie ihre, dafür aber schwarz, tiefschwarz, und am Kinn ein graues Bärtchen. Am Nachmittag hatte ich noch im Hotel eins meiner Lieblingshemden herausgesucht, petrolblau, und trug dazu schwarze Jeans. Wahrscheinlich zitterten meine Hände, vielleicht auch meine Stimme, jedenfalls merkte sie mir die Nervosität an. Ich trat in ihr Wohnzimmer und tat so, als betrachtete ich all die riesigen gerahmten Fotografien überall an den Wänden und auf dem Boden, gegen die Regale gelehnt.

«Gefallen sie Ihnen?»

Ich drehte mich um:

«Sie gefallen mir. Ihre Arbeit gefällt mir. Und Sie auch. Sie sind schön. Und sehr mutig.»

«Danke, ich weiß gar nicht, was ich darauf sagen soll. Es freut mich.»

«Ich mag Ihre Fotografien, obwohl ich nicht weiß, ob ich sie wirklich verstehe.»

«Verstehen? Ich will sie gar nicht verstanden wissen. Im Gegenteil, ich will jedes Verständnis auflösen.»

Ich schwieg und setzte mich in einen Ledersessel, der dort schon länger als das Haus selbst zu stehen schien. Sofort sprang mir eine schwarze Katze auf den Schoß. Moira lachte: «Keine Angst. Weder vor mir noch vor der Katze. Sie heißt Morpheus.»

«Morpheus?»

«Ich weiß, nicht sehr originell. Finden Sie mich einfallslos?»

«Nein, das meinte ich nicht. Überhaupt nicht. Wenn überhaupt, würde ich Ihnen ein Übermaß an Ideen vorwerfen. Ich habe auch eine Katze. Sie heißt Baltazar.»

Moira ließ sich mir gegenüber auf einem rot-gelb gestrichenen Hocker nieder und schaute mich ernst an: «Sie sind also Angolaner?»

«Ja.»

«Angolanischer Jude?»

«Nein, kein Jude. Angolaner mit jüdischen Vorfahren, aber meine Familie hat schon seit Generationen keine Ahnung mehr davon, was das bedeutet. Der Nachname ist sowieso von meinem Vater. Meine Mutter heißt Vagamundo, was selten ist, aber wahrscheinlich nicht jüdisch.»

«Ich verstehe. Aber Sie sehen jüdisch aus. Jedenfalls eher jüdisch oder arabisch als angolanisch.»

«Wieso?»

«Verzeihen Sie, ist nur Spaß. Ich weiß, dass es in Angola so eine Art Tradition der Vermischung gibt. Ich bin in Maputo geboren, meine Familie stammt von der Ilha de Moçambique. Dort sind wir auch ziemlich vermischt. Ich bin zu einem Teil schwarz, zu einem anderen arabisch und zu einem anderen wiederum indisch. Sogar einen Urgroßvater, der portugiesisch ist, habe ich.»

Ich holte aus meinem Rucksack die gelbe Kamera, die ich vor Wochen vor Cabo Ledo aus dem Meer gefischt hatte. Ich streckte sie Moira entgegen: «Ich bin gekommen, um Ihnen Ihre Kamera wiederzugeben.»

Moira legte die Kamera auf den Boden, wie beiläufig, neben den Hocker.

«Nein. Deswegen sind Sie nicht hier. Warum sind Sie gekommen?»

Ich konnte meine Blicke nicht von ihren Fingern abwenden. Ihre Fingernägel waren blau lackiert, ein nervöses, intensives Blau. Immer, wenn sie ihre Hände bewegte, ritzte sie mit den Nägeln die Luft.

«Es ist wegen der Träume», gestand ich. «Ich wollte mit Ihnen über Träume reden.»

Moira richtete sich auf. Sie legte ihre Hände in ihren Schoß, sodass ihre Fingernägel nicht mehr zu sehen waren. Erst da konnte ich ihr wieder in die Augen sehen.

«Sie träumen? Ich glaube fast, dass ich Träumer anziehe.»

«Jeder Mensch träumt. Ich träume manchmal ganze Leben von Menschen. Ich sehe sie auf die Welt kommen, träume ihr ganzes Leben und sehe sie sogar sterben.»

«Das hört sich interessant an.»

«Und nicht nur das.»

«Nicht nur das? Lassen Sie mich raten: Sie träumen von Leuten, die es wirklich gibt?»

«Ja, von Leuten, die es gibt oder gegeben hat.»

«Und die Sie nicht einmal kennen.»

«Manche begegnen mir irgendwann. Zum Beispiel habe ich schon von Ihnen geträumt. Ich habe geträumt, dass Sie mir genau das sagen, was Sie mir eben gesagt haben.»

«Was habe ich gesagt?»

«Dass Ihr Ziel das Auflösen von Verständnis ist. In meinem Traum waren Sie in einem Garten. Wir unterhielten uns, und Sie sagten, dass Sie mit ihren Fotografien und Ihren Gemälden nicht Sinn suchen, sondern die Dinge von ihrer Kehrseite, ihrem Gegenteil aus betrachten, also das Verstehen der Dinge auflösen wollen.»

«Und wie sah dieser Garten aus?»

«Es gab Orchideen. Ich kann mich an Orchideen erinnern.»

«Ja, Orchideen sind im Traum immer gut. Wenn sie im Traum eine Orchidee sehen, wissen Sie, dass Sie wirklich träumen. Wenn Orchideen in die Wirklichkeit geraten, wird diese unwirklicher. Duftender. Auch wenn es ebenfalls Orchideen gibt, die nach Verwesung riechen. Es gibt sympathische Orchideen und abstoßende, doch alle sind irgendwie unwirklich. Deswegen mag ich sie so. Weil sie die Wirklichkeit infrage stellen.»

«Wie Schnabeltiere.»

«Genau. Schnabeltiere sind immer wie aus einem Traum von Salvador Dalí. Ich weiß nicht, wie Leute nicht an Gott glauben können, aber an Schnabeltiere. Und Sie?»

«Ob ich an Schnabeltiere glaube?»

«Ja?»

«Nein. Ich glaube weder an Gott noch an Schnabeltiere.»

Wir lachten beide. Wenn ein Mann und eine Frau erst einmal zusammen gelacht haben, ist alles möglich. Moira schaute mich neugierig an: «Sagen Sie, wem erzählen Sie sonst Ihre Träume?»

«In Angola habe ich einen Freund, der bei der Guerilla war. Der hat mir eine Geschichte von Träumen erzählt, die kaum zu glauben ist. Darüber unterhalten wir uns oft.»

«Was für eine Geschichte ist das?»

«Dieser Freund von mir träumt nicht, behauptet er. Dafür träumen die Leute von ihm. Leute, die ihn nie gesehen haben, ihn gar nicht kennen. Hossi, so heißt er, erscheint diesen Leuten im Traum. Dringt in ihre Träume ein, kann sich selbst aber an gar nichts erinnern. Er geht wie ein Schlafwandler durch die Träume der anderen.»

Moira stand auf. Unter ihrem engen, blauen Seidentop schmiegte sich ein rot-gelb-schwarz karierter Trikotrock um ihre Hüften. Ihr honigfarbener, stechender Blick machte mich ganz verlegen.

«Ich mache uns Tee. Mögen Sie?»

«Gerne.»

«Dann kommen Sie.»

Wir gingen durch einen längeren, gut beleuchteten Korridor, an dessen Wänden Fotografien von Träumen hingen, eine neben der anderen. Wie eine Galerie ausgestopfter Tiere. Eine Galerie toter Tiere, so sorgfältig präpariert, dass sie lebendig wirkten. Der Gang führte in eine modern ausgestattete Küche, deren große Fenster den

Blick auf den Garten freigaben, in dem mir als Erstes die Orchideen auffielen. Wohl ein Dutzend Orchideen hingen dort an den Mauern oder am knorrigen Stamm eines großen Orangenbaums.

«Die Orchideen ...»

«Ja, Sie hatten recht mit den Orchideen. Vielleicht haben Sie sie auf einem meiner Fotos gesehen. Sie sind auf einigen Fotos drauf. Diese Orchideen oder auch andere, das ist nicht so wichtig.»

Aber wie sie das sagte, beunruhigte mich.

«Ja, wahrscheinlich, so muss es gewesen sein.»

Moira besaß eine Sammlung von Tees. Dutzende Dosen mit allen möglichen Sorten. Sie suchte eine heraus, gab ein paar Löffel davon in ein Sieb und setzte dann Wasser auf. Als der Tee fertig war, schlug sie vor, dass wir uns in den Garten setzten. Im duftenden Schatten des Orangenbaums stand ein viereckiger Eisentisch mit blau-weißen marokkanischen Keramikmustern. Der Orangenbaum blühte. Ich hatte noch nie einen so hohen und prächtigen Orangenbaum gesehen.

«Ich will Ihnen etwas erzählen», sagte Moira leise, als sie mir Tee gab. «Sie sind der erste Journalist, dem ich das erzähle. Und ich erzähle es ausdrücklich nicht dem Journalisten, sondern dem Träumer.»

Ich kratzte mich am Bart.

«Machen Sie sich keine Sorgen. Ich bin nicht als Journalist hier.»

«Mir schreiben oft Leute, die in meinen Ausstellungen waren und Träume wiedererkennen oder sich selbst in den Träumen. Der Freund von Ihnen geht durch die

Träume der anderen, aber er selbst kann sich nicht erinnern. Bei mir ist es, als würde ich Träume von anderen träumen, die aber wissen davon nichts. Wenn Ihr Freund, wie Sie sagen, ein schlafwandelnder Eindringling ist, bin ich eine heimliche Zuschauerin, wie ein Ornithologe.»

«Wie ein Ornithologe?»

«Ja. Ich beobachte aus meinem Versteck Träume in meiner Umgebung.»

Ich konzentrierte mich auf den Tee, gab einen Löffel Honig hinzu, und das Gebräu ging von Tiefrot in eine Art Dämmerlichtfarbe über. Dann probierte ich und versuchte die Sorte zu raten. Rooibos Mandarine. Eine gute Mischung, wie mir schien.

«Das mit Ihnen ist einfacher zu erklären als bei Hossi», sagte ich. «Wahrscheinlich träumen viele so ähnlich wie Sie. Das ist alles.»

«Ja, das kann sein. Aber Sie haben meine Bilder gesehen, die Fotos und Ölbilder, nicht wahr?»

«Natürlich. Ihre Träume sind sehr außergewöhnlich. Und sie haben Stil, eine Linie, als seien sie alle miteinander verwandt.»

«Genau das meine ich. Ich bin schon nicht normal.»

Ich musste lachen: «Genau das sagt Hossi auch, dass er und ich nicht normal seien. Nur Sie würden immerhin Ihre Träume zu Geld machen. Sie sind eine erfolgreiche Künstlerin. Ein erfolgreicher Künstler ist ein Spinner, dem es gelingt, seinen Wahnsinn zu Geld zu machen, also alles andere als verrückt.»

Sie lachte: «Ihr Freund scheint ein interessanter Mensch zu sein.»

«Ich kann es mir aber auch umgekehrt vorstellen.»

«Wie umgekehrt?»

«Ich denke nur laut nach. Es ist nur eine verrückte Idee …»

«Das gefällt mir. Ich mag Ideen, die verrückt sind.»

«Vielleicht ist es umgekehrt. Vielleicht stecken ja Sie all die Leute mit Ihren Träumen an.»

«Wie eine Infektion?»

«Genau, wie ein Virus. Oder wie eine Radioantenne. Sie senden Träume aus, und andere auf Ihrer Welle nehmen sie auf. Und dann träumen sie Ihre Träume.»

Moira lachte noch einmal. Diesmal sehr herzlich.

«Das gefällt mir. Traumsynchronisation. Wie bei Herzen von Sängern in einem sehr guten Chor, die sogar gleichzeitig im Takt schlagen. Oder wie bei Frauen unter einem Dach, Nonnen, Prostituierte im gleichen Bordell oder Studentinnen im Wohnheim, die zur gleichen Zeit ihre Tage bekommen. Man nimmt an, dass bestimmte Frauen mit einer dominanteren Persönlichkeit, Alpha-Frauen sozusagen, die anderen über chemische Botenstoffe dazu anregen, sich ihrem Menstruationszyklus anzupassen. Halten Sie mich für eine Alpha-Träumerin?»

Sie machte noch einen Tee. Dazu brachte sie Toast und Scones heraus. Langsam glitt die Nacht über den Tafelberg, ließ die Vögel verstummen, Zikaden erwachen, aber weder sie noch ich merkten, dass die Luft allmählich an Licht verlor. Erst als Moira aufstand, um im Wohnzimmer nach einem Katalog ihrer letzten Ausstellung zu suchen, stolperte sie plötzlich über die verzauberte Blindheit der Dämmerung.

«Um Gottes willen, es ist ja schon fast Nacht.»

Ich sprang auf und stieß dabei einen Stuhl um. Der Orangenbaum wackelte und ein winziger Regen aus weißen Blüten erfüllte den Abend mit süßem Duft.

«Bitte entschuldigen Sie, Moira. Ich wollte Sie gar nicht so lange aufhalten.»

Sie gab mir die Hand.

«Sie halten mich nicht auf, Sie sind eine Bereicherung. Geben Sie mir Ihre Hand, ich führe Sie ins Haus.»

Ich hielt mich am blauen Glanz ihrer Finger fest und ging mit.

13

Ich träumte, dass Moira an meine Beine geschmiegt auf der Seite lag, um meine Beine geschlungen wie eine Orchidee um den Stamm eines Baums, und dass ihr Kopf sich leicht hob und senkte. Ihre Haarpracht glänzte im Dämmerlicht. Hinter ihr war der Kopf eines Feuer spuckenden Drachens zu sehen. Ich wachte auf, und mein Herz raste. Ich stand auf, ging mir das Gesicht waschen. Es war fast schon Morgen. Das Telefon klingelte. Es war sie: «Habe ich Sie geweckt?»

«Sozusagen ...»

«Wie, sozusagen?»

«Nein, Sie haben mich nicht geweckt.»

«Haben Sie schon gefrühstückt?»

«Nein.»

«Dann lassen Sie mich Ihnen zeigen, wo es die besten Toasts in der Stadt gibt. In einer halben Stunde stehe ich vor Ihrem Hotel. Wir können zu Fuß gehen.»

Sie führte mich ins Malecón in der Long Street, ein Lokal mit hohen Fenstern, herrlichem Dielenboden und überall an den Wänden Abbildungen von Havanna. An einer Wand ein überdimensioniertes Porträt von Che Guevara mit einer Zigarre im Mundwinkel. Ich fühlte mich auf die Karibikinsel versetzt. Nicht wegen der Bilder; es war das Licht, das golden durch die Fenster schimmerte. Genau wie damals, als ich mich vor Jahren aus einer Pressekonferenz schlich, um mich heimlich auf dem Malecón in Havanna mit einer jungen Künstlerin zu treffen. Wenn ich die Augen schließe, sehe ich wieder den blauen Ozean vor uns und hinter uns prächtig verfallene Stadtvillen. Eigentlich war ich mit einer Delegation früherer Kriegsteilnehmer nach Kuba gereist und schrieb anschließend in einer portugiesischen Zeitung etwas über Kinderprostitution in Havanna.

Die Toasts kamen, mit Spiegelei, Bacon und Käse.

«Hervorragend», lobte ich. «Fast so gut wie bei meiner Oma.»

Und bestellte gleich noch eine Portion. Als ich die dritte aß, kam mir ein Gedanke, ich winkte den Kellner heran: «Sagen Sie, ist der Besitzer dieses Lokals wirklich aus Kuba?»

Der Kellner, ein hochgewachsener junger Mann mit einem breiten, kompakten Pferdegesicht und kräftigem, kurzem Haar, nickte leicht: «Er heißt Juan Miguel.»

«Könnte ich mit ihm sprechen?»

Juan Miguel kam und wischte sich seine riesigen, kräftigen Hände an einer Schürze ab. Er schien mir halb verschlafen, halb desorientiert in dieser falschen Dämmerung eines herrlichen Sonntagmorgens. Ich lobte die Atmosphäre seines Lokals, das gute Essen und sagte, ich sei mehrmals in Kuba gewesen und habe dort immer sehr freundliche Leute getroffen. Dann fragte ich, ob er zufällig eine Psychologin kenne, die Schneeflocke genannt werde.

«Elena!», lächelte er. «Elena Ribas. Eine so selbstlose Frau! Sie hat es nicht verdient, so zu sterben.»

«Sie ist gestorben? Wie das denn?»

«Sie wussten es gar nicht? Das tut mir leid.» Juan Miguel

starrte auf seine Hände, als sähe er staunend, wie sie gerade erst aus seinen kräftigen Handgelenken entstanden. «Sie wurde überfallen, spät nachts nach der Arbeit im Krankenhaus. Gauner, Betrunkene, vielleicht sogar einer von diesen Verrückten, mit denen sie arbeitete, man weiß es nicht. Man hat es nie erfahren. Es ist eigentlich auch egal. Sie ist vergewaltigt worden. Und dann hat man ihr die Kehle durchgeschnitten.»

Ich wusste nicht, was ich sagen sollte. Moira lehnte sich mit geschlossenen Augen zurück. Juan Miguel entschuldigte sich und ging wieder in die Küche. Als wir am Nachmittag in Sea Point spazieren gingen, erzählte ich Moira Hossis Geschichte von dem Moment an, als er von den zwei Blitzen getroffen worden war, bis zu der Episode, als er in Havanna Schneeflocke kennengelernt hatte. Wenn es diese Psychologin nun tatsächlich gegeben hatte, konnte das andere ebenfalls stimmen. Moira lachte: «Sie glauben, wenn ein Detail stimmt, macht das eine komplett ausgedachte Geschichte zur Wahrheit? Sie sind ziemlich naiv. Mit fünfzig Jahren sollten Sie nicht mehr so gutgläubig sein.»

«Fünfundfünfzig.»

«Umso schlimmer.»

«Sie glauben Hossis Geschichte also nicht?»

«Glaubt er an Schnabeltiere?»

«Hossi? ... Ich glaube kaum.»

«Einer, der so viel Fantasie hat, glaubt nicht an Schnabeltiere?»

«Ich weiß überhaupt nicht, ob Hossi so viel Fantasie hat ...»

«Nicht?»
«Nein.»
Schweigen. Durch die Fenster dringt Licht.

14

Ich habe von Gott geträumt, und Gott war ein alter Hund, der in die Dunkelheit bellt. Gott war eine Schar von aufs Geratewohl über den Himmel im Hintergrund ziehenden Vögeln. Gott war die Orchideen im Garten von Moiras Haus. Gott war alles, und ihm war, wie dem Tafelberg, alles egal. Gott sagte zu mir: «Sei beruhigt, es wird kein strahlendes Licht geben und auch keinen Garten, der auf dich wartet. Niemand wird dir am Ende die Hand reichen.»

Moira beeindruckte das nicht im Geringsten: «Das sind nur Reflexe. Träume sind immer ein Abklatsch von irgendetwas», sagte sie nur.

Die Sonne brannte. Wir schwitzten, als wir den Berg hinaufwanderten. Es war meine Idee gewesen. Moira hatte noch versucht, es mir auszureden: «Ich lebe schon jahrelang hier und war erst einmal da oben. Und nicht zu Fuß. Warum willst du unbedingt laufen?»

«Um den Triumph zu genießen.»

«Triumph? Glaubst du, nur weil wir es zu Fuß da hochschaffen, können wir den Berg bezwingen?»

«Nein, das nicht. Nur unsere eigene Faulheit.»

Moira lächelte: «Ich bin zufrieden mit meiner Faulheit. Muße ist die Mutter der Kunst.»

Schließlich konnte ich sie überreden. Trotz der plötzlichen, heftigen Sonne waren viele Leute unterwegs auf den steinigen, staubigen Pfaden. Der Weg, den wir ausgewählt hatten, führte an einer fast senkrechten Steilwand entlang. Nach eineinhalb Stunden machten wir eine Rast an einer etwas geräumigeren Stelle am Fels, nur wenige Zentimeter vom Abgrund entfernt und mit einem Blick über fast die gesamte Stadt, Häuser wie Legosteine über das Tal verteilt, die hässlichen Hochhäuser, und dahinter die Bucht, und ganz hinten das ruhige Ozeanblau.

Da fiel mir der Traum wieder ein: «Als mein Vater starb, war ich bei ihm. Ich hielt seine Hand. Und am Ende sagte er etwas über das Meer, seinen Glanz. Mir gefällt der Gedanke, dass auf der anderen Seite meine Mutter auf ihn wartete.»

«Und trotzdem hast du Angst, dass da überhaupt nichts ist? Keine andere Seite?»

«Genau. Geht es uns nicht allen so?»

«Für mich ist es beruhigend, dass da nichts ist.»

«Beruhigend?»

«Tröstlich. Niemand, der über uns urteilt. Keine Verpflichtungen. Wir machen die Augen zu, und dann ist nur große Stille. Nichts. Ende.»

Wir saßen lange da und schwitzten. Moira berührte meine Hand, schloss ihre Finger um meine:

«Wie gut diese Stille tut.»

«Stille ist nur für einen Moment gut. Wenn sie zu lange dauert, ist es keine Stille mehr, sondern Taubheit.»

Ich näherte mein Gesicht ihrem und wollte sie küssen. Moira zog ihre Hand wieder weg und stand auf: «Lass uns weitergehen!»

Wir sahen einen Mann im Laufschritt auf uns zukommen. Er trug kurze Hosen und ein T-Shirt mit Cannabisblättern auf schwarzem Grund. Die Südafrikaner sind stolz auf ihre ethnische Diversität, ihre Regenbogennation, und das zu Recht. Ich sitze gern abends in einem Café irgendwo an der Long Street und schaue dem Laufsteg der menschlichen Vielfalt zu. Doch hier wusste ich auf den ersten Blick, dass er zumindest nicht auf afrikanischem Boden geboren worden war. Es lag etwas Fremdes in seiner Gestalt, obwohl seine dunklere Haut und das krause Haar durchaus auf afrikanische Wurzeln hinzuweisen schienen. Als er Moira sah, blieb er überrascht stehen. Er streckte ihr seine Hand entgegen: «Entschuldigen Sie. Sind Sie Moira Fernandes?»

Sie nickte, ein wenig verwundert. «Was für ein Zufall. Ich suche Sie. Ich bin hier in Kapstadt zu einem Ärztekongress und habe eine Dokumentation über Ihre Arbeit gesehen.»

Der Mann war ein Stück kleiner als Moira, seine Stimme war tief und samtig. Sein Zungenschlag kam mir bekannt vor. Er klang nach Minas Gerais in Brasilien. Dann drückte er auch mir fest die Hand: «Hélio de Castro.»

«Aus Minas Gerais?», fragte ich.

«Ja. Sie etwa auch?»

«Nein. Ich bin Angolaner.»

«Wundervoll! Ich habe noch nie einen Angolaner gesehen.»

Dann sprach er wieder zu Moira: «Ich habe mir dann eine Ausstellung in der Cape Gallery angesehen. Da hängen auch viele von Ihren Bildern. Ich war total begeistert. Ich bin Neurowissenschaftler und arbeite selbst mit Träumen.»

«Allmählich sollten wir eine Gesellschaft der Träumer aufmachen», sagte Moira.

Hélio quittierte das mit einem Lachen: «Eine Traumrepublik, ein Traumreich! Ein Imperium. Ich bin dabei.»

Er begleitete uns bis auf den Gipfel, ohne erkennbare Mühe, locker und unangestrengt, völlig ungerührt von dem Staub und der Hitze, wie auf einem Bummel durch eine klimatisierte Einkaufspassage. Zurück fuhren wir mit der Seilbahn.

«Kommen Sie doch noch auf einen Tee mit», schlug Moira vor.

Ich hörte mich sagen: «Hélio wird müde sein.»

«Aber nein, ich bin fit. Laufen strengt mich nicht an, ganz im Gegenteil, es macht mich wach. Ein Tee käme jetzt gerade recht. Wir könnten uns dabei noch etwas unterhalten.»

So fanden wir uns kurz darauf alle drei unter dem blühenden Orangenbaum wieder. Hélio nahm sich selbst Tee, lobte die herrlichen Orchideen. Schließlich stellte er seine Tasse ab und lächelte Moira an: «Wie gesagt, ich beschäftige mich mit Träumen. Seit meiner Promotion in den Vereinigten Staaten. Mein Thema war die Darstellung von Vogelgesang im Gehirn, also gar nichts mit Träumen. Aber ich schlief in den ersten Monaten oft fünfzehn Stunden am Stück und war die ganze Zeit müde. Dann träumte ich vieles, was mit meiner Arbeit zu tun hatte. Erst dachte ich, dass mich mein Körper im Stich lassen würde. Doch dann fing meine Arbeit an, allmählich Gestalt anzunehmen, und mir wurde klar, dass mir die Träume im Gegenteil sehr geholfen hatten.»

«Sie meinen, Träume helfen uns, unsere Gedanken zu sortieren?», fragte Moira.

«Und nicht nur das. Träumen ist Ausprobieren von Wirklichkeit in der Sicherheit unseres Bettes. Es gibt eine interessante Studie über Träume von Frauen, die sich von ihren Männern getrennt haben. Erst träumten sie, es sei alles in Ordnung mit ihrer Ehe. Dann fingen sie an, zu träumen, dass der Ehemann tot sei, manche träumten sogar, dass sie ihn umbrächten. Und irgendwann reichten sie die Scheidung ein.»

«Ich hoffe, keine hat ihren Mann wirklich getötet», sagte ich.

Hélio ging nicht darauf ein.

«Leider haben die Leute verlernt, ihre Träume ernst zu nehmen. Wir müssen dem Traum seinen praktischen Nutzen zurückgeben.»

«Und was könnten meine Träume bedeuten?», fragte Moira.

«Ich weiß nicht. Das können nur Sie wissen. Träume stehen in direkter Verbindung zum jeweiligen Gemütsleben.»

«Und inwiefern ist meine Arbeit für Sie interessant?»

«Was Sie mit der Fotografie machen, ist die Übersetzung von Träumen in Bilder. In dem Traumlabor, in dem ich arbeite, versuchen wir etwas Ähnliches. Wir haben ein Verfahren entwickelt, mit dem wir Einblick in die Träume von anderen bekommen.»

Ich lachte.

«Warum lachst du?», fragte Moira gereizt.

«Sorry, aber das geht nicht. Er sagt, er hat eine Maschine erfunden, die Träume fotografiert.»

«Ja, das stimmt, aber wir haben sie nicht erfunden. Wir versuchen nur zu verfeinern, was es schon längst gibt. Wir versuchen, nicht nur das Abbilden von Träumen zu ermöglichen, sondern auch Filme entstehen zu lassen. Darum geht es.»

«Und wie kann ich Ihnen dabei helfen?», fragte Moira.

«Ich würde gern Ihre Bilder, die Abbildungen Ihrer Träume, mit unserem eigenen Film abgleichen, wie unser angolanischer Freund hier wohl sagen würde.»

«Daniel. Daniel ist mein Name.»

«Und eigentlich will ich noch mehr. Ich würde mich freuen, wenn Sie für uns zeichnen, also Träume illustrieren würden.»

Moira war sofort begeistert: «O ja, das würde ich gerne tun!»

Am Morgen darauf reiste Hélio zurück nach Brasilien. Am Nachmittag rief mich Moira an, dass sie mich gern zu einer marokkanischen Massage mitnehmen würde. Ich sei kein Freund von Massagen, erwiderte ich. Mich stört die Nähe und die Vorstellung, dass sich Unbekannte mit öligen Fingern an meinem Rücken zu schaffen machen, mir über die Beine streichen und meine Schenkel kneten ... Nein, das sei wirklich nichts, was mir angenehm sei. Aber sie blieb hartnäckig. Es würde mir bestimmt gefallen, sagte sie. Die Massage und anschließend das türkische Bad. Irgendwann gab ich nach.

Wir fuhren mit dem Auto ins malaysische Viertel. Eine Frau in einer erdfarbenen Djellaba empfing uns an der Tür eines Hauses in sattem Gelb.

Sie sprach fast kein Englisch und dirigierte mich mit

Handzeichen in einen Raum, wo ich mich umziehen sollte, Moira in einen Raum nebenan. Ich zog meine Schuhe aus, dann das Hemd, meine Hose, die Unterhose und wartete auf einem Hocker. Nach einer Weile kam die Frau wieder, um mich zu holen und führte mich in eine kleine, kobaltblau geflieste Zelle, wo ich mich vor die Wand stellen sollte und mit einem Schwamm und mit heißem Wasser aus einem Krug abgewaschen wurde. Dann rieb sie mir den Rücken und die Brust ein, mit einer duftenden, rauen Paste, und wusch mich noch einmal. Schließlich bedeutete sie mir, dass ich mich auf einer Liege lang ausstrecken sollte, und massierte mich ausgiebig, was mir keinen Spaß machte. Endlich führte sie mich in das türkische Bad. Der Raum war schön, ein niedriges Gewölbe mit denselben kobaltblauen Fliesen wie in dem anderen Raum. Ich streckte mich aus und schlief ein. Fast zumindest. Kurz darauf oder nach einer Ewigkeit (ich weiß nicht, weil ich wohl eingeschlafen war, es mir zumindest einbildete), ging die Tür auf, und Moira kam durch die feuchte, nach Minze duftende Luft, die mir in den Augen brannte. Ihre Brüste waren unbedeckt und wurden von dem bernsteinfarbenen Licht irgendwo aus dem Gewölbe noch hervorgehoben. Sie sagte nichts, setzte sich nur mit geschlossenen Augen im Lotossitz vor mich hin.

«Als mein Vater starb, erinnerte er sich an gar nichts mehr, nur noch an das Meer», sagte ich. «Auch ich habe Angst, irgendwann mein Gedächtnis zu verlieren, aber wenn man mir androhen würde, dass ich alles vergesse und nur eine einzige Erinnerung behalten dürfe, würde ich diese hier wählen.»

Moira grinste: «Warum?»

«Weil mein Leben dann nicht umsonst war.»

«Im Ernst? Dann ist dein Leben aber recht trostlos.»

Als ich mich später wieder ankleidete, war mein Handy weg. Ich war mir sicher, dass ich es in der Hosentasche gelassen hatte. Ich fragte die Masseurin, aber sie schien mich nicht zu verstehen. Auch Moira winkte ab: «Wahrscheinlich liegt es noch im Hotel.»

«Ich bin sicher, dass ich es eingesteckt habe.»

«Aber hier ist sonst niemand. Siehst du jemanden? Niemand ist hier. Nur wir zwei und die Frau. Und du willst doch nicht sagen, dass sie dich beklaut hat ...»

Ich gab ihr recht. Ich hätte ihr in allem zugestimmt. Also zahlte ich und wir gingen. Das Handy war weder in meinem Hotelzimmer noch sonst wo. Normalerweise hätte ich mich darüber geärgert. Doch an diesem Abend stand ich wie neben mir.

Wir aßen in einem thailändischen Restaurant, und dann brachte sie mich wieder zum Hotel und küsste mir zum Abschied auf den Mund. Am nächsten Morgen flog ich zurück nach Luanda. Ich setzte mich auf meinen Platz zwischen dem Fenster und einer sehr dicken, unfreundlichen Frau, die mich den gesamten Flug über wortlos und seltsam grimmig anstarrte. Aber das war mir gleichgültig. Ich schloss die Augen und sah nur Moira.

15

Es gibt viele Menschen, die Angst vor dem Fliegen haben. Lucrécia zum Beispiel umklammerte jedes Mal, kaum dass wir im Flugzeug saßen, mein Handgelenk, und ihre Hand wurde eisig und hart. Einmal brach sie unmittelbar nach dem Start in Rio in Tränen aus und brüllte die Stewardess an: «Ich will hier raus!» Der Kabinenchef kam und sagte: «Wenn Ihre Frau sich nicht beruhigt, müssen wir umkehren, und es wird ein Verfahren geben. Sie macht allen anderen Fluggästen Angst.» Schließlich gelang es uns, ihr ein Beruhigungsmittel einzuflößen. Sie schlief dann für den Rest der Reise.

Ich habe keine Angst vorm Fliegen. Ich hatte noch nie welche. Ich leide an etwas viel Seltenerem: Angst vor Flughäfen. Um genauer zu sein, machen mir nicht die Flughäfen Angst, sondern die Flughafenpolizei. Polizei allgemein. Dass man in einem Drittweltland geboren ist, merkt man daran, dass man mehr Angst vor Polizisten hat als vor Verbrechern.

Pünktlich landete das Flugzeug in Luanda. Ich ging die Treppe hinab, und zunehmend beschlich mich ein mulmiges Gefühl. Die Beklemmung wuchs, als ich mich vor der Passkontrolle in die Schlange stellte. Ein dicker, verschwitzter Beamter nahm mir den Pass aus der Hand, schlug ihn auf, schnalzte mit der Zunge und rief einen Kollegen herbei: «Der Typ hier scheint der Vater der Terroristin zu sein.»

Der andere Polizist musterte mich von Kopf bis Fuß, halb mitleidig, halb abschätzig, flüsterte dem ersten Polizisten etwas zu und verschwand.

«Ist etwas?», fragte ich. «Was ist los?»

Der dicke Polizist zuckte die Schultern, drückte den Stempel in meinen Pass und gab ihn mir zurück.

«Gehen Sie weiter! Weitergehen! Sie sind hier zu Hause. Gehen Sie durch.»

Als ich auf meinen Koffer wartete, legte mir ein hagerer alter Mann mit großen, träumerischen Lemurenaugen, den ich vorher noch nie gesehen hatte, seine Hand auf die rechte Schulter: «Kopf hoch, Junge. Es kommen auch wieder bessere Zeiten.»

Am Ausgang wartete Armando Carlos. Er umarmte mich.

«Du weißt es schon, oder?»

«Was weiß ich?»

«Hat deine Ex-Frau nicht angerufen?»

«Mein Telefon ist geklaut worden. Was ist denn?»

«Karinguiri ist im Gefängnis», sagte Armando.

«Wie bitte? Was zum Teufel hat das Kind angestellt?»

«Das Kind hat getan, was wir alle längst hätten tun sollen und nur aus Feigheit oder Bequemlichkeit nicht tun ...»

Weiter kam er nicht, denn sein Telefon klingelte. Armando ging ran: «Ja, Daniel ist hier bei mir ... Am Flughafen, ja. Woher weißt du? ... In dieser Stadt überwacht anscheinend jeder jeden ... Er drückt deine Anrufe nicht weg, meine Liebe, man hat ihm das Handy geklaut ... Und weißt du noch etwas? Ich bin nicht dein Ehemann. Ich bin nicht einmal dein Freund. Wenn du es genau wissen willst: Ich kann dich nicht einmal leiden, ich habe dich nie gemocht. Also muss ich dir auch nicht gehorchen. Ich gebe dir Daniel.»

Er gab mir das Telefon. Es war Lucrécia: «Es ist alles deine Schuld!»

«Beruhige dich ...»

«Beruhigen?! Es ist alles deine Schuld. Du hast sie aufgehetzt mit deinem radikalen Gerede. Sie wird mal genau so ein Versager wie du.»

«Beruhige dich. Ich bin gerade aus Südafrika angekommen. Ich muss erst einmal wissen ...»

«Hör auf, mir zu sagen, dass ich mich beruhigen soll! Man sollte dich einsperren, du Versager!»

Und dann legte sie auf. Ich schaute Armando an und wedelte mit dem Telefon vor seinem Gesicht herum: «Was zum Teufel ist hier los?»

Mein Freund wiederholte erst einmal, was ich gerade zu Lucrécia gesagt hatte: «Beruhige dich!», und wie Lucrécia brachte dieses «Beruhige dich» auch mich nur noch weiter in Rage. Armando nahm meinen Koffer und trug ihn zum Auto, einer trotz allem recht zuverlässigen Rostlaube, die er sich manchmal von seinem Nachbarn auslieh. Er ließ mich einsteigen, stieg dann selbst ein und erzählte mir auf dem Weg nach Talatona, was geschehen war. Karinguiri, die eigentlich in Lissabon Geschichte studierte, aber – sooft es ging – in Luanda war, hatte sich mit einer Gruppe von jungen Leuten zusammengetan, die sich als Revolutionäre – «Revus» – bezeichneten und über soziale Netzwerke Videos gegen die Diktatur verbreiteten.

«Sie regt sich immer über meine angeblich bürgerliche Bequemlichkeit auf. ‹Mama hat wenigstens eine klare Haltung – sie hat nichts gegen die Diktatur. Aber du hältst dich für einen Demokraten und spielst trotzdem genau nach den Regeln des Regimes. Im Windschatten eurer schweigenden Mittäterschaft wird die Diktatur stärker und stärker.›»

So etwas ärgerte mich, denn sie hatte recht. Und so stritten wir uns: «Ihr wollt immer gleich alles und immer sofort», sagte ich. «Ihr könnt nicht abwarten. Wir haben gerade erst einen schrecklichen Bürgerkrieg hinter uns. Wir können nicht schon wieder einen Krieg riskieren.»

«Die Einzigen, die in der Lage wären, einen neuen Krieg zu beginnen», schimpfte Karinguiri zurück, «und die Einzigen, die andauernd damit drohen, sind die Regierung und die Regierungspartei.»

Und dann schwieg ich, um mir eine Erwiderung auszudenken, die ich selbst würde glauben können. Ich tat so, als sei ich sauer, doch eigentlich mochte ich diese Diskussionen mit ihr. Ich staunte, wie schnell sie erwachsen geworden war. Mit ihren achtzehn Jahren sah Karinguiri aus wie aus einem genialen Entwurf von Oscar Niemeyer. Sie war größer als ihre Mutter, stolz, hübscher. Selbst ihre Nase, die sie von mir hat, entstellt sie nicht, sondern unterstreicht ihren rebellischen Gestus. An ihrem achtzehnten Geburtstag erklärte sie, dass sie sich ein Tattoo stechen lassen wolle. Ich versprach, mit ihr zu einem Tätowierer zu gehen, einem japanischstämmigen Brasilianer aus São Paulo namens Kenjy, der gerade in Luanda war und, so hatte es mir Armando Carlos versichert, einer der besten seiner Zunft in Brasilien sei. Als Karinguiri zu mir kam, hatte sie ihren halben Kopf kahl rasiert und die Haare auf der anderen Seite zu kleinen Zöpfen geflochten. Ich erschrak: «Hat dich deine Mutter schon so gesehen?»

«Noch nicht.»

«Hast du ihr gesagt, dass du dir ein Tattoo stechen lässt?»

«Auch nicht.»

«Dann rufst du sie jetzt besser an.»

«Ich brauche nicht mehr ihre Erlaubnis. Ich bin jetzt frei! Außerdem kommst du doch mit, oder?»

Also gingen wir. Karinguiri bat Kenjy, ihr eine Tätowierung vom Nacken hoch über die Kopfhaut zu machen. Sie gab ihm das Bild einer Porzellanrose, auf deren Blütenblättern das Wort «Freiheit» stand. Der Tätowierer war begeistert. Ich weniger. Als das Tattoo fertig war, war es schon dunkel. Ich fuhr sie nach Hause. Dort umarmte Karinguiri mich fest: «Danke, Papa. Ich freue mich so.» Dann strich sie mir über den Kopf und grinste: «Willst du nicht reinkommen, um Mama Hallo zu sagen?»

All das ging mir durch den Kopf, als mir Armando erzählte, was geschehen war. Am Abend zuvor hatte der Präsident im frisch eingeweihten Kongresspalast in Talatona die Eröffnungsansprache zur ersten Internationalen Konferenz gegen Korruption halten wollen. Gerade als er beginnen wollte, war eine junge Frau über den Tisch gesprungen – «wie eine Löwin», sagte Armando mit offener Freude – und hatte mit blutigem Monopolygeld um sich geworfen und ausgerufen: «Nieder mit dem Diktator!»

Ich schaute mir später die Bilder im Fernsehen an, wie sie Millionen Menschen in Angola und außerhalb auch sehen konnten. Ein junges, auffallend großes Mädchen springt über den Tisch des Präsidenten. Der Präsident hebt die Hände, wie flehend oder in Anbetung. Doch in seinem Gesicht ist Panik. Die junge Frau steht auf dem Tisch, ihre Haare sind zu langen Zöpfen geflochten, die eine Seite des Kopfes ist kahl, auf der Kopfhaut ist das Wort «Freiheit» zu lesen. Ihre Augen strahlen, als sei sie nicht dort, sondern auf einem Rockkonzert oder in einer Kultstätte des Candomblé.

Daraufhin stürmen sechs weitere junge Leute die Bühne, rufen Parolen gegen das Regime und werfen Flugblätter in die überrumpelte Runde. Der Präsident wird von vier Sicherheitsbeamten hastig nach hinten geführt, und ein junger Mann greift sich im Durcheinander das Mikrofon und verkündet: «Widerstand gegen das Regime der Unterdrückung!»

So jedenfalls hörte ich es. An den Tagen darauf druckten in Portugal, England, Frankreich und Brasilien Zeitungen das Bild meiner Tochter, wie sie von der Polizei aus dem Raum geschleift wird. Und lacht. Ihr strahlendes, helles Lachen bricht wie ein unbändiger, sonniger Morgen zwischen den verschwitzten, muskulösen Armen der Polizisten hindurch. Der *Guardian* titelte: «Angola: Wird Lachen die Dunkelheit überwinden?» Die Überschrift vergesse ich nie.

Die ersten Tage verbrachte ich am Telefon. Ich legte es nur weg, um zu rauchen, und wenn ich schlafen ging, nahm ich zwei Melatonin. Ich schloss die Augen und zählte bis zehn, stand dann wieder auf, nahm ein Buch, schlug es irgendwo auf und las darin herum. Dann legte ich mich wieder hin. Rief Armando an. Irgendwann kam der Schlaf dann doch. Wenn ich viel zu früh wieder erwachte, war ich erschöpfter als zuvor, und meine Augen waren verquollen, mein Haar zerzaust.

Américo Kiala, ein bekannter Rechtsanwalt, übernahm die Verteidigung der jungen Leute. Er vertritt prominente Oppositionspolitiker genauso wie junge Rebellen, die kein Geld haben. Regimekritiker nennen ihn Anwalt für Menschenrechte, für die Regierenden ist er ein «Terroristenanwalt». Ich traf ihn, in Zigarettenqualm gehüllt und von Papieren umgeben, in seiner winzigen, schäbigen Wohnung in Maianga, wo er seit Jahren seine Kanzlei betreibt. An der Wand eine Landkarte von Angola mit roten Stecknadeln überall, wo in letzter Zeit Übergriffe der Regierung beobachtet wurden.

«Was passiert mit den jungen Leuten?», fragte ich ihn.

Américo zeigte ein trauriges Lächeln: «Dein lieber Schwiegervater, der alte Homero, setzt Himmel und Hölle in Gang, um seine Karinguiri da rauszuholen. Er hat einen Kollegen von mir engagiert, einen Parteigänger, der alle kennt und von jedem weiß, wo die Leichen im Keller sind. Blöd nur, dass die Aktion hier und im Ausland solche Wellen geschlagen hat. Das hat den Alten in eine Zwangslage gebracht, er war sehr beleidigt und fühlt sich gedemütigt. Er ist wütend. Sehr wütend. Weißt du, auf was die Anklage lauten wird?»

«Nein.»

«Anschlag auf das Leben des Präsidenten und Vorbereitung eines Staatsstreichs.»

«Wie bitte?!»

«Ich weiß, das ist Irrsinn. Aber sie sind erschrocken.

Deine Tochter würden sie gerne laufen lassen, je früher, desto besser, die meisten von ihnen, die Generäle, Minister, Parteioberen, gehen bei Homero ein und aus. Sie kennen Karinguiri. Sie ist für sie beinahe eine Enkelin.»

«Wenn sie sie laufen lassen, müssen sie die anderen auch freilassen.»

«Und genau das geht nicht. Es würde ihnen als Schwäche ausgelegt werden.»

«Also?»

«Werden sie sie vor Gericht bringen, und in der Zwischenzeit wohl auch nicht mehr rauslassen. Mach dich auf einen längeren Kampf gefasst!»

Ich ging mit ihm Karinguiri besuchen. Anders, als ich befürchtet hatte, war es nicht schwer, ins Gefängnis zu kommen. Alle waren sehr freundlich. Karinguiri sah aus, als hätte sie abgenommen. Aber sie wirkte entschlossen. Eine dicke, junge Polizistin, die kaum in ihre Uniform passte, musste jedes Mal grinsen, wenn meine Tochter anfing, gegen den Präsidenten zu wettern.

«Das Mädchen, *Kota*, hat mehr Mumm als Chuck Norris. Schade, dass es ihr nichts nützen wird. Der Präsident bleibt in seinem Palast. Er wird nicht einmal schlechter schlafen. Und sie sitzt hier drinnen.»

Als ich sie in ihrer Anstaltskleidung auf mich zukommen sah, war ich nahe dran, in Tränen auszubrechen. Ich glaube, erst da wurde mir richtig klar, dass sie tatsächlich gefangen war und es alles andere als leicht sein würde, sie wieder aus dem Gefängnis zu bekommen.

«Warum hast du mir nichts gesagt?»

«Was hättest du denn getan?»

«Ich weiß nicht. Jedenfalls wärst du jetzt nicht hier.»

«Ich bin da, wo ich sein muss. Es war uns doch klar, was passieren würde. Wir sind doch nicht blöd!»

«Du wolltest ins Gefängnis?!»

«Ich wusste, dass ich ins Gefängnis komme. Mach die Augen auf, Papa, wir leben in einer Diktatur!»

Ich wechselte das Thema: «Geht es dir gut hier?»

«Es geht so. Es gibt hier nur zwei Frauen, die aus politischen Gründen gefangen sind. Ein paar andere Gefangene respektieren uns. Die meisten können uns nicht leiden.»

Als ich wieder draußen war, war ich niedergeschlagen. Ich fuhr kurz nach Hause, packte ein paar Sachen in eine Tasche, fütterte die Katze und stieg wieder ins Auto. Ich musste ans Wasser. Und schon war ich am Arco-Íris-Hotel. Hossi kam hinter seinem Tresen hervor und legte mir seine Hand auf die Schulter: «Lass uns etwas trinken.»

Er bat einen seiner Angestellten, meine Tasche in den blauen Bungalow zu bringen, dann lud er mich in sein Restaurant ein und führte mich an einen der Tische mit Blick über das Meer. Es war schon dunkel geworden. Eine Zikade schrie sich im dichten Geäst des Mangobaums heiser. Hossi ließ eine Flasche Whisky kommen. Ich mag keinen Whisky, aber ich ließ mir welchen geben.

«Es tut mir sehr leid», sagte er, und zum ersten Mal hörte ich eine aufrichtige Wärme in seiner Stimme. «Ich habe gehört, was mit deiner Tochter passiert ist. Das geht uns beide an. Weißt du noch, dieser Junge, der das mit dem Volksaufstand gerufen hat?»

«Er hat Widerstand gerufen …»

«Nicht Widerstand, Mann! Volksaufstand!»

«Widerstand!»

«Volksaufstand, du hast dich verhört. Aber egal. Jedenfalls ist das mein Neffe.»

«Ihr Neffe?»

«Genau, mein Neffe. Der Sohn meiner Schwester, also so gut wie mein Sohn. Ist dir sein Name nicht aufgefallen?»

«Nein.»

«Klar. Wäre er weiß oder Mulatte, dann hättest du ihn dir gemerkt.»

«Ach, Unsinn. Wie heißt der Junge?»

«Sabino. Sabino Noé Kaley.»

Ich trank den Whisky in einem Zug aus und nahm mir noch etwas.

«Verdammt! Hat er schon einen Rechtsanwalt?»

«Ja, Américo Kiala. Das ist doch ein Freund von dir, oder?»

«Ein alter Bekannter. Ich mag ihn.»

«Ich habe dem Jungen immer gesagt, dass er sich raushalten soll aus der Politik. Meine Schwester war während des Krieges in Sambia. Dort sind ihre Kinder geboren. Als Frieden war, sind sie zurück nach Luanda gekommen. Mit achtzehn habe ich Sabino dann nach Lusaka geschickt, zum Studieren. Das hat er auch gemacht und ist als Elektriker wiedergekommen. Ein guter Elektriker verdient gutes Geld.»

Ich nickte still und betrübt. Mein Schmerz war mit dem des Hoteliers nur noch größer geworden. Und dann stieg die Wut in mir auf. Aus einem roten, glühenden Ort tief in mir brach es hinauf an die Oberfläche, ohne dass ich es aufhalten konnte, der Benchimol-Dämon: «Verbrecher!»

Hossi erschrak. Einige Leute im Restaurant schauten sich zu uns um, halb neugierig, halb verständnislos. Der Hotelier krallte seine schmutzigen Fingernägel in meinen Arm:

«Sei doch still, Daniel!»

«Aber es sind doch Verbrecher!», sagte ich noch einmal, ohne leiser zu werden. «Der Tyrann, seine ganze Familie, bis hin zu all den Generälen, die über die Jahre nur fetter und fetter geworden sind und das Volk ausgesaugt haben.»

«Sei leise! Siehst du den linkischen Typen da hinten, der aussieht wie ein Friseur? Das Aussehen sagt nichts darüber, wie einer im Herzen aussieht, aber das ist Rui Mestre, bekannt unter seinem Kampfnamen 20Matar. Er war bei der Präsidentengarde und ist heute noch ab und zu für die Geheimpolizei unterwegs. Zwei Tage, nachdem deine Tochter und mein Neffe ins Gefängnis gesteckt worden sind, ist er hier aufgetaucht …»

Erst da fiel mir auf, dass er mich duzte, und das freute mich. Warum, weiß ich nicht. Ich musste lächeln: «Es ist viel Betrieb hier.»

Hossi schnalzte mit der Zunge: «Solange er bezahlt, kann ich ihn nicht vor die Tür setzen. Andererseits komme ich sicher nicht in die Hölle, wenn ich es ihm hier nicht allzu gemütlich mache.»

«Wie?»

«Er trinkt gern Whisky, zum Beispiel. Mit Eis. Und du weißt, wie das Eis hierzulande ist. Manchmal passt man nicht auf, kocht das Wasser nicht richtig ab, und dann kommt es zu Magenverstimmungen, nichts Dramatisches. Manchmal vergisst man das Klopapier für seinen Bungalow. Oder Wasser. Du weißt, wie oft hier manchmal das Wasser abgestellt wird.»

Ich lachte. Meine Wut wich einer Art wütendem Jubel. Ich lachte, bis mir der Bauch wehtat. Auch Hossi lachte. Ich sah, wie 20Matar zu uns rüberschaute, erstaunt. Dabei wiegte er gravitätisch seinen zierlichen Friseurkopf.

In der Nacht ging ich schwimmen. Ich schwamm mehr als eine Stunde lang unter dem einzigen Auge des riesigen Mondes. Ich schwamm, bis sich die Lichter am Strand mit dem Schwirren der Sterne vermengten. Dann ließ ich mich auf dem Rücken treiben, von der Kraft des Mondes angezogen. Wäre er uns nur ein bisschen näher, hätte er mich wohl aus dem Wasser gehoben, und ich wäre frei zwischen Sternen und dem Meer geschwebt.

Derweilen wartete Hossi am Strand auf mich.

«Ich weiß nie, ob du wiederkommst.»

«Das weiß ich auch nie. Aber jedes Mal, wenn ich zurückkomme, bin ich ein bisschen freier.»

16

«Sonntag, 17. Juli 2016
Ich wache auf und sage laut meinen Namen: ‹Hossi Apolónio Kaley, Sohn von Pedro Kaley und Maria João Epalanga.› Dann denke ich an die Namen meiner armen Kinder und an den meiner Frau. Ich versuche, mich an alle Namen meiner Cousins zu erinnern. Es sind zweiundzwanzig. Nicht immer gelingt es mir. Doch erst dann stehe ich auf. Ich habe Angst, eines Tages aufzuwachen und nicht mehr zu wissen, wer ich selbst bin. Man stelle sich vor, man reißt einem die Augen heraus. Um es leichter zu machen, geben wir der Person einen Namen und einen Beruf. Sebastião Eusébio, Bauer, zum Beispiel. Man reißt ihm die Augen heraus, mit einem Messer oder einem Teelöffel, und er bleibt weiter der Bauer Sebastião Eusébio, nur blind. Dann schneidet man ihm eine Hand ab, ein Ohr, dann die Nase. Wie einem Baum hackt man ihm alle Extremitäten ab. Auch so verstümmelt wird er immer noch Sebastião Eusébio sein. Dann beginnt man, ihm nicht nur Körperteile zu entfernen, was mit sicherer Hand, etwas Übung und einer gewissen Distanz nicht so schwierig ist, sondern Erinnerungen. Erst reißt man ihm die Erinnerung an die Mutter heraus, wie sie singend mit anderen Frauen den Mais stampft; dann die Erinnerung an Kinderspiele mit Geschwistern und Cousins in den Binsen am Fluss; schließlich die an kühles Wasser aus

einem Tonkrug. Man nimmt ihm jede Erinnerung an die Geschichten der Großmutter, an den Geruch ihrer Tabakpfeife und an ihr Kichern.

Und dann sagen Sie: Ist dieser Mann, der nie Kind war, ist dieser Mann noch Sebastião Eusébio?

Ich wache beim ersten Sonnenstrahl auf. Springe aus dem Bett, putze mir die Zähne, trinke einen Zitronensaft, esse bedächtig eine Banane, dann setze ich mich an den Schreibtisch und schreibe in uralte Hefte, ganz in mich gekehrt und nach außen hin abweisend wie ein Igel. Damit verbringe ich sehr viel Zeit, krame in meinem Gedächtnis nach Bildern aus meiner Kindheit. Versuche, mich an Gesichter von Menschen, die ich einmal geliebt habe, zu erinnern. Schon seit ein paar Tagen kommen mir diese Bilder, gestochen scharf, wie der Duft von Pitangas, die in meinem Mund einen roten Geschmack hinterlassen. Was selten ist. Meine verstorbene Frau hatte am Kinn eine Narbe, das weiß ich noch. Ihre Augen waren wie Spiegel, ihre Lippen feucht und sehr schmal. Und trotzdem sehe ich sie nicht.

Am Abend, als sie meinen Neffen eingesperrt haben, kam ein hässlicher Typ ins Hotel, hässlicher noch als ich. Er zog das linke Bein nach. Er schaute mich schräg an, irgendwo zwischen Angst, Hass und Neugierde, ich weiß nicht, wie ich es beschreiben soll, jedenfalls vieldeutig. Vieläugig wie eine Spinne. Den Kopf leicht zur Seite geneigt: ‹Sind Sie es wirklich, Brigadier Kaley?›

‹Nein, bin ich nicht. Vielleicht war ich es mal, aber ich bin es nicht mehr.›

‹Wie bitte?›

Seine Stimme klang rau und nasal. Seine vielfachen Blicke machten mir Angst: ‹Tut mir leid, aber ich kenne Sie nicht ...›

‹Ich kannte mal einen Brigadier namens Kaley ...›

‹Möchten Sie ein Zimmer?›

‹Bitte, ja, geben Sie mir ein Zimmer.›

Er zeigte mir einen Pass auf den Namen Jamal Adónis Purofilim, und ich gab ihm die Schlüssel zum grünen Bungalow, der am weitesten weg vom Strand liegt. Am nächsten Tag sprach er mich an, als ich gerade mit Tolentino de Castro Schach spielte. Er setzte sich zu uns und tat so, als wollte er zuschauen. In Wirklichkeit aber war er an mir interessiert.

‹Ich hörte, dass Sie einen Unfall hatten?›

Ich gab ihm keine Antwort.

‹Wie es heißt, haben Sie Ihr Gedächtnis verloren.› Tolentino lachte: ‹Zumindest teilweise. Er vergisst jedenfalls immer, auf seine Dame zu achten.›

Ich rang mir ein Lächeln ab, und Tolentino schlug meine Dame. Trotzdem setzte ich ihn drei Züge später schachmatt. Es war vier Uhr nachmittags, und die Hitze war drückend. Ich trug ein paar alte Bermudashorts, ein Trikot von Benfica und zwei Nummern zu große Havaianas. Tolentino saß mit nacktem Oberkörper da und war barfuß. Er ist schon über siebzig, aber drahtiger, fester und kräftiger als viele Dreißigjährige. Er trainiert täglich auch drei Stunden lang mit einem brasilianischen Trainer. Jamal schwitzte in seinem blauen, viel zu engen Anzug. Seine Krawatte sah aus wie ein Halseisen. Er stand langsam auf. Schweiß rann ihm übers Gesicht: ‹Ich bin auf der Suche nach einer Entscheidung.›

Tolentino schüttelte seinen Kopf: ‹Trinken Sie lieber Kaffee. Kaffee trinken ist besser. Ich trinke immer Kaffee, anstatt mich zu entscheiden, und habe es noch nie bereut.› Als der Kerl weg war, schaute er mich wieder an und erklärte: ‹Du hast nur gewonnen, weil mich dieser Vogel, der nur Unglück ausstrahlt, abgelenkt hat.›

‹Wieso hat er dich abgelenkt?›

‹Ich weiß nicht. Negative Energie. Findest du ihn nicht auch merkwürdig?›

‹Wieso merkwürdig?›

‹Niemand treibt sich an einem Samstag hier in Schlips und Kragen herum. Das ist ein Strandhotel und kein Anwaltsbüro. Außerdem ist er bewaffnet.›

‹Woher weißt du das?›

‹Weil ich seine Pistole hinten im Hosenbund gesehen habe, als er aufgestanden ist.›

Ich sagte ihm, er brauche sich keine Sorgen zu machen. Dann ging ich in mein Büro, schaltete den Computer ein und suchte auf Google nach Jamal Adónis Purofilim. Ein sehr außergewöhnlicher Name. Sollte es irgendwo auf der Welt einen Hinweis auf diesen Namen geben, wäre es mit Sicherheit seiner, aber da war nichts … Wer nicht auf Google zu finden ist, den gibt es nicht. Ich klappte meine Truhe auf und holte eine 9-Millimeter-Glock heraus, die mir mal ein israelischer Freund mitgebracht hat. Ich lud sie durch, steckte sie mir in die Tasche meiner kurzen Hose und machte mich auf die Suche nach diesem angeblichen Jamal. Die Tür zum grünen Bungalow stand offen. Es war niemand drin. Es war auch keine Kleidung zu sehen, im Bad lag keine Zahnbürste, keine Rasierklinge, nichts, kein

Hinweis auf einen Gast. Mein Telefon klingelte. Es war meine Schwester, um mir zu sagen, dass man ihren Sohn ins Gefängnis gesteckt hatte. Ich schloss die Bungalowtür und Jamal Adónis Purofilim war erst einmal vergessen.»

17

Das Schwimmen hat mir gutgetan. Noch besser hat mir das Reden mit Hossi getan. Ich war schon die dritte Nacht in Cabo Ledo, als er mich endlich fragte, wie es in Kapstadt gewesen war: «Und diese Künstlerin, diese Moira?»

Natürlich war Moira noch immer in meinen Gedanken. Ihr Bild schwankte wie ein Segelboot zwischen riesigen Wellen auf hoher See in dem Sturm, zu dem mein Leben geworden war. Manchmal ließ ich mein Herz auf dem Bild ruhen. Doch schnell riss mich das Tosen wieder heraus und zurück in die Wirklichkeit. Als mich Hossi nun fragte, freute ich mich und gab aufrichtig Antwort: «Ich bin verliebt.»

Mein Freund lachte so sanft, wie ich es von ihm gar nicht kannte.

«Na endlich mal eine erfreuliche Nachricht. Ich würde mich auch gerne wieder verlieben, doch ich fürchte, es ist zu spät. Es wird nie mehr geschehen.»

«Warum nicht?»

«Weil ich zu alt dafür bin.»

«Von wegen! Wir sind beide gleich alt.»

«Bestimmt nicht, mein Freund. Ich bin schon zweimal gestorben. Also um ein Vielfaches älter als du.»

«Trotzdem hast du dich auch noch verliebt, auch nachdem du schon zweimal gestorben warst.»

«Das stimmt. Ich bin dreimal gestorben. Mein dritter Tod war, als ich Ava verloren habe.»

«Du hast mir nie von dem ersten Tod erzählt.»

«Das kann ich auch nicht. Ich bringe es nicht fertig.»

Hossi wurde still und sehr ernst, und ich wollte nicht weiter in ihn dringen. Er hatte auf der Klippe einen Pavillon aufstellen lassen mit einem Tisch und ein paar Stühlen. Er hatte mich gefragt, ob ich ihn dorthin begleiten wolle, und ich war mitgegangen. Man sah von dort oben den ganzen Strand. Die Hotelangestellten hatten kaltes Bier, Hähnchen, Pommes frites und sogar einen Bananenkuchen heraufgebracht. Ich erzählte ihm, wie ich mit Moira den Tafelberg bezwungen hatte und wie wir unterwegs diesem brasilianischen Neurologen begegnet waren, der sich auf Träume spezialisiert und eine Maschine konstruiert hatte, um Träume zu Bildern zu machen. Hossi horchte auf: «Eine Maschine, die Träume sichtbar macht?»

«Eine Maschine, die während des Traums Hirntätigkeit in bewegte Bilder umsetzt, ja, so in etwa. Ich weiß nicht, ob es wirklich Filme sind, aber so etwas Ähnliches.»

«*Aka*, mein Junge! Das klingt interessant. Er könnte mir vielleicht bestätigen, dass Leute von mir träumen ...»

«Geträumt haben. Es ist doch nie wieder passiert, oder?»

«Außer bei dir! Es ist nie wieder passiert, weil ich Schlafmittel nehme.»

«Ach so, das wusste ich nicht.»

Hossi unterbrach mich, indem er mir seine Hand auf den Unterarm legte. Er nahm sein Fernglas, das auf dem Tisch lag, und richtete es auf das Hotel. Dann lachte er: «Hab ich ihn endlich!»

«Wie bitte?»

Er gab mir das Fernglas. Ich solle selbst schauen. Ich sah zwei Hotelangestellte und ein Männlein in Anzug und Krawatte, das hinkte. Der eine Hotelangestellte trug einen kleinen Koffer. Sie betraten den Bungalow.

«Schau dir das an!», drängte mich Hossi zufrieden.

Kurz darauf kamen alle drei wieder heraus. Der kleine Mann war in Handschellen, und einer der Hotelangestellten drückte ihm eine Pistole in den Rücken. Ich sprang auf.

«Was soll das?»

Hossi nahm mir das Fernglas ab.

«Der ist gekommen, um mich zu töten.»

«Woher weißt du das?»

«Er war plötzlich da, so korrekt angezogen. Dann wieder weg, einfach so.»

«Ohne zu bezahlen?»

«Ohne zu bezahlen, verschwindet hier niemand. Bei mir wird im Voraus bezahlt.»

«Und was war es sonst? Was ist das Problem?»

«Das Problem ist, dass er bewaffnet war und eine falsche Identität angegeben hat. Ich wurde misstrauisch und habe nachgeforscht. Ein paar Leute gefragt.»

«Und?»

«Nichts. Es gibt über ihn gar nichts. Bis er gestern schon wieder einen Bungalow gemietet hat.»

«Und was geschieht jetzt?»

«Meine Männer werden ihn hier zu uns hochbringen. Ich will mich in Ruhe mit ihm unterhalten.»

«Warum tust du das nicht im Hotel?»

«Hier ist es ruhiger. Hier sind wir ungestört.»

Ich schaute den Männern beim Aufstieg zu, voller

Unruhe. Der Gefangene mühte sich, trat unsicher auf und stolperte über die Felsen, er versuchte, nicht an Kakteen und Dornbüschen hängen zu bleiben. Den beiden anderen schien es Spaß zu machen, sie schüttelten den Kopf, lachten und stießen ihn vor sich her, anstatt ihm zu helfen.

«Trink doch noch ein Bier», sagte Hossi und gab mir die Flasche. «Trink und beruhige dich. Ich will den armen Krüppel doch gar nicht umbringen. Ich will ihm nur ein paar Fragen stellen.»

«Ein paar Fragen stellen? Wo bist du denn hängen geblieben? Der Krieg ist vorbei! ...»

Ein plötzlicher Windstoß hüllte uns unversehens in peitschenden, brennenden, blutfarbenen Staub. Hossi rieb sich die roten Augen und schüttelte seine Mähne, die jetzt noch zerzauster war. Er lachte bitter: «Der Krieg ist nicht vorbei, lieber Freund. Der Krieg schläft nur.»

Endlich waren die Männer am Rand der Klippe und kamen auf uns zu. Der eine Hotelangestellte mit Namen Adriano, der Tag und Nacht eine Sonnenbrille trug und den ich noch nie auch nur ein einziges Wort hatte sprechen hören, übergab die Pistole an Hossi. Der Anzug des Gefangenen war schmutzig geworden. Ich musste an diese Fruchtfliegen denken, wie sie aus faulen Bananen kommen. Er hinkte stark. Die Handschellen schnürten seine Handgelenke ein. Er jammerte: «Warum nur? Warum?»

«Um Himmels willen», rief ich. «Hossi, lass doch den Mann gehen!»

Hossi hörte nicht auf mich. Er stand auf, umkreiste den Unglücksraben wie eine Hyäne, die um ein Beutetier schleicht, dabei fuchtelte er mit der Pistole. Mir war, als hätte plötzlich ein fremdes Wesen, kalt und grausam, von Hossi Besitz ergriffen. Seine Stimme war anders geworden. Hart, wie von jemandem, der es gewohnt ist, Befehle zu geben und dem man gehorcht: «Sprich, du Krüppel ...»

«Ja, bitte?»

«Wie heißt du?»

«Jamal Adónis Purofilim.»

«Nein, so heißt du nicht. Sag mir deinen richtigen Namen!»

Der Gefangene schaute mich flehend an. Ich war genauso erschrocken wie er. Mein Hals war trocken geworden, und ich spürte, wie meine Knie weich wurden. Trotzdem stand ich auf und ging zögerlich zwei Schritte auf ihn zu.

«Hossi, bitte nimm ihm die Handschellen ab. Der Mann blutet ja schon.»

Hossi schaute mich aus rot unterlaufenen Augen an und lachte hämisch. Dann sagte er zu Adriano: «Nimm dem Mann schon die Handschellen ab. Und du, Jamal, setz dich zu uns. Trink etwas, und dann rede!»

Adriano nahm Jamal die Fesseln ab, und der kleine Mann setzte sich verängstigt auf einen Stuhl. Er sah aus wie ein Vogel in einem Käfig. Sein Blick ging hinaus übers Meer, als wolle er jeden Augenblick losfliegen und im makellos blauen Himmel verschwinden.

«Atme erst einmal tief durch», sagte Hossi zu dem Mann und legte seine Pistole vor sich auf den Tisch. Dann gab er Jamal, wie freundschaftlich, einen Klaps auf den Oberschenkel seines verletzten Beins. «Du hast Glück, dass mein Freund Daniel keine Gewalt mag. Er ist Pazifist. Bist du doch, oder, Daniel?»

«Ja, natürlich bin ich Pazifist.»

«Hörst du? Daniel ist Pazifist. Menschenrechtler. Sogar Tierrechtler. Als er klein war, hat er einmal einen Löwen gerettet, ein Löwenbaby aufgezogen. Und er hat Katzen gejagt, um das Löwenbaby zu füttern. Wegen der Katzen hat er immer noch Schuldgefühle.»

Ich schaute ihn fragend an.

«Wie bitte?»

«Ja, ich weiß alles», sagte Hossi zufrieden. «Ich weiß, dass du als Kind einen einäugigen Löwen namens Moshe Dayan hattest.»

Ich lachte.

«Ein Löwe? Moshe Dayan war eine Hyäne. Ein Hyänenbaby.»

«Eine Hyäne? Ganz sicher? Mir hat man erzählt, es sei ein Löwe gewesen.»

«Und du glaubst, ich könne einen Löwen nicht von einer Hyäne unterscheiden? Glaubst du, ich hätte einen Löwen im Haus halten dürfen? Es war eine Hyäne, und sie wurde auch nicht mit Katzen gefüttert, sondern mit Essensresten, mit Abfällen, wie die Schweine. In meinem ganzen Leben habe ich genau einmal eine Katze getötet, und bestimmt nicht, um damit einen Löwen zu füttern.»

Jamal schaute mich an, schaute Hossi an und zwang sich zu einem verdutzten, verhaltenen Lächeln. Der Brigadier zwinkerte mir zu: «Meine Großmutter sagte schon: Eine Geschichte wird besser, mit jedem Mal, dass sie einer erzählt. Von mir aus war es nur eine Hyäne, das ist egal. Jedenfalls bist du ein Humanist und magst keine Gewalt, und deshalb wollen wir uns aus Rücksicht auf dich zivilisiert unterhalten. Also sag schon, wie heißt du? ...»

Der Mann zog seine Krawatte zurecht, klopfte sich den roten Staub von der Hose, zog ein Taschentuch heraus und wischte sich damit sorgfältig das Blut von den Handgelenken.

«Mein wirklicher Name ist Ezequiel. Ezequiel Ombembua.»

«Und was ist mit dem falschen Pass?»

«Den habe ich von einem Kongolesen gekauft.» Jamal, oder nun Ezequiel, hielt kurz inne, als wolle er die Dichte der Luft um sich herum prüfen, dann seufzte er: «Ich bin gekommen, um Sie zu töten, Brigadier.»

«Jetzt?»

«Nicht heute, sondern als ich das erste Mal hier war. Da wollte ich Sie töten. Heute bin ich hier, um mich zu erklären und um zu versuchen, etwas zu verstehen. Sie können mich gerne durchsuchen. Ich habe keine Waffe dabei ...»

«Und was wollen Sie versuchen zu verstehen?»

«Sie wissen es wirklich nicht?»

«Was denn? ...»

«Sie können sich tatsächlich nicht mehr an mich erinnern?»

«Nein.»

«Genau deswegen habe ich Sie letztes Mal nicht getötet. Wenn Sie sich nicht mehr erinnern, sind Sie auch nicht mehr der Brigadier Kaley. Derjenige, den ich töten wollte, versteckt sich irgendwo in Ihren Kopf. Ich weiß nicht, wie ich ihn töten soll. Ich kann es nicht.»

«Und warum wollten Sie diesen Brigadier töten?»

«Weil diese Person das Beste, was in mir war, getötet hat.»

«Und wann soll das gewesen sein?»

«1995. Ich war damals Grundschullehrer in Luanda. Meine Mutter war gestorben, und ich musste zur Beerdigung nach Bailundo. Damals war dort die UNITA.»

«Ich weiß. Daran kann ich mich noch gut erinnern.»

«Eines Tages kamen Soldaten und nahmen mich mit. Sie sagten, ich hätte Diamanten gestohlen.»

«Und natürlich war ich es, der Sie befragt hat.»

«Genau. Sie erinnern sich?»

«Nein. Aber es war meine Arbeit damals. Befragen.»

«Sie haben mich eine Nacht lang gefoltert.»

«Und Sie hatten nichts mit den Diamanten zu tun?»

«Sie haben mich mit einem Hammer geschlagen ...»

«Hatten Sie etwas damit zu tun oder nicht?»

«Ich war damals gläubig. Ich glaubte an Gott. Und auch an die Menschen ...»

«Und was haben Sie mit den Diamanten gemacht?»

Plötzlich griff Ezequiel blitzschnell nach der Pistole, sprang auf und drückte sie Hossi seitlich an den Hals. Adriano stürzte hinzu und hätte seine rechte Faust, grob und schwer wie eine Eisenkugel, direkt auf Ezequiels zierlichen Schädel krachen lassen, hätte Hossi ihn nicht daran gehindert: «Ganz ruhig. Keine Bewegung!»

Ezequiel japste wie ein Hund, der sich verschluckt hat. Er schwitzte. Der rote Staub rann ihm über das Gesicht und tropfte von dort auf sein Hemd.

«Scheiße, verdammt!»

«Jetzt entscheide dich», sagte Hossi ganz ruhig. «Wenn du mich töten willst, tu es jetzt.»

«Sie erinnern sich tatsächlich nicht?»

«Nein, ich erinnere mich nicht.»

«Sie haben mich heftig geschlagen. Sie haben mir mit dem Hammer das Knie zertrümmert.»

«Und die Diamanten?»

Wieder drückte Ezequiel den Pistolenlauf fest gegen Hossis Hals. Ich dachte, nun würde er abdrücken. Ich raffte mich auf, musste mich abstützen am Tisch, so zitterten meine Knie.

«Tun Sie es nicht, bitte. Nicht schießen!»

Nun schaute er mich an wie ein erschrockener Hund.

«Wer sind Sie denn?»

«Ich bin Journalist.»

«Ein Freund des Brigadiers?»

«Ja, ein Freund von ihm.»

Da ließ Ezequiel seinen Arm sinken. Er setze sich. Hossi nahm ihm die Pistole aus der Hand und legte sie zurück auf den Tisch. Ich ging unsicher ein paar Schritte beiseite, erst einfach so, und dann fing ich an, über die Klippen herunterzusteigen.

«Wohin gehst du?», fragte Hossi.

Ich gab keine Antwort. Ich schaute mich nicht einmal um, sondern ging langsam den schmalen Pfad hinunter. Je weiter ich mich entfernte, desto sicherer wurde ich wieder. Als ich unten am blauen Bungalow war, fingen meine Knie wieder an zu zittern. Nun aber nicht mehr aus Angst, sondern aus Wut. Ich warf meine Sachen in meinen Koffer, verstaute den Laptop und ging, ohne die Tür hinter mir zu schließen. Ich warf das Gepäck in den Kofferraum, stieg ins Auto und ließ den Motor an. Ich wollte nur weg.

18

Domingos Perpétuo Nascimento hat grüne, sehr helle Augen. Ein Mulatte mit grünen Augen in einer Stadt wie Luanda wächst gewissermaßen privilegiert auf. Zur Kolonialzeit auf jeden Fall und auch heute noch. Mit Sicherheit war er zur Gymnasialzeit nur mit den schönsten Mädchen zusammen, wurde überall eingeladen. Vielleicht erklärt das die Sicherheit, mit der er sich durch die Welt bewegt und anderen Menschen begegnet. Seine festen Überzeugungen auch. Ihm saß ich nun gegenüber in der Redaktion des *O Pensamento Angolano* in Quinaxixe, er hatte die Beine übereinandergeschlagen, eine Zigarette im Mundwinkel und wirkte diskret und gelassen wie ein Sportschütze.

«Mir gefällt der Artikel, den Sie über mich geschrieben haben», sagte er. «Sie scheinen ein ehrlicher Mensch zu sein. Man hat mir gesagt, Sie hätten auch über ein Flugzeug geschrieben, diese Boeing 727, die 2003 vom Flughafen in Luanda verschwunden ist.»

«Ja, das stimmt. Sie ist nie wieder aufgetaucht.»

«Wissen Sie noch, wie der Pilot hieß?»

«Ja, das weiß ich noch.»

«Charles Padilla.»

«Genau. Charles Padilla. Amerikaner. Wieso fragen Sie?»

«Als er verschwunden ist, verschwand auch ein Mechaniker. Wissen Sie noch, wie der hieß?»

«Nein, das weiß ich nicht mehr. Immerhin weiß ich noch, dass er Angolaner war.»

«Nein, nicht Angolaner, sondern Kongolese. Er hieß, oder besser, er heißt Jean Mpuanga. Ein guter Mechaniker. Ich bin ihm vor ein paar Tagen begegnet.»

«Sie kennen ihn? Wo haben Sie ihn getroffen?»

Domingos Perpétuo Nascimento drückte seine Zigarette im Aschenbecher aus. Es freute ihn sichtlich, dass ich so überrascht war. Wie alle guten Geschichtenerzähler schwieg er erst einmal lächelnd. Genoss seinen Triumph. Und dann sagte er: «In Recife.»

«Brasilien?»

«Genau. Schauen Sie. Im Jahr 2000 habe ich bei der angolanischen Fluglinie TAAG angefangen. Dort lernte ich Mpuanga kennen. Er war mir gleich sympathisch. Er ist ein besonderer Kerl. Er las gerne. Und viel. Er las französische Bücher mit sehr langen Titeln. Manchmal spielten wir Fußball zusammen. Ich besuchte ihn manchmal zu Hause, zum Mufete-Essen. Hervorragend übrigens. Seine Frau kam aus Dondo. Sie konnte Fisch zubereiten, Cacusso mit echtem Barsch. Oder Bohnen in Palmöl! Allein bei dem Gedanken daran läuft mir noch heute das Wasser im Mund zusammen. Aber weiter: Vor zwei Wochen ging ich in Recife in eine Bar, um ein Bier zu trinken, und da saß er, in einer Ecke, fünfzehn Jahre älter geworden, aber mit dem gleichen Lächeln wie früher. Sein Lächeln ist etwas schief, wie bei einem, der einen Schlaganfall hatte.»

«Dann haben die beiden das Flugzeug zusammen gestohlen?»

«Ich weiß nicht.»

«Sie wissen es nicht?»

«Ich habe nicht die geringste Ahnung.»

«Warum haben Sie nicht gefragt?»

«Ich bin kein Polizist und kein Journalist. Ich fragte, was ihn nach Recife verschlagen hätte, und er erzählte, dass er nun mit Padilla gemeinsam eine kleine Firma betreibt. Kleine Passagiermaschinen.»

«Eine Fluglinie?»

«Ja. Reich sind sie nicht, aber Mpuanga ist auch ein bescheidener Mensch. Abends, so gegen sechs, geht er immer auf eine Caipirinha in diese Bar und liest Zeitung.»

Ich sagte nichts mehr und schaute nur noch in die hellen Augen von Domingos Perpétuo Nascimento. Draußen regnete es, wie man sich den Weltuntergang vorstellt. Wasser peitschte über den Asphalt, prügelte auf die Autos ein und gegen Fensterscheiben. Legte sich über das Lärmen der Generatoren, das wütende Hupen der Sammeltaxis, das Plärren der Straßenverkäuferinnen, die sich in die Nischen der Hauseingänge geflüchtet hatten.

«Burburinho, wie Rauschen», sagte Domingos.

«Wie bitte?»

«Burburinho. So hieß die Kneipe.»

Ich schrieb mir den Namen auf. Und zum Abschied umarmte ich ihn. Sah ihn ins Unwetter tauchen und nur Sekunden später verschwinden, fortgerissen von der finsteren Flut. Als ich selbst aus der Redaktion ging, hatte der Regen aufgehört. Ein Mädchen bot an, meine Schuhe zu tragen, ein anderes wollte mich mit einem Eimer mit sauberem Wasser und einem Handtuch zum Auto begleiten, um mir dort die Füße zu waschen. Ich lehnte ab. Ein kleiner

Junge wollte mir ein Paar Stiefel vermieten. Ich lobte ihn für die innovative Idee, doch bei mir würde das auch nichts mehr helfen, meine Schuhe seien schon alt und meine Füße erst recht. Die immer häufigeren Überschwemmungen haben neue Geschäftszweige hervorgebracht. Leute bieten an, andere auf ihrem Rücken zu tragen, was ich entsetzlich finde, denn es erinnert mich an diese Abbildungen aus dem 19. und 20. Jahrhundert, wo weiße Kolonialherren sich von Schwarzen herumtragen lassen. Andere verkaufen Plastiktüten, die man sich über die Schuhe ziehen und mit Klebeband unter den Knien festmachen kann. Wenn die Überschwemmung vorüber ist, liegen überall auf der Straße die schwarzen Tüten neben Schuhen und Essensresten. Ein Gestank, der sich in die Haut frisst.

Ich ging über die überfluteten Gehwege. Das Wasser reichte mir bis zum Knie. Mein Auto war nicht zu finden. Der Platz, wo ich es abgestellt hatte, war zu einem morastigen Tümpel geworden, in dem man nicht Autos, sondern eher Flusspferde oder Krokodile vermuten würde. Ich gab auf und suchte mir ein Sammeltaxi nach Talatona. Doch auch das brauchte fast zwei Stunden. Auf der Heckscheibe des Kleinbusses stand wie bei allen Sammeltaxis in schwarzen Lettern ein Name: ‹Parlamento Informal› – inoffizielles Parlament. Ich zwängte mich zwischen zwei schmächtige, schwitzende Jugendliche, die trotz aller Strapazen noch Energie hatten, sich über die eigene missliche Lage laut lustig zu machen:

«Das war's, Mann», sagte der eine. «Sie lassen uns jetzt einfach staatsweise absaufen.»

«Staatlicherseits», korrigierte ich.

«Sind Sie Lehrer?»

«Nein, Journalist.»

«Und was meinen Sie, wird mit den Revus passieren?»

«Ich weiß nicht.»

«Das Mädchen Karinguiri ist nach einem Vogel benannt, der in Benguela lebt. Ein winziges Vögelchen, aber frech. Es hilft anderen, hat vor Stärkeren keine Angst und zetert laut herum, um die anderen Vögel zu warnen. Man bräuchte noch hundert von dieser Sorte, dann wäre es hier nicht so, wie es ist.»

Der andere Junge pflichtete ihm bei: «*Ya,* Mann! In Angola sitzen die Guten im Knast, und die Banditen sind an der Regierung.»

Meine durchnässten Schuhe nervten mich, sie waren im Regen wohl eingegangen, oder meine Füße waren angeschwollen. Ich wollte die Schuhe ausziehen, aber dann hätte ich sie wohl nicht mehr anbekommen. Also behielt ich sie an. Eine ältere Dame, die hinter uns saß, sagte, es sei nur ein Zeichen von Schwäche und Angst, dass der Präsident die Revus habe einsperren lassen:

«Er kommt aus einem Wolkenbruch und trampelt vor Wut auf den Tautropfen herum», sagte sie mit einem verächtlichen Schnalzen.

Alle lachten. Nur ich nicht. Die anderen Fahrgäste wunderten sich.

«Was halten Sie denn als Journalist davon?», fragte der Fahrer.

«Es gibt tausend andere Möglichkeiten, sich für Demokratie einzusetzen», erklärte ich. Mir taten die Füße weh. «Man muss nicht gleich den Präsidenten beleidigen.»

Der junge Mann neben mir polterte los: «Der Präsident ist selbst eine Beleidigung. Tag für Tag. Dass er die Leute so ausplündert, ist eine Beleidigung – und dass er die Beute dann unter sich und den eigenen Kindern aufteilt.»

Erschrocken sagte der andere Junge: «Bleib cool, Mann. Der Mann hier sagt nur seine Meinung.»

Dann sagte niemand mehr etwas. Als ich mich am Shoppingcenter in Talatona wieder aus dem Kleinbus zwängte, hatte es wieder angefangen zu regnen. Bis ich zu Hause war, war ich nass bis auf die Knochen. Baltazar verdrückte sich in eine Ecke, als ich hereinkam. Ich duschte heiß, schlüpfte in ein Paar alte Jeans, zog mir ein weißes, gewaschenes Hemd an und schaltete meinen Laptop ein. Moira hatte mir eine E-Mail geschickt. Die ersten Absätze lang schwärmte sie von dem Licht, das in Lissabon so besonders sei, wo sie gerade mit einer Ausstellung neuer afrikanischer Künstler gewesen war. Wie sie sich nach dem Aufwachen nackt auf den Balkon gestellt und der Sonne beim Aufgehen zugesehen hatte, Wolken fotografiert, und dass sie der Meinung war, dass der Himmel dort Träume entstehen ließe. Schließlich informierte sie mich, dass sie sich mit Hélio geschrieben habe und ihn in einer Woche in Brasilien besuchen würde.

«Willst du nicht auch kommen?»

Die Frage stand flimmernd auf meinem Bildschirm. Ich stellte mir Moira vor, wie sie irgendwo in Nordostbrasilien Hand in Hand mit diesem Hélio spazieren ging, und mich überkam Eifersucht. Dann fiel mir ein, dass ich bei der Gelegenheit vielleicht über Recife reisen könnte, um etwas über die Boeing 727 herauszufinden. Das wäre tatsächlich mal eine große Geschichte. Ich rief Alexandre Pitta-Gróz an, den Direktor des O *Pensamento Angolano,* und fragte ihn, ob mir die Zeitung nicht einen Flug nach Brasilien bezahlen könne. Dann musste ich erst einmal warten, bis Pitta-Gróz fertig gelacht hatte. Er lachte und hustete abwechselnd. Und lachte weiter. Er hustet fast immer, seit vierzig Jahren, nachdem man ihn damals, kurz nach der Unabhängigkeit, wegen angeblicher Verbindungen zur maoistisch orientierten Kommunistischen Organisation Angolas ins Gefängnis gesteckt hatte. Ich ließ mich nicht abwimmeln: «Bitte, Alexandre. Das könnte die Reportage meines Lebens werden.»

«Könnte sie das?»

«Ja, das könnte sie.»

«Falsche Antwort. Hättest du mir gesagt, dass sie es wird, hätte ich dir den Flug sogar aus der eigenen Tasche bezahlt. Aber du weißt, wie die Lage ist. Wir haben für Reisen ins Ausland kein Geld.»

«In Ordnung, ich zahle den Flug selbst. Den Flug und den Aufenthalt. Aber lass mich nur für eine Woche nach Brasilien fahren.»

«Jetzt fängt es an, spannend zu werden. Du bekommst eine Woche. Wenn du willst, sogar zwei, und es ist mir egal, ob du anschließend fett und sonnenverbrannt wiederkommst, solange du mir eine gute Geschichte lieferst.»

19

Lucrécias Wut auf mich hatte sich über die Jahre angestaut, wie der morastige Bodensatz eines Staubeckens. Irgendwann bricht der Damm, und nichts hält die Schlammflut auf. Egal, was ich tue, es ist verkehrt, das ist mir längst klar, egal, ob es freundlich gemeint ist oder nicht. Als ich auszog, noch lange vor der Scheidung, war Karinguiri noch ein kleines Mädchen. Die ersten fünfzehn Monate ließ mich Lucrécia sie nicht einmal sehen. Sie zog mit ihr in die Wohnung ihrer Eltern und weigerte sich, meine Anrufe entgegenzunehmen, gab den Bewachern des Wohnkomplexes die Anweisung, mich draußen zu halten. Einer drohte mir sogar mal mit der Waffe. Alexandre Pitta-Gróz, ausgebildeter Rechtsanwalt, wenn auch nie als solcher tätig, machte mir klar, dass der Versuch, meine Rechte als Vater vor Gericht zu erstreiten, aussichtslos wäre:

«Dieses Land ist gespalten zwischen denen, die Rechte einfordern können, und denen, die sowieso keine haben. Deine Frau ist ganz klar in der ersten Gruppe. Du hast auch mal dazugehört, als ihr noch zusammen wart. Nun bist du wieder bei uns. Du solltest dich langsam daran gewöhnen.»

Ich gewöhnte mich langsam daran. Fünfzehn Monate, nachdem ich gegangen war, rief mich Lucrécia an und gewährte mir einen Besuch in der Wohnung einer Tante, wo ich meine Tochter am Nachmittag sehen dürfe. Karinguiri war gerade vier Jahre alt, ich nahm sie auf den Arm und fragte: «Weißt du noch, wer ich bin?»

Sie lächelte: «Du bist mein Papa.»

Als ich wieder zu Hause war, ging es mir elend. Von da an besuchte ich meine Tochter zwei- oder dreimal im Monat. Ich fing an, ihr Geschichten zu schreiben, um sie ihr vorzulesen. Wir spielten zusammen mit Puppen. Wir lagen zusammen auf dem Boden und malten, und sie erzählte mir von ihrer besten Freundin, einem blonden Mädchen, der Tochter eines französischen Unternehmers, der mit Homero Dias da Cruz befreundet war. Wenn ich abends wieder zu Hause war, schmerzten mir die Knie und mein ganzer Körper, als hätte ich mich zwei Stunden lang in einem Fitnessstudio geschunden.

Ein Jahr später erlaubte Lucrécia mir eine ganze Woche mit Karinguiri, in den Osterferien. Damals lebte ich noch bei Armando Carlos und weiß noch, wie meine Tochter beim Betreten der Wohnung staunte: «Wo sind die Hausangestellten?»

«Wir haben keine.»

«Und wer kümmert sich dann um mich?»

«Ich kümmere mich um dich. Ich bin dein Vater. Es ist mein Job, mich um dich zu kümmern.»

Es war nicht immer leicht. Das Schwierigste war, sie zu kämmen. Karinguiri hatte sehr lange noch eine sehr dichte Mähne, die in der Sonne glänzte wie eine Kupferflamme. Man hätte ein Kissen mit ihrem Haar füllen können.

Ein Freund meines Vaters, Pedro da Mata, leitender Angestellter bei der Bahn, lebte mit seiner Frau und neun

Kindern auf der Restinga-Landzunge in Lobito. Zu Kolonialzeiten verbrachten wir immer im März unsere Ferien dort. Nach der Unabhängigkeit ging die Familie nach Portugal, nur Mauro, der jüngste Sohn, blieb in Angola. Ich besuchte ihn regelmäßig, nachdem mein Vater zurück nach Benguela gegangen war. Wir wurden Freunde.

Mauro hat sechs Kinder von zwei Frauen, einer Mosambikanerin und einer Angolanerin aus Benguela. Sie leben beide bei ihm, ganz normal und anscheinend problemlos, ziehen ihre Kinder gemeinsam auf und teilten sich die Hausarbeit. Ich weiß nicht einmal genau, von wem welches Kind ist. Die Kinder selbst wissen vielleicht nicht einmal so genau, aus welchem Bauch sie geboren wurden.

Als Karinguiri sieben oder acht Jahre alt war, verbrachte ich in den Ferien ein paar Tage mit ihr in Lobito. Wir wohnten in Mauros geräumigem Haus, in dem Zimmer, in dem ich damals schon mit meinen Brüdern geschlafen hatte. Das Haus steckt für mich voller schöner Erinnerungen. Im Garten stand ein riesiger Kasuarinenbaum, der sich zum Meer hinausneigte. Einer von Mauros Brüdern hatte ganz oben in den Baum eine Schaukel gehängt, darauf saßen wir, schaukelten höher und höher und tauchten kopfüber ins lauwarme Wasser. Am Abend duschten wir uns mit dem Gartenschlauch Sand und Salz von der sonnenverbrannten Haut. Ich blieb noch lange mit offenen Augen im Bett liegen, schaute durch das Moskitonetz an der Decke den Geckos beim Insektenjagen zu. Das Bett war noch immer dasselbe. Vielleicht sogar auch noch das reichlich durchlöcherte Mückennetz. An der Decke jagten die Urenkel der Geckos aus meiner Kindheit noch immer Insekten.

Meine Tochter Abend für Abend nach einem Tag am Meer zu kämmen, fand ich schmerzhaft und grausam. Also hatte sie nach drei Tagen schon echte Dreadlocks, die jedem Rastafari zur Ehre gereicht hätten. Als wir nach sieben Tagen nach Luanda zurückfuhren, hatte sie auf dem Kopf ein undurchdringliches, prächtiges Dickicht, und die ersten Friseurinnen, die ich um Hilfe bat, weigerten sich, diese Herausforderung überhaupt anzunehmen. Eine Freundin empfahl mir schließlich einen Russen namens Igor mit einem Salon in einem Fünfsternehotel. Dort fuhren wir hin. Igor erhob sich aus seinem Sessel in den Farben der verblichenen Sowjetunion, tat zwei schwere, erschrockene Schritte auf meine Tochter zu. Ich gab ihm die Hand und schilderte hastig mein Problem: «Ich muss das Kind morgen früh seiner Mutter zurückgeben, und ich hätte gern, dass ihr Haar dann in Ordnung ist.»

«Ich nehme an, Sie und die Mutter des Kindes sind nicht mehr zusammen?»

«Nein», sagte Karinguiri schnell. «Sie sind längst verschieden.»

«Geschieden», verbesserte ich. «Sie meint getrennt.»

«Selbstverständlich», sagte der Russe eisig. «Ich hoffe, Ihre Ex-Frau lässt sie dafür umbringen. Ich jedenfalls würde es tun.»

Ich lachte nicht. Denn der Mann meinte es ernst. Als ich nach drei Stunden zurückkam, saß Karinguiri immer noch auf dem Friseurstuhl, sehr aufrecht, sehr ernsthaft, und vier junge, gut aussehende Friseurinnen legten letzte Hand an ihr vormals verfilztes Haar. Es dauerte noch eine Stunde, bis es vorüber war.

«Das Mädchen ist eine Heldin», brummte Igor, als er sie mir schließlich auf den Arm hob und mich voller Verachtung anschaute: «Sehen Sie zu, dass Sie sie zu kämmen lernen.»

Ich lernte es. Eine Freundin erklärte mir, dass man das Haar nach dem Waschen von der Spitze aus kämmen muss, langsam bis zur Wurzel. Die besten Kämme sind die aus Holz. Auch Bürsten gehen. Andere Freundinnen empfahlen mir Wachs. Nach dem Waschen genügt gutes Feuchtigkeitsöl, das man mit den Fingern verteilt. Den Kamm braucht man nur, um Volumen hineinzubringen.

Dagegen musste ich beim Kochen, anstatt mich zu entwickeln, zurückhalten. Keine komplizierten Gerichte mehr, mit denen ich sie anfangs noch hatte gewinnen wollen. Karinguiri bevorzugte Würstchen mit Pommes, Pfannkuchen, Spiegelei – auch wenn sie kein Eigelb aß. Auch nichts, was Augen hat, aus moralischen Gründen; nichts Grünes, nichts Schleimiges wie zum Beispiel Okra, und nichts mit vielen Beinen, wie etwa Tintenfisch oder Tausendfüßler; keine Tiere, die beten, wie Katzen und Gottesanbeterinnen (ich schwöre, ich hatte nie vor, sie zum Essen von Katzen und Gottesanbeterinnen zu zwingen. Schon gar nicht von Tausendfüßlern). Wegen all dieser komplexen und manchmal recht seltsamen Einschränkungen war auswärts Essen zumeist ein Drama. Als meine Tochter mit sechzehn erklärte, sie sei Vegetarierin, überraschte mich das längst nicht mehr.

Als ich Karinguiri zum zweiten Mal im Gefängnis besuchte, wirkte sie noch entschlossener als beim ersten Mal. Ich umarmte sie. Sie fühlte sich warm an und war noch dünner geworden. Sie war nur noch Haut und Knochen, zusammengehalten vom Eifer des Idealismus. Sie sagte, sie habe begonnen, den anderen Gefangenen Englisch beizubringen, und bat mich um Hefte und Stifte, die ich ihr nächstes Mal mitbringen solle. Leider könne ich sie in den nächsten zwei Wochen nicht besuchen, erklärte ich.

«Wohin fährst du?»

«Nach Brasilien. Zum Arbeiten.»

«Worum geht es?»

«Um Träume. Um Träumen und Träumer.»

«Dafür musst du nicht verreisen, Papa. Ich habe so viele Träume. Auch die anderen Gefangenen, die Wärterinnen, wir alle träumen so viel. Du kannst dir gar nicht vorstellen, wie viele Träume in so ein Gefängnis passen.»

Als ich wieder in meiner Wohnung war, schloss ich mich, obwohl ich allein war, im Bad ein. Ich war nicht wirklich allein. Baltazar lag am Wohnzimmerfenster mit Blick auf eine Grünfläche, die zum Haus gehört, in der Sonne. Doch eine Katze ist keine echte Gesellschaft. Mit einer Katze zu wohnen, ist nur die elegantere Variante von Einsamkeit.

Ich schloss die Tür zu, setzte mich auf die Badewanne und weinte.

20

Es war kurz nach Mitternacht, als ich in Recife landete. Der Polizist an der Passkontrolle empfing mich müde lächelnd: «Tourist?»

«Ich bin wegen einer Maschine hier, die seit 2003 verschollen ist, einer Boeing 727. Und auf der Suche nach einer Maschine, die Träume filmt.»

«Aha? Und was sind Sie von Beruf?»

«Journalist.»

«Für einen Journalisten haben Sie eindeutig zu viel Fantasie. Versuchen Sie es mal als Schriftsteller. Also Tourist, richtig?»

«So kann man sagen.»

Der Mann schüttelte den Kopf, drückte den Einreisestempel in meinen Pass und gab ihn mir wieder. Zwanzig Minuten musste ich noch auf meinen Koffer warten, und dann war ich draußen in der lauwarmen, feuchten Nacht, fast wie in Luanda, nur ohne den tosenden Lärm. Ein verschlafener Taxifahrer fuhr mich traurig und stumm wie ein Geist zum Hotel, das ich in Luanda noch über das Internet gebucht hatte, allein, weil es direkt im historischen Zentrum lag, ganz in der Nähe der Bar, die mir Domingos Perpétuo Nascimento genannt hatte. Hotel Nassau. Ein junger Kerl schlummerte barfuß hinter dem Empfangstresen. Als er mich hereinkommen sah, schreckte er hoch, schlüpfte in ein Paar Gummilatschen und stand dann erst auf.

«*Senhor* Daniel?»

Ich überreichte ihm meinen Pass und schaute ihm zu, wie er den Anmeldebogen ausfüllte. Er war kaum älter als achtzehn. Sein ausgeleiertes Trägerhemd ließ einen dürren Brustkorb und schmächtige Schultern erkennen, von denen eine mit einem *Tribal*-Tattoo versehen war. Auf der anderen war in Frakturschrift zu lesen: «Mein Name ist Einsamkeit.» Er trug mir den Koffer zwei Treppen hoch, dann einen schmalen, blassroten Flur entlang, bis zur Tür Nummer 13.

«Ihr Zimmer. Ich hoffe, es stört Sie nicht.»

«Was denn?»

«Die Nummer.»

«Ich habe nichts gegen Nummern. Zahlen können nicht böse sein.»

«Sicher?»

«Bestimmt.»

Er schloss auf. Stellte den Koffer direkt neben der Tür ab: «Mein Name ist Caim.»

«Das glaube ich nicht. Eher glaube ich, dass Sie Einsamkeit heißen. Niemand nennt seinen Sohn Kain.»

«Keine Sorge, mein Herr, ich bin Einzelkind.»

Ich musste grinsen und gab ihm einen 10-Real-Schein.

«Danke, Caim.»

«Brauchen Sie noch etwas? Vielleicht Gesellschaft?»

«Gesellschaft?»

«Eine junge Dame, ein bisschen Wärme.»

«Danke. Das wird nicht nötig sein. Die Nacht ist schon warm genug. Etwas Abkühlung wäre mir lieber.»

«Das gibt es nicht. Jedenfalls nicht in Brasilien.»

Ich streifte meine Schuhe ab, warf mich aufs Bett und dachte an Moira. Plötzlich fiel mir ein Vers ein. Ich setzte mich an den kleinen Tisch vor dem Fenster, klappte mein Laptop auf und schrieb das Gedicht weiter. Als es fertig war, schickte ich es ihr, die es inspiriert hatte. Ich legte mich wieder aufs Bett und schlief ein. Erst als mir die Sonne direkt ins Gesicht brannte, wachte ich wieder auf. Es war schon fast sieben. Ich stand auf, entledigte mich meiner völlig zerknitterten Kleidung, putzte mir die Zähne und duschte kurz. Als ich runterging zur Rezeption, war ich ein neuer Mensch. Caim saß noch immer da, barfuß, auf seinem Stuhl. Sein Kopf war nach hinten gefallen, er schnarchte stoßweise und wachte nicht auf, als ich mich leise aus dem Hotel schlich. Draußen huschten Tausende über die Gehwege. An einer Ecke war ein Imbissrestaurant namens «Bom Sossego». Ich setzte mich hin und bestellte Papaya-Orangensaft und Tapioka mit Käse und Schinken. Hier ließe es sich gut leben. Ich würde mir bei einer der Zeitungen in der Stadt Arbeit suchen, mir ein Zimmer mieten, eine junge, brünette Frau mit kleinen Brüsten und breiten Hüften namens Janaina oder Inaê oder Yara heiraten, die mir morgens Kaffee kochen würde. Ich würde Tapioka essen, Pitangasaft, Cashewsaft, Acerolasaft trinken. Würde den *Diário de Pernambuco* lesen und die örtlichen Dichter. Vielleicht, aber nur ab und zu, würde ich an Angola zurückdenken und die Erinnerung schnell und mit einem Schulterzucken beiseiteschieben. All das ging mir so durch den Kopf, und dann musste ich an Karinguiri denken, und mir kamen die Tränen. Ich stand auf, ließ die halb gegessene Tapioka liegen, bezahlte und ging. Stundenlang streifte ich ohne Ziel durch die lärmenden Straßen der Stadt, war an so vielen Orten und wie im Traum auch an keinem; kaum waren sie da, waren sie wieder verschwunden. Es war längst schon dunkel, als ich mir dessen bewusst wurde. Plötzlich war ich auf einem weiten Platz unten am Meer. Ein Leuchtturm, der aussah, wie ein Penis mit einer wie von einer exotischen Krankheit befallenen, blühenden Eichel, erhob sich aus einer steinernen Halbinsel einige hundert Meter weit draußen. Die Leute zeigten lachend mit dem Finger auf ihn. Ein Pärchen bat mich, ein Foto von ihnen zu machen, und der junge Mann dirigierte mich so, dass sie möglichst eindrucksvoll vor dem Penisleuchtturm ins Bild kamen. Ich fragte sie, ob sie wüssten, wo das Hotel Nassau sei, und sie schickten mich in eine Richtung. Plötzlich stand ich zu meiner Überraschung vor der Bar Burburinho. Ich ging hinein. Es war fast nichts los. Hinten in einer düsteren Ecke an einem Tisch saß ein Mann um die fünfzig und las ein dickes Buch. Ein Roman auf Französisch in der diskret-schlichten Aufmachung von Gallimard. Ich wusste sofort, dass er es war, den ich suchte. Ich ging zu ihm: «Jean Mpuanga?»

Der Mann ließ überrascht das Buch sinken. Er nahm die Brille ab und schaute mich an: «Wer sind Sie?»

Ich streckte ihm meine Hand aus: «Daniel Benchimol. Journalist.»

Mpuanga übersah meine Hand.

«Und Sie wünschen?»

Ich setzte mich: «Was ist damals mit dem Flugzeug passiert?»

«Sind Sie von der Polizei?»

«Nein, ich sagte doch, Journalist.»

«Sie können Journalist sein und gleichzeitig Polizei. In diesen schwierigen Zeiten gibt es genug Leute, die mehrere Jobs haben.»

«In meinem Fall nicht. Ich bin nur Journalist.»

«Mein Name ist Paulo Costa Pinto, Brasilianer, in Bahia geboren und Unternehmer. Ich weiß nicht, was für ein Flugzeug Sie meinen.»

Ich stand wieder auf: «Es tut mir leid, dann habe ich Sie wohl verwechselt. Einen schönen Abend noch.»

Da fasste er mich am Handgelenk, lächelte schief, eigenartig, aber nicht unangenehm: «Setzen Sie sich, setzen Sie sich bitte.»

Ich nahm wieder Platz.

«Nehmen wir an, ich sei dieser Kongolese. Der Mann, den sie meinen. Mpuanga, nicht wahr?»

«Oder Angolaner. Aber ja, er ist Kongolese.»

«Oder war es. Er könnte die Nationalität gewechselt haben, glauben Sie nicht?»

«Vielleicht die Staatsbürgerschaft. Nicht die Identität.»

«Und warum nicht?»

«Weil ein Chamäleon sich auch nicht verändert, nur weil es eine andere Farbe annimmt.»

«Nein, *Camarada*, ein Chamäleon wird zu unterschiedlichen Chamäleons. Wir werden im Lauf unseres Lebens immer wieder zu jemand anderem. Man kann bis zu einem gewissen Moment Ukrainer sein und dann Brasilianer. Wie zum Beispiel Clarice Lispector.»

«Lispector war nie Ukrainerin. Sie war zwei Monate alt, als sie nach Brasilien kam.»

«Stimmt. Aber Coetzee?»

«Was ist mit Coetzee?»

«Der ist jetzt Australier, nicht wahr?»

«Nein. Er ist ein weißer Südafrikaner mit australischem Pass.»

Der Mann wiegte den Kopf und lächelte.

«Und Nabokov?»

«Nabokov hat nie aufgehört, Russe zu sein. Er blieb Russe, auch wenn er auf Englisch schrieb, selbst als Amerikaner noch.»

«Ich sehe, Sie glauben nicht, dass man sein Leben mit einer neuen Identität neu gestalten kann und mit einem echten Zugehörigkeitsgefühl zu dem Land, das einen aufgenommen hat. Herr Journalist, ich werde Sie nicht überzeugen können.»

«Nein, das werden Sie nicht. Ein Mensch ist auch seine Vergangenheit. Die Vergangenheit lässt sich nicht ändern.»

Jean Mpuanga oder Paulo Costa Pinto, wer auch immer, brach in schallendes Gelächter aus.

«Herr Journalist, Sie tun mir leid. Sie haben nicht die geringste Vorstellungskraft. Für jemanden, der auch nur etwas Fantasie hat, verändert sich die Vergangenheit ununterbrochen. Sie glauben, die Gegenwart käme aus der Vergangenheit, aber das Gegenteil ist der Fall. Die Gegenwart schafft sich Vergangenheit. Jemand mit Fantasie klebt nicht an früher und an Grenzen schon gar nicht. Ich bin Paulo Costa Pinto, Brasilianer, geboren in Cachoeira, Bahia. Ich habe in Frankreich gelebt und in Portugal, daher mein Akzent.»

Nun musste ich lachen: «Es tut mir leid, aber als Brasilianer kann ich Sie mir nicht vorstellen ...»

«Weil Sie, und verzeihen Sie, dass ich mich wiederhole, nicht die geringste Fantasie haben.»

«Umso besser, denn ich bin Journalist. Für einen Journalisten ist Fantasie eine Last. Kurioserweise hat man mir vor Kurzem erst, als ich eingereist bin, vorgeworfen, für einen Journalisten zu viel Fantasie zu besitzen. Ich hätte antworten können, aber ich habe es sein lassen, dass die Wirklichkeit, mit der ich arbeite, an einem Überschuss an Fantasie leidet. Aber daran bin ich nicht schuld. Ich hätte viel lieber eine, wie soll ich sagen, nüchternere Realität.»

«Das glaube ich Ihnen gern. Aber ich bitte Sie, geben Sie sich etwas Mühe. Stellen Sie sich einfach vor, ich sei oder war einmal dieser Jean Mpuanga, den Sie suchen. Schaffen Sie das?»

«Es fällt mir leichter, als Sie mir als einen Brasilianer vorzustellen, der Paulo Costa Pinto heißt.»

«Gut. Versetzen Sie sich einmal in diese Person. Sie sind Mechaniker. Eines Abends beschließen Sie, nach der Arbeit nicht mehr nach Hause zu gehen. Sie haben alles satt und wissen, zu Hause warten fünf Kinder und eine Frau, die nur immerzu redet ...»

«Es heißt, sie hätte sehr gut kochen können.»

«Ja, das konnte sie. Kochen konnte sie.»

«Aber Sie waren es leid.»

«Jean war es leid. Er wusste nicht weiter. Der Gedanke an zu Hause war ihm unerträglich geworden. Er begann zu trinken. Auf dem Flugfeld stand eine verlassene Boeing 727 einer amerikanischen Fluggesellschaft, und manchmal setzte er sich abends, wenn es dunkel war, in einen Sessel in der ersten Klasse und schlief. So auch an einem Freitag im Mai. An diesem Abend hatte er es übertrieben mit dem Bier und dem Caporroto und stieg die Gangway hinauf, stolperte durch die Reihen und träumte, dass er beim Aufwachen die Lichter Luandas sich in der Dunkelheit entfernen sah. Über dem tiefschwarzen Meer sah er einen riesigen Mond schweben. Am Morgen danach öffnete er die Flugzeugtür, und die Treppe war nicht mehr da. Auch der Flughafen nicht. Auch Luanda. Das Flugzeug war auf einer langen, unbefestigten Straße gelandet. Kein Haus, kein Fahrzeug, kein Acker und keine Plantage weit und breit, nichts, kein Zeichen von menschlichem Leben. Savanne bis zum Horizont. Dazwischen vereinzelt Akazien im hohen Gras. Sie kennen das, Sie haben bestimmt oft solche Landschaften gesehen. Ich erinnere mich an ein leises Summen, aber ich sah keine Insekten.»

«Wo war das?»

«Unterbrechen Sie mich nicht. Ich war sehr erschrocken. Und setzte mich wieder. Ich schloss die Augen, zählte bis hundert und stand wieder auf, schaute noch einmal aus der Tür. Die Savanne war immer noch da.»

Dann schwieg er. Die Bar hatte sich inzwischen gefüllt. Zwei Portugiesen stritten sich laut. Einer beschuldigte den anderen, ihn bestohlen zu haben. Um was es genau ging, verstand ich nicht. Paulo Costa Pinto/Jean Mpuanga stand auf. Er zog etwas Geld aus der Tasche und ließ es auf dem Tisch liegen, neben seinem leeren Glas.

«Ich muss gehen. Meine Frau wartet mit dem Abendessen.»

«Sie haben wieder geheiratet?»

«Ich war nie verheiratet.»

Er gab mir die Hand: «Es hat mich gefreut, mich mit Ihnen zu unterhalten, Herr Journalist. Ich wünsche Ihnen noch einen schönen Abend.»

Ich schaute ihn ungläubig an: «Sie können mich jetzt nicht hier sitzen lassen, ohne mir zu erzählen, was mit dem Flugzeug passiert ist.»

«Ich weiß es nicht.»

«Wie, Sie wissen es nicht?»

«Ich wollte es gar nicht wissen. Als mich Padilla entdeckte, als er merkte, dass ich als blinder Passagier mitgekommen war, wenn auch völlig unfreiwillig, wurde er böse. Er brüllte mich an, also er brüllte Jean an. Er hätte mich fast umgebracht. Aber dann entschloss er sich, mir zu helfen. Also dem Typen zu helfen, diesem Jean.»

«Und hat er das?»

«Ich verdanke ihm alles. Ihm verdanke ich dieses neue Leben.»

«Kann ich mit Ihrem Freund sprechen?»

«Padilla ist verreist.»

«Wann kommt er wieder?»

«Vergessen Sie es. Er wird nicht mit Ihnen sprechen wollen.»

«Warum nicht?»

«Sie wissen genau, warum nicht.»

«Ich verspreche Ihnen, es nicht zu veröffentlichen. Ich gebe Ihnen mein Ehrenwort. Ich will nur endlich wissen, was wirklich passiert ist.»

«Haben Sie eine E-Mail-Adresse?»

Ich zog eine Visitenkarte aus meiner Hosentasche. Ich habe immer ein Dutzend dabei. Ich suchte eine heraus, die nicht so zerknittert war, strich sie glatt und gab sie dem Mechaniker: «Versprechen Sie mir, mit Padilla zu reden?»

«Ich rede mit ihm.»

«Ich zähle auf Sie.»

Jean umarmte mich, drückte mich fest wie einen alten Freund gegen seine starke Brust. Dann drehte er sich um und ging. Ich setzte mich an den Tresen und bestellte eine Cola. Jenseits der Kneipentür brodelte die Nacht und war nun genauso laut und dreckig wie Luanda.

Nein, ich würde hier nicht gerne leben.

21

«Lieber Daniel,
die alten Griechen, Chinesen und auch die Hebräer kannten kein Wort für die Farbe blau. Für sie war das Meer grün, braun oder weinfarben. Manchmal schwarz. In der westlichen Malerei wurde das Meer auch erst ab dem 15. Jahrhundert blau dargestellt. Nicht einmal der Himmel war damals blau. Dichter beschrieben ihn morgens als rosa, als flammend im Abendrot und an melancholischen Wintermorgen als milchig.

Vielleicht sind es ja Namen, die Dinge erst entstehen lassen. Wie steht es in der Bibel? ‹Am Anfang war das Wort, und das Wort war bei Gott, und das Wort war Gott.›

Ich stelle mir eine geheime Gesellschaft von mächtigen Demiurgen vor. Wie sie durch die Jahrhunderte ziehen, sich in geheimer Mission unter das Volk mischen. Sie ziehen von Siedlung zu Siedlung und verteilen Namen in unterschiedlichen Sprachen, und mit der Bereicherung durch die Sprache gewinnt auch das Universum an Farbe und Vielfalt.

In meiner Seele dagegen spüre ich oft einen Tumult von nicht näher benannten Gefühlen. In ein paar Jahren werden sie vielleicht einmal ganz normal sein, wenn man ihnen einen Namen gegeben hat. Bis dahin allerdings bin ich wie ein Maler im finsteren Mittelalter, der nach einem Blauton greift, um das Meer auszumalen. Lange noch, bevor es das Wort Blau gibt. Lange, bevor es überhaupt Blau gibt. Beim Betrachten der Bilder dieses Malers, der Wellen in dieser unmöglichen Farbe, verfallen die Leute in unbändiges Staunen und Entsetzen. Wenn Du wüsstest, was in mir vorgeht, würdest Du auch so reagieren. Du oder jeder andere.

Ich bin einfach zu früh. Stell Dir eine Frau bei den Dinosauriern vor. Das bin ich. Ein Monstrum, würden die Dinosaurier sagen.

Mit dieser Gewissheit bin ich gerade aufgewacht und will sie mit Dir teilen, bevor Du herkommst. Ich habe Deine Gedichte bekommen. Aber ich bin nicht die, die Du Dir darin ausgedacht hast (Wir erfinden die, die wir lieben). Es ist komplizierter: Ich bin eine Person, die Du nie wirst erfinden können. Ich bin jenseits Deiner Vorstellungskraft. Trotzdem haben mir Deine Gedichte gefallen. Ich mag es, mich für einen Moment als diese andere Frau zu empfinden, die Dich dazu inspiriert hat.

Alles Liebe

Moira.»

22

Der Taxifahrer Arzílio Takimoto, der mich nach Natal fuhr, hat einen Menschen getötet. An einem Sonntag stiegen in strömendem Regen zwei junge Männer in sein Taxi ein. Der eine setzte sich rechts auf den Beifahrersitz, der andere auf den Rücksitz. Sie gaben ihm eine ungefähre Adresse in einem der heruntergekommensten Viertel am Rande der Großstadt Recife. Dort angekommen hielt ihm der auf dem Rücksitz von hinten ein Messer an den Hals: «Du hast verloren, Alter! Beweg dich nicht ...»

Arzílio griff mit der rechten Hand nach dem Messer, stieß es von seinem Hals weg und versetzte dem Jungen rechts neben sich mit der linken Faust einen kräftigen Schlag auf die Nase. Der arme Kerl hielt sich die Hände vors blutverschmierte Gesicht, riss die Autotür auf und ergriff die Flucht. Der andere entriss ihm das Messer und stieß es ihm fünfmal in den Rücken, bevor der Taxifahrer den Sicherheitsgurt lösen konnte, sich umdrehte und dem Jungen seinen Ellenbogen so fest ins Gesicht rammte, dass er zwei Zähne verlor. Der Angreifer ließ das Messer fallen und stürzte zum rechten Fenster hinaus. Arzílio fuhr ihm mit dem Auto nach, über ein freies Gelände, durch Müll und Gesträuch, bis er ihn hatte. Er stieg aus und ging zu dem am Boden liegenden, der «Mein Bein!», jammerte. «Sie haben mir mein Bein gebrochen!»

Arzílio versetzte ihm einen gezielten Tritt gegen den

Unterkiefer, setzte ihm seinen linken Stiefel auf den Kehlkopf und trampelte dann auf seinen Schädel, ein-, zwei-, dreimal, bis der Junge sich nicht mehr bewegte.

«Als ich mit ihm fertig war, hatte er kein Gesicht mehr.»

In Natal reihte sich eine Straße an die nächste, immer gleich und gleich menschenleer. Die Nacht kreiste uns reglos ein, als sei sie schon immer da gewesen und hätte auch niemals die Absicht, wieder fortzugehen. Als wir im Hotel waren, half mir Arzílio noch, meinen Koffer aus dem Auto zu heben, dann zog er sein T-Shirt aus und zeigte mir seine Narben. Er hatte auch auf der rechten Hand welche und an den Fingern. Mehr als fünfzig Kilo habe er seit jenem brutalen Sonntag abgenommen. Trotzdem war er noch immer groß und kompakt wie ein Baobab. Ich sagte Auf Wiedersehen und betrat das Hotel. Eine Uhr an der Wand über dem Empfang zeigte 02:17. Das Hotel trug den Namen ‹Alma›, aber von Seele keine Spur, weder Persönlichkeit noch auch nur den geringsten Anflug von Emotion. Ich öffnete meine Zimmertür und setzte mich erschöpft aufs Bett. An der Wand hing die Grafik eines Feuer speienden Drachen. An irgendetwas erinnerte mich das. Ich zog die Visitenkarte, die mir Arzílio gegeben hatte, aus meiner Hosentasche und betrachtete sie sekundenlang. Ich wollte sie in den Papierkorb werfen, doch dann ließ ich es bleiben. Ich schämte mich vor mir selbst. Karinguiri hätte Arzílio nicht schweigend zugehört, hätte ihm widersprochen. Und hätte ihn anhalten lassen, wäre ausgestiegen und zu Fuß in der Dunkelheit verschwunden, ihren Rollkoffer hinter sich herziehend. Und hätte dabei leise in sich hineingelacht – ihr Lachen hätte die Sterne in Rührung versetzt.

Ich bekam solche Sehnsucht nach meiner Tochter und mit ihr ein stechendes schlechtes Gewissen. Ich hatte als Vater versagt. Ich hatte sie nicht schützen können.

Ich zog mich aus und legte mich schlafen. Durch die Wand hörte ich eine Frau stöhnen. Erst wie ein Jammern, fast ein Weinen, dann immer heftiger, bis es ein heiseres Heulen war, dann ein Schluchzen und schließlich ein triumphales Gelächter. Und einen Mann, der vergeblich flehte: «Sei ruhig, sei ruhig! Du weckst noch die Leute auf!»

Dann war Ruhe.

Am nächsten Morgen wachte ich auf und hatte Kopfschmerzen. Ich ging hinunter zur Rezeption. Nebenan war der Frühstücksraum. Ich suchte mir einen Tisch in der Nähe des Fensters und bestellte Tapioka mit Käse, Schinken und Tomate. Gerade als ich mit dem Frühstück fertig war, kam Moira herein. Ihre Haarpracht war von einem riesigen, exzentrisch blau und rot gemusterten Turban gekrönt, dazu trug sie ein genauso gemustertes kurzes Kleid. Lächelnd kam sie auf mich zu. Ich stand auf und umarmte sie.

«Hier bist du also», sagte sie. «Ich dachte nicht, dass du kommen würdest.»

«Welche Zimmernummer hast du?»

Moira setzte sich. Schlug wie einstudiert ihre Beine übereinander. Und amüsierte sich über meinen Blick: «Gefällt es dir?»

«Sehr sogar.»

«Ich bin nicht mehr hier im Hotel. Ich bin zu Hélio gezogen, in seine Wohnung.»

Ich stand auf, holte mir noch einen Kaffee. Meine Hände zitterten. Ich setzte mich wieder.

«Und diese Maschine? Die Maschine, die Träume filmt?»

«Die ist ganz unglaublich! Das musst du mit eigenen Augen sehen. Ich arbeite mit ihnen zusammen, mit Hélios Team. Für mich ist es ein Kunstprojekt. Es wird einige Monate dauern. Vielleicht Jahre.»

Strahlend erzählte sie mir und fuchtelte dabei vor meinen staunenden Augen mit ihren metallblau lackierten Fingern herum, sie habe die letzten Tage nichts anderes gemacht, als Aquarelle zu zeichnen, Tiere, Pflanzen, alles Mögliche, Wetterphänomene, Flüsse, Wellen, Gesteinsformationen. Die Aquarelle seien zu einer gigantischen Datenbank digitalisiert worden. Zuerst untersuchte Hélio die Hirntätigkeit seiner schlafenden Probanden. Dann wurden sie in kurzen Zeitintervallen geweckt und mussten jedes Mal sagen, was sie gerade geträumt hatten. Der Neurowissenschaftler und seine Assistenten suchten dann Muster, die zu den verschiedenen Bildern passten. Schließlich wurde alles in einen Computer eingegeben und in einem umgekehrten Verfahren aus der Gehirntätigkeit der träumenden Person ein Film hergestellt.

«Ich glaube das immer noch nicht!»

Moira lachte kurz auf. Sie schien sehr zufrieden mit meiner Ungläubigkeit: «Bis jetzt hatten sie immer nur Fotos aus dem Internet. Dabei kamen keine Filme heraus, sondern nur Abfolgen von unzusammenhängenden Bildern. Mit den Aquarellen und einem geeigneten Programm wird es fließend. Man erreicht eine gewisse Bewegung. Die

Filme sind immer noch rudimentär, aber es sind schon Filme.»

«Das glaube ich erst, wenn ich es sehe.»

«Das wirst du. Aber dafür darfst du heute Nacht nicht schlafen. Wenn du morgen übernächtigt ins Labor kommst, schließen sie dich an eine Maschine an, du schläfst, und sie zeichnen auf, was du träumst.»

«Ich weiß gar nicht, ob ich das will.»

«Sonst wirst du nie erfahren, ob es funktioniert.»

Also musste ich mitmachen. Ich trank meinen Kaffee aus: «Dann muss ich wohl mitmachen. In Ordnung.»

Moira grinste: «Und darf ich erfahren, wie du die nächsten vierundzwanzig Stunden wach bleiben willst?»

«Mit Lesen. Schreiben. Kaffee trinken.»

«Lesen? Hättest du vielleicht gern, dass ich dir dabei helfe, diese schreckliche Ewigkeit durchzustehen?»

Ich starrte sie an und mir war nicht klar, ob sie es ernst meinte oder sich über mich lustig machte. Wir fuhren noch am Morgen zum Pitangui-See, dreißig Kilometer außerhalb von Natal, aßen zu Mittag an einem Tisch, der zur Hälfte im Wasser stand. Am Nachmittag besichtigten wir den berühmten Cashewbaum von Pitangui, den Stolz der gesamten Region. Es sind eigentlich zwei oder mehr Bäume, die zum wohl größten Cashewbaum der Welt verwachsen sind. Beim Spazierengehen unter dem Rauschen des riesigen, vielfachen Baums hakte sich Moira bei mir ein.

Und küsste mich auf den Mund: «Träumst du noch immer von mir?»

Ich hätte nicht mehr von ihr geträumt, sagte ich, aber es

käme mir so vor, als verdunkle sich überall, wo sie sei, die Wirklichkeit und nehme wie im Traum andere Formen an.

«Als könne es, wo du bist, keine Realität geben. So wie die Natur nicht mit Vakuum umgehen kann, fürchtet sich die Realität vor dir. Du bist eine Art menschliche Orchidee.»

Sie schaute mich fragend an: «Soll ich das als Kompliment verstehen oder als Beleidigung?»

«Keine Ahnung.»

Abends aßen wir in einem kleinen japanischen Restaurant. Es war Mitternacht, als wir zurück im Hotel waren. Moira ging mit hinauf. Und mit mir auf mein Zimmer.

«Und Hélio?», fragte ich, als sie mir ihre Finger unter mein Hemd schob und mich in die Brust zwickte.

«Was ist mit dem?»

Ich gab keine Antwort mehr, sondern schob ihr die Träger ihres Kleids über die Schultern, küsste sie auf die Brust, und wieder beschlich mich das Gefühl, all das schon einmal erlebt zu haben. Irgendwas schien gebrochen oder verbogen zu sein in der fein abgestimmten Mechanik der Zeit. Als hüpfte sie auf und ab, mal vor und dann wieder zurück, hielte inne und ginge dann erneut vor, um ein paar Minuten aufzuholen. Nun lag ich mit Moira im Bett, sie saß rittlings auf mir und lachte laut mit geschlossenen Augen. Und flüsterte mir Unanständigkeiten ins Ohr, und davor – oder danach – umfasste ich ihre Hüften, erschrocken von dem Strahlen, das von ihr ausging. Hinter uns spuckte der Drache Feuer. Und wieder kam ein Lachen. Irgendwann schlief ich ein oder glaubte, eingeschlafen zu sein, und schon schüttelte mich Moira, schüttelte mich ungeduldig: «Schlaf nicht ein, du darfst nicht schlafen!»

Ich stand auf, öffnete das Fenster. Man konnte im Zimmer schon kaum mehr atmen. Luft strömte herein und ein schwaches, benommenes Licht. Ich sah Moira auf dem Bett knien und lächeln und sich dabei selbst streicheln.

«Komm!»

Im Taxi auf dem Weg zum Labor gab mir Moira einen Kuss auf die Stirn, strich mir übers Haar, das in alle Richtungen abstand, als wollte es mir vom Kopf fliegen.

«Schau nicht so grimmig. Du siehst gar nicht aus, wie einer, der nicht geschlafen hat, sondern als seist du noch gar nicht wach.»

Hélio empfing uns schon an der Tür zu seinem Traumlabor, einem kleinen weißen Haus, rechts und links von je einer sehr hohen Palme gesäumt. Drinnen schimmerte farblos unerbittliches Licht, wie es wahrscheinlich die Seelen im Fegefeuer empfängt. Ich musste mich auf eine schmale Klappliege legen und eine junge rothaarige Frau mit Sommersprossen stülpte mir ein Haarnetz aus Kabeln über den Kopf.

«Ganz entspannt ...», sagte Hélio.

Ich nickte sowieso dauernd vor Müdigkeit ein. Ich sah der jungen Frau ins Gesicht. Ihre Sommersprossen schwirrten im Reigen unter ihrer sehr weißen Haut herum wie kleine Krabben am Strand. Durch die Helligkeit huschte ein Schatten, und ich sah einen afrikanischen Wildhund. Ich wachte auf. Hélio fragte: «Was haben Sie geträumt?»

«Von einem Hund, einem Wildhund ...»

«Hervorragend. Schlafen Sie weiter.»

Ein Zug. Eine Eisenbahn durch einen finsteren Wald. Mit mir hat das nichts zu tun. Bäume ziehen vorbei, deren Namen mir unbekannt sind und die sich an mir nicht stören. Gegenüber von mir sitzen Leute, die kein Gesicht haben.

«Und jetzt? Was haben Sie jetzt geträumt?»

«Ich weiß nicht. Ich war unterwegs nach Berlin mit dem Zug. Ich erinnere mich an zwei Männer. Sie saßen mir gegenüber, aber sie hatten kein Gesicht …»

«Gut. Entspannen Sie …»

«Einer von uns wird den anderen zerstören», hörte ich eine Stimme und drehte mich um. Ich sah einen Alten sehr aufrecht im Sonnenuntergang stehen. Er war sehr groß, schwarz gekleidet, und obwohl ich seine Beine nicht sah, weil er lange Hosen trug, wusste ich, dass sie aus Glas waren.

«Haben Sie etwas geträumt?»

«Ja. Ein großer Mann. Ein Mann mit Glasbeinen. Ich habe ihm in die Beine geschossen.»

Als mich Hélio zum ungefähr zehnten Mal weckte, wurde ich langsam ärgerlich. Ich sagte, es sei vielleicht besser, das Experiment abzubrechen. Er lächelte und gab mir etwas zu trinken, das süß war und nach Minze und Honig schmeckte. Diesmal brauchte ich länger, um wieder einzuschlafen. Ich träumte, ich wachte auf, und es juckte mich zwischen den Schulterblättern. Und nach einer Weile wuchsen mir Flügel. Meine Mutter meinte, ich würde mich in einen Engel verwandeln, aber mein Vater entgegnete brüllend: «Ein Vogelstrauß ist das, siehst du nicht, dass es ein Strauß ist?» Dann träumte ich, dass ich ein Verhältnis mit zwei jamaikanischen Kontorsionistinnen hätte, Zwillingen. Ich war auf Reisen mit ihnen und faltete sie sorgfältig in meinen Koffer. Unterwegs holte ich sie aus dem Koffer heraus und hatte mit beiden Sex.

«Ich habe von Zwillingen geträumt», blieb ich vage, als Hélio mich weckte. «Zwei Schlangenmädchen. Sie kamen aus einem Koffer.»

Endlich wachte ich von allein auf. Ich schaute auf die Uhr. 12:32. Offensichtlich hatten sie mich, nachdem sie mich bis zum Letzten ausgefragt, mir all meine Träume geraubt hatten, schlafen lassen. Ich rappelte mich hoch, ganz benommen noch, und ging auf die Suche nach Hélio und Moira. Ich fand sie in der kleinen Cafeteria. Dort saßen sie an einem Tisch und sahen mich zunächst gar nicht. Hélio beugte sich über den Tisch und hielt in seiner Hand Moiras schlanke Finger. Er schaute erschrocken, als hätte er gerade aus ihrem Mund eine schreckliche Nachricht erhalten.

Dann sahen sie mich. Moira zog ihre Hände zurück. Hélio sprang auf: «Ah, Sie sind aufgewacht!»

«Ich bin mir nicht sicher.»

«Ich danke Ihnen für Ihre Geduld. Es gab mal einen, der wollte mich schlagen, als ich ihn zum sechsunddreißigsten Mal weckte.»

«Das kann ich gut verstehen. Was Ihr da macht, das ist Folter. Dass jemand Sie schlagen wollte, ist das Merkwürdigste, was Ihnen dabei passiert ist?»

«Nein. Wir hatten schon einige sehr schräge Situationen.»

«Wie können Sie sicher sein, dass die Leute nicht lügen, wenn Sie behaupten, sie hätten dies oder jenes geträumt?»

«Manchmal kann man das feststellen. Zum Beispiel haben Sie mir erzählt, Sie hätten von einem Hund geträumt, einem Wildhund, und das passt zu dem, was wir schon hatten. Andere haben genauso von Hunden geträumt. Manchmal lügen die Träumer auch. Wenn ihnen etwas peinlich ist ...»

«Bei erotischen Träumen», sagte Moira und lächelte.

«Ja, manchmal bei erotischen Träumen, aber nicht nur. Stellen Sie sich vor, Sie begehen im Traum ein ganz schlimmes Verbrechen. Sie werden uns diesen Traum nicht erzählen wollen.»

«Aber Sie kriegen es heraus, wenn Sie die Filme ansehen ...»

«Genau. Richtig. Manchmal finden wir es heraus.»

«Fühlen Sie sich nicht als eine Art Voyeur?»

Hélio lachte. «Ganz sicher, aber ich nenne es lieber Beobachter.»

Ich musste an das denken, was mir Moira in Kapstadt erzählt hatte. «Ein Ornithologe.»

Sie stand auf. «Du bist sicher müde, mein Angolaner. Lass uns zu Mittag essen, und dann bringe ich dich wieder zurück ins Hotel.»

Hélio gab mir die Hand. «Und nochmals vielen Dank.» Dann zog er einen Umschlag aus seiner Jacke. «Ich darf nicht vergessen, Ihnen das hier zu geben. Das ist für Sie angekommen.»

Ich erkannte die Handschrift. Hossi Apolónio Kaley hatte mich also gefunden. Ich dankte Hélio, faltete den

Umschlag zusammen und steckte ihn schnell in die Hosentasche. Wir aßen in einem kleinen Schnellrestaurant, und dann riefen wir uns ein Taxi. Nur wenige Minuten später im Bett sagte sie: «Es ist gar nicht einfach, zu lügen, wenn man nackt ist.»

Da wir beide nackt waren, klang das für mich aufrichtig. Moira fuhr fort: «Du weißt das. Alle Liebenden wissen es. Auch die Folterer.»

«Ist das der Grund, warum Folterer ihre Opfer ausziehen?»

«Genau. Ich muss gerade an die israelische Wissenschaftlerin Edith Spencer Cohen denken, die sagt, dass Männer in der kalten Jahreszeit mehr lügen, weil sie mehr anhaben, Jacken, Schals, Hüte. Frauen lügen nur etwas weniger, wenn es warm ist. Wir Frauen lügen allgemein ziemlich viel. Viel mehr als die Männer. Wir reden auch mehr. Im Schnitt zwanzigtausend Wörter pro Tag. Ihr Männer bringt es auf gerade einmal siebentausend. Davon sind tausend Schimpfworte ...»

Ich musste lachen. «Stimmt das?»

«Wir lügen mehr, weil wir komplexere Wesen sind. Lügen ist eine Kunst, die einfache Gemüter nicht gut beherrschen.»

«Das will ich meinen. Zu lügen, also gut zu lügen, fantasievoll und elegant, ist ein Ausdruck von Intelligenz und von wachem Verstand. Die Wahrheit wird meiner Meinung nach überbewertet. In der Demokratie gibt es nie eine Wahrheit, sondern nur unterschiedliche Variationen. Nur in Diktaturen, da gibt es Wahrheit, die offizielle.»

«Aha! Also singst du jetzt das Hohelied auf die Lüge?»

«Du hast doch damit angefangen ...»

«Nein, ich habe nur gesagt, dass ich dich nicht anlüge, weil wir gerade nackt sind, und Lügen nicht einfach ist, wenn man nackt ist. Ich hoffe, auch du lügst nicht. Wenn du lügst, merke ich das.»

«In Ordnung.»

Sie setzte sich rittlings auf meinen Brustkorb: «Ist es wahr, dass du, wie du vor ein paar Tagen gesagt hast, geträumt hast, du wärst mit mir hier in diesem Bett, hier im Hotel?»

«Ja, das stimmt. Damals in Kapstadt habe ich von uns geträumt. Und von diesem Drachen da an der Wand ...»

«Und all die anderen Träume?»

«Sind wahr. Das schwöre ich bei der Gesundheit meiner Tochter.»

«Weißt du, was Hélio dazu sagt, dass du in die Zukunft träumst?»

«Du hast ihm hoffentlich nicht erzählt, was ich von dir träume?»

«Alles andere habe ich ihm schon erzählt.»

«Glück gehabt. Aber mich interessiert Hélios Meinung sowieso nicht ...»

«Du solltest sie dir aber anhören.»

«Zeit ist eine Dimension, genau wie Länge, Breite und Höhe. Es ist also Unsinn, dass Zeit vergeht. Sie vergeht nicht, sie ist. Und es gibt eine einzige Richtung, in die wir ihr entkommen können – die Entropie, die Zerstörung. Das heißt aber nicht, dass sie dadurch geringer wird, sondern nur, dass wir uns bewegen. Eine Straße, die wir entlangfahren, verschwindet nicht. Der große Baobab neben der Straße war schon da, bevor wir an ihm vorbeifuhren, und wird immer noch dort stehen, wenn wir längst weg sind. Also ist es laut Hélio auch möglich, sich an Ereignisse in der Zukunft zu erinnern, die wichtig oder traumatisch sind. Sich an Menschen zu erinnern, die wir noch gar nicht kennen, die uns irgendwann aber einmal wichtig sein werden.

«Hélio glaubt, dass bestimmte Personen, zum Beispiel du, eine besondere Neigung haben, sich an die Zukunft zu erinnern», sagte Moira. «Ich glaube, du kannst dich an mich erinnern, weil ich dir einmal sehr wichtig sein werde oder schon bin.»

«Und daran glaubst du?»

«Mir gefällt der Gedanke.»

«Sehr wichtig für mich zu sein?»

«Mir gefällt die Idee, dass du dich an mich erinnerst, wie ich noch gar nicht bin. Ich schaue in deine Augen und sehe, wie in einem verkehrten Spiegel, was ich einmal sein werde.»

Erst als Moira gegangen war und die Sonne schon hoch oben am Himmel stand, fiel mir der Brief wieder ein, den mir Hélio gegeben hatte.

23

«Luanda, 24. Oktober 2016
Lieber Landsmann,
vielleicht wunderst Du Dich, dass ich Dir einen Brief schreibe, einen richtigen Brief auf Papier, wo wir doch in der Zeit elektronischer Post und der immateriellen Kommunikation leben. Aber erstens bin ich selbst aus dem letzten Jahrhundert, so alt wie Du, aber unendlich viel älter, sodass ich lieber mit der Hand schreibe als auf einem Computer; mir gefällt der Geruch des Papiers und der Tinte, und zweitens will ich nicht, dass die Gedankenpolizei liest, was ich Dir schreibe. Glaub mir, mein Freund, sie überwachen uns beide und schnüffeln in unseren Korrespondenzen herum. Also schreibe ich Dir diesen Brief und gebe ihn einem Freund mit, der nach São Paulo fliegt. Er wird ihn dort gleich nach der Landung zur Post bringen.

Ich bin erstaunt, dass Du so hastig abgereist bist, wie auf der Flucht vor dem Teufel, an diesem verdorbenen Nachmittag. Hast Du tatsächlich geglaubt, ich würde den Mann umbringen?

Die Pistole war überhaupt nicht geladen.

Ich habe es Dir nicht gesagt, weil ich Dein Entsetzen gebraucht habe. Es musste echt sein, damit es in die Szene passt. Es hat auch gut funktioniert. Herr Jamal oder Ezequiel, wie auch immer er heißen mag, hat mich nicht weiter belästigt.

Was mich allerdings sehr beunruhigt, sind diese Lücken in meiner Erinnerung. Jemand stürzt auf mich zu, und ich weiß nie, ob mich ein alter Freund nur umarmen oder mir jemand mit einer Pistole in der Hand an den Kragen will. Daher behandle ich alle aus Gründen des Überlebensinstinkts als Feinde.

Falls Dir das Angst gemacht hat, bitte ich Dich um Verzeihung.

Aber das ist nicht der Grund für mein Schreiben. Ich schreibe, weil ich, als ich meinen Neffen besuchte, erfahren habe, dass seine Genossen und er beschlossen haben, für ihre Freilassung in den Hungerstreik zu treten. Sie wollen erst wieder essen, wenn sie aus dem Gefängnis entlassen sind. Das macht mir große Sorge. Der Präsident wird nicht nachgeben. Ich glaube, die Kinder auch nicht. Es wird eine Tragödie geben. Jemand muss ihnen das ausreden. Leider hören sie nur auf Deine Tochter. Meine Hoffnung ist, dass sie auf Dich hört. Ich überlege mir gleichzeitig aber auch, wie ich die Kinder auf andere Weise befreien kann. Mit einer Aktion, die mehr meiner Erfahrung beim Militär und der glorreichen Tradition des Befreiungskampfes entspricht als den Idealen, denen Du und die Kinder folgen. Mit Friedfertigkeit, lieber Freund, ist es wie mit Meerjungfrauen: Außerhalb der Fantasie und an Land kriegen sie keine Luft. Sie tun sich schwer mit der Wirklichkeit. Erst recht mit unserer, die so brutal ist. Angola ist nichts für Sanftmütige.

Bitte komm schnell zurück, so schnell es geht. Der Kampf geht weiter.

Es umarmt Dich

Dein Freund Hossi Apolónio Kaley»

24

Arzílio Takimoto wartete schon um halb sieben im Eingangsbereich des Hotels. Er hievte mein Gepäck in den Kofferraum seines Taxis und hielt mir dann lächelnd die Tür auf: «Hat Ihnen Natal gefallen, Herr Doktor?»

«Ich weiß es noch nicht.»

Auf der Fahrt las ich noch einmal Hossis Brief. Ich bekam Angst. Alles an dem Brief machte mir Angst: der konspirative Ton, der Hinweis auf die Polizei, der angekündigte Hungerstreik der Revus und die düstere, wahrscheinlich zutreffende Feststellung, dass der Präsident sich dadurch nicht erweichen lassen würde. Aber auch seine Idee, einen neuen 4. Februar zu organisieren, einen Überfall auf das Gefängnis, wie 1961, als versucht worden war, eine Gruppe von Unabhängigkeitsaktivisten zu befreien. Damals wurde nicht nur kein einziger Kämpfer befreit, sondern es kamen sogar vierzig Guerilleros ums Leben. Dennoch feiert man dieses Datum in Angola als den Beginn des bewaffneten Aufstands gegen den portugiesischen Kolonialismus.

Mein Telefon vibrierte. Eine SMS von einem Anschluss in Pernambuco: «Padilla ist bereit, mit Ihnen zu reden.»

Jean Mpuanga! Ich rief zurück: «Hallo? Ich bin im Taxi auf dem Weg nach Recife. Ich fliege am Abend nach Rio und von dort nach Luanda zurück.»

«Das ist schade, mein Freund. Padilla ist gestern gekommen, heute Nachmittag muss er aber schon wieder weiter. Es müsste also vor vierzehn Uhr sein.»

Ich seufzte gereizt.

«Ist in Ordnung. Ich versuche, meinen Flug zu verschieben.»

Ich rief das Reisebüro in Recife an, das ich erst vor ein paar Stunden angefleht hatte, meinen Rückflug um drei Tage vorzuverlegen. Die Frau zeigte unverhohlen, wie genervt sie war: «Können Sie sich vielleicht mal entscheiden?»

Nach einer halben Stunde war es mir gelungen, den Flug auf den nächsten Tag zu verschieben. Arzílio setzte mich vor dem Hotel Nassau ab. Ich gab ihm ein fettes Trinkgeld. Caim empfing mich mit breitem Grinsen: «Sie sind wieder da?»

«Nur für eine Nacht, Caim.»

«Wollen Sie jetzt vielleicht ein Mädchen?»

«Ein Zimmer genügt mir.»

Ich ließ den Koffer an der Rezeption stehen und ging zu Fuß bis zur Bar Burburinho. Jean saß schon da, genau an dem Tisch, an dem ich ihn beim ersten Mal auch entdeckt hatte. Neben ihm saß ein etwas stämmiger, kleinerer Mann mit sehr glattem schwarzen Haar, einem quadratischen Schädel und gutmütigen Augen. Als sie mich hereinkommen sahen, standen beide auf. Jean gab mir freundlich die Hand und stellte vor: «Charles Padilla, weltbester Flugzeugdieb … Daniel Benchimol, Angolas bester investigativer Journalist …»

Padilla lächelte verlegen: «Es war ja kein Diebstahl …»

Wir setzten uns.

«Es war kein Diebstahl!», sagte Padilla noch einmal, entschiedener.

Ich nutzte die Pause: «Was war es dann?»

«Eine Rückabwicklung, sozusagen.»

«Verzeihung?»

«Der Besitzer des Flugzeugs hatte mich beauftragt, das Flugzeug zurückzuholen. Kennen Sie einen angolanischen General namens Amável Guerreiro?»

Ich kannte die Geschichte. Nach dem Krieg war Guerreiro, wie viele andere Generäle auch, Unternehmer geworden. Erst investierte er in eine Lastwagenflotte, dann wollte er eine Fluglinie gründen. Das war seinerzeit ein sehr gutes Geschäft. Der General flog in die Vereinigten Staaten, erwog mehrere Möglichkeiten und entschloss sich letztendlich zum Kauf einer zwar betagten, aber gut erhaltenen Boeing 727 von einer kleinen Fluggesellschaft in Miami namens Cheyenne Airlines. Er bezahlte die erste Rate des Kaufpreises und heuerte den kubanischstämmigen Amerikaner Charles Padilla an, um das Flugzeug nach Luanda zu bringen. Doch, wie die unglaubliche Ironie der Geschichte noch jedes Mal jede Fiktion übertrumpft, stirbt der General bei einem Hubschrauberabsturz in Huambo, wenige Tage vor dem endgültigen Abschluss des Deals, seine Kinder zerstreiten sich, und das Flugzeug wird schließlich auf dem Rollfeld vergessen und häuft Konventionalstrafen und Standgebühren an.

Ich hörte Padilla genau zu. Was er sagte, stimmte mit dem überein, was ich selbst schon vor Jahren recherchiert hatte.

«Es war nur ein kurzer Flug», fuhr Padilla fort. «Ich landete die Boeing auf einer Piste fernab im kongolesischen Hinterland, wo ein anderer General auf mich wartete, ebenfalls Unternehmer, nur kein angolanischer, sondern ein Kongolese. Der gab mir eine Schachtel, ich überprüfte den Inhalt und machte mich per Anhalter auf den Weg nach Kinshasa.»

«Wir beide», korrigierte Jean.

«Ja, wir beide. Als ich merkte, dass ich einen blinden Passagier hatte, war es schon zu spät. Ich sagte den Kongolesen, dass Jean mein Partner sei. Hätte ich ihnen die Wahrheit gesagt ...»

Jean Mpuanga lachte: «Hättest du ihnen die Wahrheit gesagt, wäre ich heute nicht hier. Sie hätten mich wohl mit Macheten zerhackt. Die Leute verstehen im Dienst keinen Spaß.»

«In Kinshasa war Jean mir sehr hilfreich», fuhr Padilla fort. «Ohne ihn hätte ich wohl niemals das Land verlassen. Ich wache bis heute noch manchmal aus schrecklichen Albträumen auf. Eigentlich immer derselbe Traum. Ich stehe am Flughafen von Kinshasa und versuche, ein Flugzeug in die Vereinigten Staaten zu bekommen, ich gehe die Treppe zum Flugzeug hoch, und da steht ein Soldat und führt mich ab.»

Ich fragte, was denn in der Schachtel gewesen sei.

«Was für eine Schachtel?»

«Die Schachtel, von der Sie gesprochen haben. Die ihnen der kongolesische General gegeben hat.»

«Ach die. Diamanten. Was sonst? Irgendwann bekamen wir einen Flug nach Paris. Von dort flog ich nach Miami weiter, lieferte die Diamanten ab, behielt meinen Anteil und investierte ihn in ein kleines Flugunternehmen hier in Brasilien. Zwei Flugzeuge haben wir. Eines davon fliege ich selbst. Nichts Großes, aber ich kann davon leben. Und Jean habe ich als Techniker angestellt. Er ist ein ganz ausgezeichneter Mechaniker.»

«Darf ich das schreiben, was Sie mir da erzählen?»

«Natürlich. Ich habe nichts Falsches getan. Ich bin kein Verbrecher.»

Ich stand auf. Endlich hatte ich meine Geschichte. Natürlich war sie weit weniger interessant als die meisten fiktiven Geschichten um dieses verschwundene Flugzeug. Ein junger Geschäftsmann aus Pakistan versicherte mir einmal in Luanda in einem illegalen Kasino, die Boeing sei von Islamisten entführt worden, «um sie auf ein amerikanisches Kriegsschiff abstürzen zu lassen. Bumm! Das wird eine Sensation, lieber Freund, eine Spitzenmeldung auf der ganzen Welt.»

Jahre später unterhielt ich mich in Benguela auf einer Hochzeit im Garten der Eltern des Bräutigams stundenlang mit einem früheren Freiheitskämpfer, der unter den Portugiesen im Gefängnis gewesen war und bei den brutalen Verhören beinahe ein Auge verloren hätte, ein zierlicher, alter Mann mit fast schlohweißem Haar, dessen Haut sich allerdings immer noch faltenfrei wie ein Trommelfell über die Wangen spannte. Er führte mich am Arm in eine Ecke des Gartens und ließ dort im Schutz von fünf, sechs prächtigen Bananenstauden eine Tirade gegen den Präsidenten und seine Entourage los und beschuldigte sie nicht nur des Verrats an den Idealen von Mário Pinto de

Andrade und Viriato da Cruz, sondern vor allem, dass sie das Land ausplünderten wie gewöhnliche Strauchdiebe. Irgendwann kam er mit seinem Mund nahe an mein Ohr. Die intensive Alkoholwolke hätte mich fast umgehauen: «Kannst du dich noch an das Flugzeug erinnern, das damals verschwunden ist, dieser Jumbo?»

«Es war kein Jumbo, es war eine 727. Der Jumbo heißt 747 und ist deutlich größer.»

«Es war ein Jumbo, mein Junge. Es war ein Jumbo. Ich weiß genau, was ein Jumbo ist. Aber egal ob 727 oder 747 oder von mir aus 007. Sie ist weg, und ich habe mir sagen lassen, dass du wissen willst, wie ...»

«Ja, ja, natürlich.»

«Dann will ich es dir auch verraten. Sagt dir der Name Pascal Adibe etwas?»

«Natürlich. Ein ehemaliger Waffenschieber aus Frankreich oder Kolumbien, das weiß ich nicht mehr so genau, inzwischen angolanischer Staatsbürger und Botschafter beim Vatikan ...»

«Ein Mann des Präsidenten ...»

«Ein Strohmann ...»

«Strohmann, Hampelmann, keine Ahnung. Ein Schweinehund auf jeden Fall. Jedenfalls ging das Flugzeug nach Darfur, mit Waffen beladen, im Auftrag des *Camarada* Adibe.»

Alexandre Pitta-Gróz wäre sehr glücklich über nur eine dieser beiden Versionen, aber was soll man machen, sagte ich mir, er muss wohl mit der Wahrheit vorliebnehmen.

«Mit General Amável Guerreiro habe ich höchstens zwei- oder dreimal geredet», sagte Padilla, als er mir zum Abschied die Hand gab. «Ein merkwürdiger Zeitgenosse.»

«Ein Irrer!», warf Jean Mpuanga ein. «Komplett irre mit Brief, Siegel und Promotion. Er war eine Zeit lang in Kuba in einer Anstalt. Er hörte Stimmen.»

«Er hörte tatsächlich Stimmen. Einmal erzählte er mir von Kuba und dass die anderen Patienten von einem Engel mit violettroten Flügeln geträumt hätten, der ihnen Ratschläge gab. Ihm habe der Engel geraten, ein Flugzeug zu kaufen …»

Ich setzte mich wieder.

«Das hat Ihnen der General erzählt?»

«Ja, um mir zu erklären, warum er das Flugzeug gekauft hat.»

«Und dieser Typ, von dem die Verrückten geträumt haben, hatte der auch einen Namen?»

Die beiden Männer warfen sich einen fragenden Blick zu, dann schauten sie mich an, als sähen sie mich gerade zum ersten Mal und als wüchse aus meiner Stirn ein stattliches Rhinozeroshorn: «Ein Name? Der Engel?»

«Der Engel in Violett.»

Padilla schüttelte den Kopf: «Sie wollen mich wohl auf den Arm nehmen …»

Ich stand wieder auf und rang mir ein Lächeln ab: «Tut mir leid …»

Als ich wenig später wieder zurück im Hotel war, unterhielt sich Caim gerade mit einer jungen Frau mit dezentem Silberblick und recht schiefen Zähnen, die mich anlächelte wie einen Prinzen.

«Valquíria mag Sie.»

«Valquíria kennt mich doch gar nicht.»

Das Mädchen richtete sich auf, stemmte ihre Hände in

die Hüften und streckte ungeniert ihre sich rund und fest unter dem engen T-Shirt abzeichnenden Brüste vor.

«Ich kenne Sie nicht, aber das ließe sich ändern.»

«Nicht heute», gab ich barsch zurück.

Ich ging schnell die Treppe hoch, nahm immer zwei Stufen auf einmal, schloss meine Zimmertür auf und ließ mich aufs Bett fallen. Auf dem Rücken liegend, konnte ich durch das Fenster ein Stück Himmel erkennen. Eine einzige, winzige Wolke in tiefem Blau. Es war nicht lange her, da war ich in Moiras Armen erwacht, meine Hand noch auf ihrer linken Brust, und hatte von genau dieser Wolke geträumt. Ein junger Mucubal namens «Widerstand Unterdrücker Regime» war mit einer Stehleiter durch die Namib-Wüste gegangen, ziellos und einsam durch die weite Unendlichkeit, hatte hier und da seine Stehleiter in den Sand gerammt, war hochgestiegen bis zur obersten Sprosse und hatte winzige Wolken in die Luft gespuckt.

Ich stand auf und ging zum Fenster.

Und machte es zu.

25

«Donnerstag, 3. November 2016
Ich habe Sabino besucht. Ich war schon wütend, als ich das Gefängnis betrat, als ich wieder draußen war, war ich noch wütender. Ich war so aufgewühlt, dass ich mich auf dem Heimweg verfuhr. Also hielt ich an und ging in ein Lokal, um ein Bier zu trinken. Ich wollte mit niemandem reden. Ich brauchte nur Luft.

Einfach nur Luft.

Als ich Sabino gefragt hatte, wie es ihm geht, sagte er nichts über sich, sondern gab mir einen ausführlichen Bericht über die Leiden der anderen. Einem geht es sehr schlecht, sagte er, Malaria. ‹Bitte, Onkel, du musst Medikamente besorgen.› Ein anderer leidet an Durchfall. Einem dritten haben die Wärter die Brille zertrümmert, aus reiner Schikane, und nun kann er ohne Brille fast nichts mehr sehen und kann nicht mehr lesen. ‹Und du?›, fragte ich nach. ‹Wie geht es dir?›

Sabino hob staunend die Augenbraue. ‹Es geht mir gut, Onkel. Ich halte das aus.›

Ich legte meine Stirn gegen seine und sprach leise, er brauche sich keine Sorgen zu machen: ‹Ich hole euch hier raus.›

‹Und wie soll das gehen?›

‹Ich habe mit Freunden gesprochen, von damals im Krieg …›

‹Nein, Onkel! Tu das nicht, bitte!›

‹Wollt ihr hier raus oder nicht?›

‹Aber nicht mit Gewalt. Bitte versprich mir, dass du keine Dummheiten machst.›

Und dann sagte er mir, dass sie einen Hungerstreik planen. Sie glauben, ein Hungerstreik wird die Leute aufrütteln, auch viele von denen, die immer noch das Regime unterstützen. Sie wollen zeigen, dass Widerstand geht, ohne zu schießen. Ich versuchte, ihm das auszureden: ‹Du bist noch jung. Du hast doch gar keine Ahnung von dem, was du da sagst. Die Leute an der Macht haben kein Herz. Sie haben nur Dollarscheine in der Brust. Fette Bündel davon.›

‹Jeder Mensch hat ein Herz, Onkel.›

Ich reagierte gereizt und schimpfte: ‹Und du glaubst, ihr rettet das Land auf eure Weise?›

Er schaute mich sehr ernst an und sah dabei aus wie mein Vater: ‹Wenn wir Angola retten wollen, müssen wir alle mitnehmen. Es geht nur gemeinsam. Mit allen.›

Kaum saß ich, Sabinos Worte noch immer im Ohr, in der Kneipe, setzte sich jemand zu mir an den Tisch. Direkt mir gegenüber. Ich schaute von meinem Bier auf. Es war 20Matar. Sofort fielen mir seine zierlichen Hände mit den gepflegten Nägeln auf, seine sorgsam geschorenen Haare, präzise gestutzt wie mit einem Lineal. ‹Brigadier, bedrückt Sie etwas?›

‹Was wollen Sie?›

‹Ich war unterwegs. Es gehört zu meinen Aufgaben, unterwegs zu sein. Als ich gerade so unterwegs war, sah ich Sie, und ich dachte mir, ich gebe Ihnen mal einen guten Rat. Es ist kein Krieg mehr. Es geht Ihnen gut.

Wir haben Sie gut behandelt, oder etwa nicht? Wir waren sehr großzügig zu den Verlierern. In der ganzen leidvollen Geschichte der Welt gibt es nichts, das vergleichbar ist. Sogar auf Kuba waren Sie auf Kosten unserer großen Nation und konnten sich dort von einer gefährlichen emotionalen Verstimmung erholen, gut essen und trinken vom Feinsten. Dann kehrten Sie heim in Ihr Heimatland und eröffneten dieses winzige Teehaushotel da in Cabo Ledo. Wovon wohl, frage ich, kam das Kleingeld dafür?›

‹Von der Bank. Ich habe einen Kredit aufgenommen.›

‹Und wem wohl gehören die Banken in unserem herrlichen Land? Und wem gehört wohl das alles hier? *Kota*, hören Sie mir gut zu, wir hatten viel Geduld mit Ihnen. Wir haben vor manchen Unregelmäßigkeiten unsere Augen verschlossen …›

‹Was für Unregelmäßigkeiten?›

‹Ihr Hotel steht gewissermaßen direkt auf dem Strand. Das ist unzulässig. Der Strand ist Gemeinheitsbesitz.›

‹Gemeinbesitz. Was genau ist Ihre Muttersprache?›

Er schaute mich fragend an: ‹Portugiesisch, und zwar ausschließlich.›

‹Dann sollten Sie es auch korrekt sprechen. Ihr Portugiesisch ist miserabel.›

Er schnaufte: ‹Ich bin nur gekommen, um Ihnen bei allem Respekt einen Rat zu geben: Halten Sie sich raus aus der Politik. Und meiden Sie diesen missmutigen Journalisten. Den Vater von dieser Verrückten. Er ist kein Umgang für Sie. Und reden Sie mal ein Wörtchen mit Ihrem Neffen. Reden Sie ihm gut zu. Dass er sich nicht immer in

Schwierigkeiten bringen soll. Und dass er sich das mit dem Hungerstreik noch einmal überlegt. Das wird unser Land nur demoralisieren. Und wird nichts bringen …›

‹Sabino hört nicht auf mich.›

‹Dann sorgen Sie dafür, dass er es tut.›

Sagte es, nickte kurz mit seinem winzigen, gestriegelten Kopf und verschwand. Ich trank mein Bier aus, bezahlte und ging ebenfalls. Draußen war es schon reichlich dunkel. Durch die Straßen bellte bereits die Nacht. Ich beeilte mich, zu meinem Auto zu kommen. Mein Schädel brummte, als breitete sich in meinem Kopf eine noch ältere Nacht aus, die ihn von innen heraus zu zersprengen drohte. Entsetzt überlegte ich, ob dieses undurchdringliche Dunkel vielleicht von mir ausging, aus meinen Ohren, meiner Nase quoll und jedes Mal, wenn ich atmete, aus meinem Mund. Ob ich womöglich diese Nacht selbst verströmte, ohne mich dagegen wehren zu können, wie damals die Gefangenen in meinen Händen Urin, Blut und Schweiß unter sich ließen.

Ich fuhr mit dem Auto fast blind durch beängstigende Straßen, bis endlich irgendwann im fahlen Licht einer Straßenlaterne ein Straßenzug auftauchte, den ich kannte.

Es ist jetzt zwei Uhr nachts. Gerade erst bin ich heimgekommen, habe heiß geduscht und zwei Xanax genommen. Habe die Glock durchgeladen. Sie liegt griffbereit unter dem Bett.

Freitag, 4. November 2016

Ich habe Daniel Benchimol einen Brief geschrieben, in dem ich ihm von meinem Besuch im Gefängnis berichtete habe. Wenn es ihm nicht gelingt, Karinguiri den Hungerstreik auszureden, fürchte ich, dass es eine Tragödie gibt.

Samstag, 5. November 2016

Heute früh ist ein Wunder geschehen. Ich war am Strand und tat so, als würde ich angeln, vertieft in das leuchtende Wogen des Meeres, das freundliche Plätschern der auf den Sand rauschenden, winzigen Wellen, das Licht, so viel Ewigkeit unter der Sonne, wieder und immer wieder ..., als ich hinter mir Schritte hörte und mich umdrehte. Wohl dreißig Meter von mir entfernt stand eine Frau. Als sie mein Blick traf, fiel sie auf die Knie, hielt sich die Hände vors Gesicht, vor den Mund, als wollte sie einen Schrei unterdrücken. Ich ließ die Angel los und sprang auf. Ich brauchte achtzehn Jahre für die dreißig Meter bis zu ihr. Dann fiel auch ich auf die Knie, nahm sie in den Arm, und dann blieben wir so, wir umarmten uns beide und weinten.»

26

Der TAAG-Flug von Rio de Janeiro nach Luanda geht um 21:45 Uhr. Um 17 Uhr kam ich an aus Recife, checkte wieder ein, passierte die Ausweiskontrolle und setzte mich in den Wartebereich. Ich schloss die Augen. Und wieder sah ich den Mucubal namens «Widerstand Unterdrücker Regime» wie auf Flügeln durch die unendlichen Weiten ziehen. Ich sah die tiefroten, gigantischen Vulven der Welwitschien, ihre verkohlten Tentakel, in denen doch Leben ist. Die Pflanzen schauten dem Mucubal namens «Widerstand Unterdrücker Regime» ohne erkennbare Neugier ausdruckslos hinterher. Sie standen dort nun schon seit vierhundert, sechshundert, manche schon seit mehr als tausend Jahren und hielten mit ihren gerade wie Nägel tief in den Boden ragenden Wurzeln Himmel und Erde zusammen. Die Vorfahren dieser Pflanzen hatten dieselbe Luft wie die Dinosaurier geatmet. So uralte Wesen wundern sich über nichts. Das Telefon weckte mich. Lucrécia. Ich schloss wieder die Augen. Mit ihr wollte ich jetzt auf keinen Fall sprechen, ertrug ihre furchtbare, bittere, fordernde Stimme nicht mehr. Schließlich ging ich trotzdem dran. Ich hatte kaum «Hallo» gesagt, da fing sie an zu weinen. Gerade so, als läge sie in meinen Armen, den Kopf fest an meiner Brust; ich konnte geradezu den Geruch ihrer Haare spüren, ihre warmen Hände auf meinem Rücken, ihre nassen Tränen auf meinem Hemd.

«Unser Mädchen wird sterben», wimmerte sie.

Ich stand auf und verzog mich in eine Ecke. Ich wollte nicht, dass die anderen Fluggäste sahen, dass auch ich weinte.

«Ach, Unsinn, Lucrécia! So weit wird es nicht kommen.»

«Sie isst nicht mehr. Sie will nichts mehr essen. Sie sind alle im Hungerstreik!»

«Jetzt schon? Ich dachte, das soll erst in ein paar Tagen sein …!»

«Du wusstest es? Du hast es gewusst und hast mir nichts gesagt?»

«Ich bin gerade in Rio am Flughafen. Sobald ich in Luanda bin, werde ich als Erstes ins Gefängnis fahren und mit ihr sprechen.»

Am Flughafen wartete schon Armando Carlos auf mich. Wir fuhren nach Hause, ich duschte, wir aßen auf der Straße in einem Restaurant, wo mein Freund meistens aß, und dann fuhr er mich zum Gefängnis. Als er meinen Ausweis sah, legte der Wärter am Eingang seine Stirn in Falten. Dann telefonierte er.

«Sie müssen kurz warten. Bitte warten Sie draußen.»

Wir setzten uns auf eine Steinbank in einem von hohen Mauern umgebenen Zwischenhof unter dem löchrigen Schatten eines alten Cashewbaums. Seine gewundenen, durcheinandergehenden Zweige schienen mit dem Sonnenlicht Fangen zu spielen. Teilnahmslos scharrten Hühner im Staub. Eine auffällig korpulente Dame in traditionellen Gewändern kam auf mich zu, umarmte mich und stellte sich vor:

«Ich bin Dona Filó, die Mutter von Lila. Karinguiri sieht

Ihnen sehr ähnlich, sie hat Ihre Nase, obwohl sie ehrlich gesagt hübscher ist als Sie. Nehmen Sie es mir nicht übel, sie kommt nach der Mutter, sogar, was die Hautfarbe angeht. Aber die Kinder sagen, ihr Herz hat sie von Ihnen. Sie müssen sehr stolz auf sie sein.»

«Das bin ich auch.»

«Also, Kopf hoch! Wir müssen von unseren Kindern lernen, uns selbst Mut zu machen», sagte sie und ging weiter.

Ich hatte nicht die geringste Ahnung, wer Lila war. Als die Frau weg war, fragte ich Armando. Er war erstaunt.

«Du kennst Lila nicht?»

«Nein, tut mir leid, sollte ich das?»

«Natürlich solltest du. Du solltest die Namen von allen kennen, die mit deiner Tochter im Knast sitzen. Lila Monteiro ist Sängerin. Freundin von Bicho Mau.»

«Einer von denen heißt Bicho Mau?»

«Das ist sein Künstlername. Einer von vielen. Ein guter Junge. Er hat mal mit mir gearbeitet.»

«Er ist Schauspieler?»

«Er war Schauspieler. Seit einiger Zeit macht er Musik. Er ist als Rapper inzwischen ziemlich bekannt. Die Regierung hasst ihn. Dein Problem ist, dass du nicht hier bei uns in Luanda lebst. Du und so einige andere bekommen gar nicht mit, was hier los ist.»

«Armando, du redest mit mir! Nicht mit Lucrécia!»

«Ich weiß, dass du nicht Lucrécia bist. Aber du bist genauso nicht wirklich bei uns. Du verschanzt dich in deiner Wohnung und liest. Gehst kaum noch raus. Früher bist du immer noch ab und zu in das echte Angola eingetaucht und hast irgendwo einen armen Kerl interviewt. Aber jetzt tust du nicht einmal mehr das.»

«Das stimmt nicht.»

«Doch, es stimmt. Als Journalist hast du die letzten Jahre nichts anderes mehr gemacht, als dich mit Schriftstellern oder Künstlern zu unterhalten, fast immer mit Ausländern oder Leuten, die längst nicht mehr in Angola leben. Hast du Freunde, die nicht in der Innenstadt wohnen?»

«Nein.»

«Also ...»

«Du weißt, dass ich sowieso kaum Freunde habe.»

Armando legte mir seine Hand auf die Schulter.

«Ich bin dein Freund.»

Dann erzählte er mir von den Revus. Den Glorreichen Sieben, wie sie die Zeitungen manchmal titulierten. Fünf Männer, zwei junge Frauen, die eine davon meine Tochter. Die andere ist Lila Monteiro, fünfundzwanzig Jahre alt, Rocksängerin aus Benguela, wo sie auch meistens lebt. Nicht nur als Sängerin ist sie bekannt, sondern auch als Veranstalterin eines Heavy-Metal-Festivals, zu dem seit fünf Jahren Tausende Jugendliche aus ganz Angola zusammenströmen. Ich kannte das Festival nicht. Lilas Lebensgefährte Ivan Teixeira ist der älteste in der Gruppe, sie nennen ihn Ivan den Schrecklichen oder ‹Bicho Mau›, böses Tier. Er ist dreißig, Schauspieler, Musiker und gelernter Schlachter.

Napoleão Pacavira, zweiundzwanzig, ist Fotograf. Er arbeitete bis zu seiner Entlassung bei einer Klatschillustrierten, die einem der Söhne des Präsidenten gehört. Sehr stolz ist er nicht darauf und fotografiert lieber Demonstrationen, Streiks und Kundgebungen, alles, was die Revus unter Massenbewegung verstehen. Seit drei Jahren dokumentiert er zudem die Misere der Menschen, die wegen der Immobilienspekulation aus ihren Wohnungen vertrieben werden. Wie mir nun Armando davon erzählte, fiel mir ein, dass ich wohl in einer portugiesischen Zeitschrift einmal Schwarz-Weiß-Fotografien davon gesehen hatte. Die seien von Napoleão, sagte Armando. Und er habe sogar Preise dafür bekommen.

Der intellektuelle Kopf der Gruppe heißt Rubem Monteiro, hat in Lissabon afrikanische Literaturwissenschaft studiert und selbst drei Gedichtbände veröffentlicht sowie einige Bücher über gewaltlosen Widerstand übersetzt. 2011, zu Beginn des Arabischen Frühlings, war er in Kairo auf dem Tahrir-Platz.

Semba Lopes, ausgebildeter Maurer, wurde vor zwei Jahren bei einer Demonstration mit einer Eisenstange der Kopf eingeschlagen, von einem Hünen mit Spitznamen Terminator, Anführer einer von der Geheimpolizei gegründeten und finanzierten Miliz namens ‹Spontane Bewegung für Demokratie›. Trotz seiner Narbe, die quer über die Stirn bis zur Nasenwurzel verläuft, betätigt sich Semba weiterhin politisch und verkauft selbst gemachte T-Shirts mit Slogans gegen den Präsidenten.

Sabino Kaley, Hossis ältester Neffe, ist fünfundzwanzig und Elektriker bei einer Firma, die Generatoren wartet und installiert. Es war seine Idee gewesen, den Konferenzort zu stürmen, den Präsidenten zu stören und dem alten Diktator blutverschmierte Tausenddollarscheine ins entsetzte Gesicht zu werfen. Kein echtes Geld, selbstverständlich. Aber das Blut war echt. Ivan der Schreckliche hatte es organisiert. Hühnerblut höchstwahrscheinlich.

«Oder portugiesischer Blutreis», sagte Armando, und wir lachten beide.

Ein Polizist unterbrach uns: «Herr Benchimol? Der Herr Direktor möchte mit Ihnen sprechen.»

Durch einen düsteren Flur wurden wir zu einem kleinen, spartanischen Raum geführt, wo uns ein breitschultriger, schüchtern dreinblickender Mann erwartete. Er stand auf und gab mir die Hand: «Ich habe ein paar Ihrer Artikel gelesen. Es freut mich, Sie kennenzulernen.»

Er bat uns, Platz zu nehmen. Dann lobte er meine Tochter, ihren Kampfeswillen und bedauerte ihre missliche Lage. Er seufzte und legte die Hände vor sich auf die Schreibtischplatte und starrte auf seine eigenen Finger, als hoffte er, sie würden antworten anstelle von mir.

«Sie wissen, dass Ihre Tochter das Ansehen unseres Landes beschädigt hat. Seit drei Tagen weigert sie sich, feste Nahrung zu sich zu nehmen. Diese bedauerliche Essstörung ...»

«Es ist keine Essstörung», warf Armando Carlos ein, «sondern ein Hungerstreik. Eine Form des gewaltlosen Widerstands.»

«Essstörung», fuhr der Direktor fort und überhörte die Einwände meines Freundes. «Eine bedauerliche Essstörung, die sie auf die übrigen politischen Delinquenten, Unruhestifter, übertragen hat. Ihre Tochter ist trotz ihres jugendlichen Alters die Rädelsführerin dieses Anschlags gegen Leib und Leben des Präsidenten.»

«Sie sind politische Gefangene!», erregte sich Armando.

Der Gefängnisdirektor blitzte ihn kurz an. Eher gelangweilt als wütend. Dann konzentrierte er sich wieder auf seine Finger und fuhr in leicht angespannter Tonlage fort: «Ich würde es begrüßen, wenn Sie mit Ihrer Tochter reden würden. Zeigen Sie ihr, dass dieser Weg für sie nur Nachteile mit sich bringt. Und zwar für alle. Bitte versuchen Sie nicht, die Unabhängigkeit der Justiz zu beschädigen. Die Justiz darf sich nicht unter Druck setzen lassen. Angola ist ein demokratischer Rechtsstaat.»

«Wie geht es ihr?»

«Sie trinkt seit drei Tagen nur Wasser. Ein Arzt hat sie untersucht. Es geht ihr den Umständen entsprechend gut. Die Regierung Angolas sorgt sich um das Wohl ihrer Bürger, auch um das der aufrührerischen, querulantischen und der Unruhestifter.» Er schaute Armando Carlos an. «Sogar um das der undankbaren Kinder des Vaterlands. Wir werden die jungen Leute ins Gefängnishospital São Paulo verlegen, wo sie angemessen medizinisch versorgt werden können.»

Armando Carlos stand auf: «Ich kenne das Gefängnis. Ich war dort drei Jahre lang eingesperrt.»

Der Direktor zeigte sich unbeeindruckt: «Dann haben Sie, Herr Armando, hoffentlich aus dieser Erfahrung gelernt. Auch Ihre Arbeit verfolge ich mit Interesse.»

«Bestimmt. Denn was einen nicht umbringt, macht einen nur härter.»

Aus dem Büro wurden wir direkt über den Flur in den Besuchsraum geführt, wo Karinguiri schon auf uns wartete. Als sie uns sah, lächelte sie: «Mein Vater hat einen berühmten Schauspieler mitgebracht. Welche Ehre.»

Armando verbeugte sich theatralisch: «Die Ehre ist ganz auf meiner Seite.»

Fünfzehn Minuten lang konnten wir reden, als säßen wir alle drei um den Küchentisch, und lachten über Witze und alte Geschichten. Als das Lachen verklang, legte ich meine schweißnasse Hand auf Karinguiris nervöse Finger: «Ich mache mir Sorgen um dich, Mädchen. Deine Mutter auch. Ich denke, ihr habt schon erreicht, was ihr mit dem Hungerstreik bewirken wolltet. Ihr habt die Presse auf euch aufmerksam gemacht, in Angola und sogar im Ausland. Ihr könnt jetzt aufhören. Und wieder essen ...»

«Nein. Dass die Presse aufmerksam geworden ist, finde ich gut. Aber das war nicht das Ziel der Aktion.»

«Was wollt ihr denn?»

«Wir wollen draußen auf unseren Prozess warten. Das ist unser Recht. Mehr wollen wir gar nicht.»

«Was ihr gemacht habt und was ihr macht, ist sehr mutig», sagte Armando mit seiner Radiostimme. «Weißt du, ich war auch im Gefängnis, vor Jahren, mit anderen Genossen zusammen, und auch wir hatten Träume, auch wir waren im Hungerstreik. Und es hat zu gar nichts geführt, weil es damals noch keine sozialen Netzwerke gab und wir vollständig isoliert waren von der Welt. Kein Mensch nahm Notiz von uns. Heute ist das alles anders, es gibt keine Inseln mehr, Informationen verbreiten sich. Die erdrückende Mehrheit der Leute ist auf eurer Seite, hier bei uns und auch außerhalb. Das Regime wird bald nachgeben müssen ...»

«Ich bin mir da nicht so sicher», unterbrach ich ihn.

«Sie werden nachgeben. Aber bis dahin müsst ihr viel trinken, ihr dürft nicht verdursten.»

«Armando, bitte ...»

«Mein Freund, lass mich ausreden. Sie wollen euch ins Gefängnishospital São Paulo verlegen. Da war ich auch schon mal – als Gefangener, direkt nach der Unabhängigkeit. Heute ist es ein Knastkrankenhaus. Das ist gut. Ihr werdet alle zusammengelegt und medizinisch versorgt. Bitte wehrt euch dagegen nicht.»

«Ich verstehe, Onkel», sagte Karinguiri. «Wir werden uns nicht widersetzen.»

«Ein Hungerstreik ist ein Kampf, der viel Disziplin erfordert. Damit ihr Erfolg habt, müsst ihr gesund bleiben und bei klarem Verstand. Am Anfang braucht es enorme Willenskraft, und die hast du. Aber ich weiß nicht, wie es mit deinen Genossen ist. Du wirst Schmerzen bekommen, weil dein Organismus beginnt, sich selbst aufzubrauchen, erst die Muskeln, dann sogar die Knochen. Vielleicht bekommst du Herzrhythmusstörungen. Du wirst sehr schwach werden, jede winzige Infektion kann gefährlich sein. Genau deshalb ist es wichtig, in einem Krankenhausbett zu liegen, in einer sauberen Umgebung. Und vergiss nicht, du musst viel trinken.»

«Das tue ich, Onkel. Aber pass bitte auf meinen Vater auf.»

«Mach dir deswegen keine Sorgen.»

«Und du, Vater, hilf Mutter. Hab Geduld mit ihr.»

Schüchtern kam eine Polizistin auf uns zu, beugte sich vor und flüsterte Karinguiri etwas ins Ohr.

«Es tut mir leid, Papa. Ihr müsst jetzt gehen.»

Sie steckte mir einen viermal gefalteten Zettel zu, den ich schnell in meiner Hosentasche verschwinden ließ.

«Lies das, sobald du Zeit hast.»

Wir traten hinaus an die Sonne. Ich ließ mich auf die Steinbank unter dem Cashewbaum fallen. Armando Carlos setzte sich rechts neben mich und legte mir seinen Arm um die Schulter. Nach einer Weile kam auch Dona Filó heraus, setzte sich links neben mich (brauchte dafür eine Weile), und auch sie nahm mich in den Arm.

27

Zwei Tage nach meiner Ankunft in Luanda fuhr ich nach Cabo Ledo. Es war Samstag. Als ich ankam, war der Himmel über dem Meer blutrot, aber anders als sonst hatte er einen finsteren Rand, wie ein düsteres Vorzeichen. Ich wunderte mich, als ich Hossi mit einer Frau sah, einer beleibten Dame mit breiten Hüften, rundem Gesicht und einem offenen, ehrlichen Lächeln. Hand in Hand kamen sie auf mich zu: «Daniel, darf ich dir Ava vorstellen. Von der ich dir schon erzählt habe.»

Ich brauchte einen Augenblick, bis ich verstand: «Ava? Das gibt es nicht …»

Sie begrüßte mich mit Küsschen rechts und links auf die Wange: «*Encantada*.»

Abends, als wir zu dritt um den Tisch saßen, den Blick auf das von einem riesigen Mond überstrahlte Meer, erzählte Ava, wie sie vor sechs Monaten, nach dem Tod ihres Mannes, beschlossen hatte, aus Kuba wegzugehen und sich auf die Suche nach Hossi zu machen.

«Nicolás ist mit einundneunzig Jahren gestorben. Nicht an Altersschwäche, es ging ihm noch gut, er war kerngesund. Er starb einfach aus Dummheit.»

Ihr Spanisch war wunderschön, und wenn sie redete, wirkte sie noch jünger.

«Was für eine Dummheit?», fragte ich.

«Nicolás spielte gern Karten mit anderen Alten. Auf

dem Nachhauseweg stellte sich ihm ein Bursche von vielleicht fünfzehn, sechzehn Jahren in den Weg und fuchtelte mit einem Messer vor seiner Nase herum. Anstatt ihm gleich seine Uhr zu geben, das einzig Wertvolle, das er dabeihatte, knallte ihm Nicolás einen kräftigen Schlag auf die Nase. Der alte Idiot.»

«Und war er gleich tot?»

«Nein, nicht sofort. Ich wurde gerufen, und er starb dann in meinen Armen und entschuldigte sich noch dafür, dass er mir Unannehmlichkeiten bereitete und mein neues Kleid mit seinem Blut schmutzig machte.»

Als sie die Sachen ihres Mannes zusammenräumte, hatte Ava einen Brief gefunden, der an sie gerichtet war. Darin verabschiedete sich Nicolás angesichts seines wohl bald zu erwartenden Todes – nicht durch einen Messerstich, sondern weil er schon alt wäre. Es sei etwas Geld da, bei einer spanischen Bank. Also kaufte Ava ein Flugticket nach Madrid, blieb einen Monat, hob das Geld ab und flog gleich weiter nach Luanda.

«Jeden Tag habe ich in all den Jahren an meinen Angolaner gedacht. Als Hossi weg war, bekam ich Besuch von einem Agenten der Staatssicherheit.»

«Pablo Pinto?», fragte Hossi.

«Pablo Pinto? Nein. Er hieß Juan Ernesto.»

«Ein kleiner Mann mit einer John-Lennon-Brille?»

«Genau, Juan Ernesto. Ich kannte ihn ja. Er war mit einer Cousine von mir verheiratet. Zwei Jahre später musste er wegen Kindesmissbrauchs ins Gefängnis. Und ist dort gestorben. Er hat auch einen Mitgefangenen umgebracht. Aber das ist jetzt nicht wichtig. Als Juan Ernesto vor meiner Tür stand, erschrak ich. Ich wusste ja, dass er zu mir wollte und wollte ihn gar nicht hereinlassen. Dann nahm er seinen Hut ab, einen Panamahut, wie ihn die Touristen tragen, und erzählte mir, du seist zurück nach Angola.» Sie schwieg einen Moment und wischte sich mit einem Papiertaschentuch eine Träne ab. «Er sagte, es täte ihm leid, aber du ließest ausrichten, dass du mich immer lieben und in Angola auf mich warten würdest. Deswegen bin ich jetzt hier. Mein Glück verdanke ich diesem bösen Mann.»

In Angola kannte Ava niemanden und hatte auch keine Idee, wie sie Hossi ausfindig machen sollte.

«Und Facebook?», fragte ich.

Ava lachte: «Ich habe kein Facebook. Wir hatten nicht einmal einen Computer zu Hause. Und Internet auf der Insel, überleg mal …»

Auf dem Flug lernte Ava eine junge angolanische Unternehmerin kennen, Rosa Prata, die nicht reich ist, aber mit Erfolg eine Firma für den An- und Verkauf von Kunsthandwerk betreibt. Sie erzählte ihr, dass sie auf der Suche nach einem Mann nach Angola reiste, in den sie sich vor achtzehn Jahren verliebt hätte, der in den Wirren des Lebens verloren gegangen wäre und den sie doch nie habe vergessen können. Rosa hatte sie in den Arm genommen: «Den Mann finden wir, Schwester. Das verspreche ich.»

Sie sollte erst einmal bei ihr bleiben, in der schönen Wohnung, die sie sich mit ihrer Schwester in Quinaxixe teilte. Hossi zu finden war dann recht einfach gewesen. Ein ehemaliger Guerillero, mit dem Rosa Geschäfte machte, konnte sich noch gut erinnern. Nach zwei oder drei Telefonaten wusste sie vom Hotel Arco-Íris, zwei Tage später fuhr Rosa sie an einem Samstag im Auto nach Cabo Ledo.

«Ich hatte solche Angst, dass Hossi vielleicht glücklich verheiratet wäre, eine Frau und Kinder hätte. Ich wollte sein Leben nicht durcheinanderbringen», sagte Ava. «Meine zweite Angst war, dass er mich nicht mehr mögen würde, so alt und dick, wie ich geworden bin.»

Hossi rutschte auf seinem Sitz herum und nahm Avas Hand: «Liebling, du bist nicht alt. Du bist noch viel schöner ...»

Ich stand auf: «Dann will ich mal nicht weiter stören ...»

Hossi lächelte etwas gezwungen. Er zögerte: «Aber nein, bleib doch! Stört es dich, wenn ich so glücklich bin?»

«Ganz im Gegenteil. Ich habe nur das Gefühl, dass ich hier nicht mehr gebraucht werde. Ich lasse euch lieber allein mit diesem riesigen, herrlichen Mond ...»

«Den habe ich extra für Ava bestellt», sagte Hossi und fasste mich am Arm. «Bleib ruhig noch. Und trink noch etwas mit uns. Trink auf das Glück deines Freundes.»

Wir stießen an und tranken. Dann ließ Hossi noch mehr Bier kommen. Ava trank mit der sprichwörtlichen Beharrlichkeit der Kubaner mit. Gegen elf Uhr verabschiedete sie sich und stand auf. Sie war müde und wollte sich von den emotionalen Strapazen der letzten Tage erholen. Kaum war sie weg, sagte Hossi: «Wir müssen reden.»

Dann erzählte er mir, wie es im Gefängnis gewesen war, und ich berichtete ihm von dem Gespräch mit meiner Tochter. Er war sehr wütend auf seinen Neffen. Ich versuchte, ihn zu beschwichtigen, sagte, dass Sabino recht habe. Der Hungerstreik sei radikal, aber noch immer vernünftiger als der Versuch, das Gefängnis zu stürmen. Hossi schlug mit der Faust auf den Tisch, dass die Bierflaschen umfielen. Ich rückte etwas vom Tisch ab, um das Bier auf den Boden tropfen zu lassen. Die anderen Gäste waren auf einmal ganz leise geworden. Adriano, der stumme Kellner mit der Sonnenbrille, kam mit einem feuchten Tuch, um den Tisch abzuwischen. Während er die leeren Flaschen wegräumte, schaute er mich argwöhnisch von der Seite an. Dann ging er. Hossi beachtete ihn gar nicht.

«Verdammt, Daniel! Auf wessen Seite stehst du?»

«Ganz ruhig! Auf deiner Seite, aber ich muss auch Sabino recht geben ...»

«Wer redet denn davon, das Gefängnis zu stürmen?»

«Was hast du vor?»

«Ich habe mit ein paar Leuten von früher geredet. Vertrauenswürdigen Leuten ...»

«Ich wette, Adriano ist einer von ihnen!»

«Die Wette gewinnst du. Wir sind zusammen durch die Hölle gegangen. Er würde sein Leben für mich geben.»

«Ich hoffe, es wird nicht nötig sein.»

«Bestimmt nicht. Mein Plan ist ganz einfach. Die einfachsten Pläne sind immer die besten. Um vier Uhr morgens fahren wir mit zwei Krankenwagen zum Frauengefängnis. Anschließend holen wir die Jungs raus. Du wirst eine Offiziersuniform tragen und von zwei Soldaten begleitet. Ich werde mich als Sanitäter verkleiden. Wir werden eine Anweisung zur Verlegung der Revus ins Gefängnishospital dabeihaben. Niemand wird Verdacht schöpfen. Dass sie verlegt werden, stand ja schon in der Presse.»

«Und woher bekommst du die Krankenwagen?»

«Einer meiner Jungs arbeitet im Militärkrankenhaus …»

«Donnerwetter, ihr seid echt überall.»

«Ja, das stimmt.»

«Aber mit mir brauchst du nicht rechnen.»

«Warum nicht?»

«Ich tue nichts Verbotenes.»

«Wieso verboten?»

«Na ja, erlaubt ist das nicht, was du planst.»

«Dann wartest du also lieber ab, bis deine Tochter und mein Neffe und all die anderen verhungert sind?»

«Nein, natürlich nicht! Wir müssen versuchen, eine Solidarisierung zu organisieren.»

«Eine Solidarisierung? Du? Du hast doch im Leben noch nichts organisiert, du hast dein Leben auf Knien gelebt …»

«Ich habe nicht immer auf Knien gelebt!»

«So, hast du nicht?»

«Nein.»

«Das glaube ich aber schon. Und mit dieser Ansicht bin ich nicht allein», sagte er und stand auf. Er gab mir die Hand. «Ich wünsche dir viel Glück. Du wirst alles Glück der Welt brauchen.»

Es war das letzte Mal, dass ich mit ihm geredet habe. Zumindest von Angesicht zu Angesicht auf die übliche Weise und nicht nur im Traum.

28

«Mein Lieber,
hier kommt ein Video mit Deinen Träumen. Eine Filmversion Deines Traums. Ich hoffe, Du bekommst keinen Schrecken oder wenigstens nur einen kleinen, immerhin hast Du ja damals (ich glaube, es war im Garten hinter meinem Haus, als es dunkel wurde und Deine Augen zu strahlen begannen) gesagt, dass die Kunst Unruhe auslösen und erschrecken soll; und zumindest für mich sind die Videos Teil einer großen Kunstaktion.

Ich muss immerzu an Dich denken.

Es ist schade, dass wir nicht mehr Zeit füreinander hatten, aber ich kann Deine Gründe verstehen. Ich hoffe, mit Deiner Tochter wird bald alles gut.

Weil ich Dich nämlich vermisse.

Ich küsse Dich,

Moira»

29

Hossi drehte sich um und ging fort. Ich setzte mich wieder und zwang mich, ihm nicht sofort nachzulaufen und ihn mit einem Kinnhaken zu Boden zu strecken. Natürlich würde ich so etwas nie tun; seit der Grundschule habe ich niemanden mehr geschlagen, ich verabscheue Gewalt, bin sowieso nicht stark und habe das Herz eines Kapokbaums.

Ich spürte, dass mich jemand beobachtete, von einem Tisch an der Seite aus. Es war der Geheimdienstler, der Hossi nicht ganz geheuer war, dieser 20Matar. Ich prostete ihm spöttisch zu. Er lächelte und hob auch sein Glas. Dann zwinkerte er, stand auf und verschwand. Ich ließ noch ein Bier kommen. Ein guter Abend, um sich zu betrinken, was ich schon seit Jahren nicht mehr getan hatte. Dann poppte auf meinem Handy eine neue Nachricht auf. Moira! Und meine Laune verbesserte sich. Sie hatte Sehnsucht nach mir. Zweimal hintereinander schaute ich mir das Video an. Erst staunend, dann erschrocken und schließlich mit gemischten Gefühlen aus Schrecken und Scham.

Ich bezahlte und ging auf mein Zimmer. Dort setzte ich mich auf mein Bett und sah mir das Video zum dritten Mal an. Ein Animationsfilm, unverkennbar Moira. Eine nackte Frau windet sich wie ein Knäuel aus einem bunten Turban, und zum Vorschein kommt eine weitere Frau, die wie die erste aussieht. Beide sehen wie Moira aus: Kantige Züge, die kleinen Fältchen im Mundwinkel, ihre schlanke

Gestalt und die bunten Turbane. Das hatte Moira mit Absicht gemacht. Sie hatte die Zwillinge aussehen lassen wie sie, um sich über mich lustig zu machen. Ich stellte mir vor, wie sie sich gemeinsam mit Hélio das Video anschaute und wie sie lachten und augenzwinkernd alberne Kommentare machten.

Aber in Wirklichkeit ärgerte ich mich darüber, dass ich das wirklich geträumt hatte. Erzählt hatte ich, dass ich von zwei jamaikanischen Kontorsionistinnen, Zwillingen, geträumt hätte, und weder sie noch er hatten nachgefragt, wieso ich mir sicher sei, dass es Jamaikanerinnen seien. Und auch nicht, wie sie genau aussahen, noch ob sie hübsch oder hässlich waren, wem sie ähnelten. Ich hatte von Zwillingen geträumt, und in meinem Traum wusste ich, dass es Jamaikanerinnen waren, hätte aber auch nicht erklären können, warum. Und nie hätte ich ihnen erzählt, dass es Moira war, zwei Moiras mit ihrer von einem bunten Turban gekrönten, überbordenden Haarpracht.

Ich antwortete auf ihre Mail mit der einfachen Frage: «Woher wusstest du das?»

Ich wartete fünfzehn Minuten, dann kam die Antwort: «Ich wusste es nicht, ich konnte es gar nicht wissen. Die Maschine hat es herausgefunden. Sie funktioniert.»

Ich legte mich auf mein Bett. Mit einem Mal war ich müde geworden. Ich hatte zu viel getrunken und schlief noch in den Kleidern und Schuhen ein. Plötzlich schreckte ich auf. Es war dunkel. Ein Schuss krachte. Dann ein zweiter, der kurz in der ewigen Stille verhallte. Dann fing eine Frau an zu schreien. Ich hörte Männer Kommandos brüllen, ein schnelles Trappeln von Stiefeln. Ich schaltete die

Lampe auf dem Nachttisch ein und stand auf. Mein Kopf brummte. Ich schnappte mir mein Telefon und ging nach draußen. Der Mond warf riesig und rund aus der Höhe sein Licht bis aufs tiefschwarze Meer. Erst nach ein paar Sekunden erkannte ich, dass die Schreie von Hossis Bungalow kamen und rannte dorthin. Zwei Körper lagen am Boden. Der eine war Adriano, der stumme Kellner. Wie achtlos hingeworfen, eine kompakte Masse, die Augen weit offen zum Mond hin gerichtet, doch längst unempfänglich für jedes Licht. Ein fetter, dunkler Fleck verbreitete sich auf seinem Hemd. Der andere Körper war Hossi. Ava hielt seinen Kopf, küsste ihn und fluchte auf Spanisch. Ein eleganter Herr, schlank, um die vierzig, kniete im Sand neben ihr und versuchte, sie zu beruhigen. Was er sagte, konnte ich nicht verstehen. Ava wurde leiser. Inzwischen waren fünf oder sechs andere Leute dazugekommen. Der Mann wandte sich an uns: «Ich bin Arzt. Wir müssen ihn sofort nach Luanda bringen. Hat jemand ein Auto und kann fahren?»

Ich trat einen Schritt vor: «Ich fahre!»

Der Arzt gab den zwei Angestellten von Hossi, die erschrocken herbeigerannt waren, Anweisungen, und ich ging mein Auto holen. Er desinfizierte die Wunde und versuchte, die Blutung zu stillen. Wir legten Hossi auf die Rückbank. Eine große, sehr schöne Frau in einem weißen T-Shirt und Jeans, Flip-Flops an den Füßen, ging zu dem Arzt und umarmte ihn. Sie flüsterten leise. Anscheinend versuchte sie, ihn davon zu überzeugen, dass es besser wäre, wenn sie mitkäme. Schließlich stieß sie ihren Mann ins Auto, ging um den Wagen herum, setzte sich auf den Beifahrersitz und schrie mich an: «Los, steigen Sie ein! Fahren Sie schon!»

Ich gehorchte. Schnell waren wir auf der Landstraße in Richtung Luanda. Der Asphalt schimmerte im Mondlicht. Hier und da zeichnete sich gegen den Sternenhimmel die Kontur eines Baobabs ab, wie in der Reklame einer beliebigen afrikanischen Biermarke. Ich wollte das Radio einschalten, ließ es dann aber bleiben. Hätte jetzt noch Anselmo Ralph gesungen, wären wir endgültig in einem Werbespot. Und das war jetzt nicht der richtige Moment dafür.

«Ich heiße übrigens Melquesideque», sagte der Mann. «Ich bin Arzt an der Muxima-Klinik. Wissen Sie, wo das ist?»

«Ja, ich weiß. Kommt er durch?»

«Ich vermute, der Schuss hat seine Lunge durchschlagen. Er verliert sehr viel Blut. Fahren Sie so schnell Sie können.»

Auch die Frau stellte sich vor, während das Auto durch die Nacht rauschte. Tukaiana, Inhaberin eines Möbelgeschäfts in Talatona. Sie seien oft übers Wochenende in Cabo Ledo in diesem Hotel.

«Ein schlichtes Haus ohne Extras. Wir mögen es einfach», sagte Melquesideque.

Dann fragte mich Tukaiana: «Was genau ist passiert?»

«Keine Ahnung.»

«Einbrecher?»

«In Cabo Ledo? Ich glaube nicht ...»

«Wer sollte Hossi denn umbringen wollen?»

«Er hat viele Feinde ...»

«Hossi?», fragte nun auch Melquesideque. «Der alte Hossi hat Feinde?»

«Das kann ich mir nicht vorstellen», sagte Tukaiana.

«Er ist vielleicht manchmal brummig, wird manchmal laut oder flucht, aber er ist hilfsbereit und auch seine Angestellten mögen ihn. Und die Fischer erst recht. Kennen Sie die Schule dort für die Kinder der Fischer? Die hat Hossi von dem bisschen, das sein Hotel abwirft, bauen lassen.»

«Hossi war beim UNITA-Geheimdienst», erklärte ich. «Er hat im Krieg schreckliche Dinge getan.»

«Mein Vater war auch dort, nicht bei der UNITA, sondern auf unserer Seite, ich meine bei der Regierung», sagte die Frau. «Er hat auch viele Verbrechen begangen ...»

«Zum Beispiel meine Eltern umgebracht», sagte Melquesideque, ohne einen erkennbaren Anflug von Zorn oder Bitterkeit. «Ich habe ihm inzwischen verziehen.»

«Er war immer ein guter Vater», fuhr Tukaiana fort. «Was er getan hat, kann ich nicht billigen. Ich hasse es. Aber ich kann doch nicht aufhören, ihn gern zu haben. Jahrelang habe ich nicht mehr mit ihm gesprochen. Ich wollte ihn nicht einmal mehr sehen. Es ging mir nicht gut dabei. Mein Mann hat mir schließlich den Weg gezeigt. Es geht nur mit Vergebung.»

«Und er selbst? Wie kann Ihr Vater mit dieser Vergangenheit leben?»

«Er hat jahrelang getrunken. Wir dachten schon, er stirbt einmal an Leberzirrhose. Aber dann hat er von heute auf morgen damit aufgehört. Er ist heute ein anderer Mensch.»

«Wie kam das?»

«Ich weiß nicht.»

«Mein Schwiegervater war gläubig, wenn man das so sagen kann. Er hatte Ideale und glaubte an die sozialistische Revolution. Jemand musste die Drecksarbeit machen. So hieß das damals: Die Drecksarbeit machen …»

«Ein Verbrecher ist dein Schwiegervater!»

Ich schaute in den Rückspiegel. Hossi hatte die Augen geöffnet. Er hustete. Jedes Mal, wenn er hustete, spritzte Blut. Mir fuhr durch den Kopf, welche Arbeit es machen würde, am nächsten Tag all das Blut zu beseitigen, und ich schämte mich für den Gedanken. Melquesideque rief erschrocken: «Bleib ruhig, Alter. Sprich nicht. Versuche, dich nicht zu bewegen.»

Hossi stöhnte lang auf und verstummte dann.

«Wer war das?», fragte ich ihn. «Hast du gesehen, wer auf dich geschossen hat?»

«Das ist jetzt nicht der Moment für Verhöre», schimpfte Melquesideque. «Er muss sich beruhigen.»

Hossi hustete: «Ein Schwerverbrecher, dein Schwiegervater. Noch schlimmer als ich. Hoffentlich fressen ihn einmal die Krokodile. Die Krokodile sollen ihn fressen. Es waren so viele. Der ganze Fluss war voll davon.»

«Er fantasiert schon», brummte Tukaiana. «Das scheint mir kein gutes Zeichen zu sein.»

Hossi verstummte. Ich glaube, er verlor wieder das Bewusstsein. Fast eine halbe Stunde lang sagte auch sonst niemand etwas. Endlich seufzte Tukaiana betrübt: «Ja, das stimmt. Er ist ein Verbrecher. Ein Verbrecher und doch ein Vater. Ich mag den Verbrecher nicht, aber den Vater, der er für mich ist, schon.»

30

Mit jedem Tag wuchs die Aufmerksamkeit für den Hungerstreik der Aktivisten, was das Regime nicht erwartet hatte. Zeitungen aus aller Welt versuchten, sich über ihren Gesundheitszustand auf dem Laufenden zu halten. In Lissabon versammelten sich vor dem angolanischen Konsulat Angolaner und Portugiesen zu einer nächtlichen Mahnwache mit Kerzen und Masken mit den Porträts der Gefangenen. In Praia, Rio, Maputo, London, Paris und Berlin gab es ähnliche Kundgebungen. Die Aufmerksamkeit weltweit ermutigte die Demokratiebewegung in Angola. Fünfundzwanzig Schriftsteller, Musiker, Künstler, Schauspieler und Kulturleute verlangten in einem über soziale Netzwerke verbreiteten Video die Freilassung der sieben Gefangenen. Um sie herum entstand eine regelrechte Welle der Solidarität: Junge Leute aus den Randbezirken genauso wie Kinder aus bürgerlichen, einflussreichen Familien mit Verbindungen bis in die Regierungspartei. Taxifahrer, Elektriker, Gewerkschafter, Kleinunternehmer, Menschenrechtler, Journalisten, Akademiker.

Armando Carlos war der älteste der Initiatoren. Eines Abends stand er auf einmal in meiner Wohnung. Es war ein Samstag. Er nahm mich mit in eine verfallene Villa in der Altstadt, in der seit Jahrzehnten Theaterprojekte, Capoeiragruppen und Ateliers untergebracht sind, dazu eine beliebte Bar namens «Nomenklatura» mit einer herrlichen Terrasse.

Auch Armandos Theaterprojekt «Mukishi» hat dort Räume. Ich dachte, es ginge um ein neues Stück. Jedenfalls war der Raum voll. Die meisten waren weiß gekleidet, dann fiel mir auf, dass auf vielen T-Shirts Porträts der Gefangenen waren und darunter die Parole: «Freiheit für Angola!»

Leute, die ich nie gesehen hatte, umarmten mich.

«Wir stehen das durch! Wir holen deine Tochter da raus!»

«Karinguiri ist für uns alle ein Vorbild.»

«Ich weiß, wie es Ihnen gehen muss. Wir sind bei Ihnen.»

Dona Filó, die Mutter von Lila Monteiro, war auch da, von vielen Leuten umringt. Sie trug ein T-Shirt mit dem Bild ihrer Tochter. Als sie mich sah, löste sie sich aus der Gruppe, um mich zu begrüßen, und drückte mich fest gegen ihre üppige Brust.

«Wie gut, dass Sie gekommen sind! Es ist sehr wichtig, dass auch Sie dabei sind. Wie geht es Ihrem Freund?»

«Hossi?»

«Ja, Sabinos Onkel.»

«Er liegt noch immer in Koma.»

«Weiß man Genaueres?»

«Nein.»

«Das wird man auch nie erfahren», sagte Armando Carlos. «Das war die Staatssicherheit.»

Ich schimpfte: «Was redest du da?»

«Du hast mir doch selbst erzählt, dass du noch am

Abend vor dem Attentat einen Spitzel gesehen hast, der sich an Hossi herangemacht hat.»

Ich zog ihn am Arm bis zu den Toiletten: «Mann, bist du wahnsinnig?»

«Was meinst du?»

«Du erzählst diesen Leuten, ich wüsste, wer auf Hossi geschossen hat?»

«Ja, das erzähle ich allen. Dass du einen schmächtigen Schwarzen gesehen hast, mit kurzem Haar, einen gewissen 20Matar ...»

«Willst du mich umbringen?»

«Sie bringen dich nicht um. Dich nicht.»

Die Tür zur Toilette wurde aufgestoßen, und wie aus dem Nichts stand auf einmal 20Matar da. Er trug ein orchideenbedrucktes Seidenhemd in schreienden Farben und sah aus wie ein Tourist an der Copacabana. Mich zu sehen, schien ihn nicht zu überraschen. Er lächelte: «Ich habe Sie gesucht.»

Ich schaute Armando Carlos an: «Wenn man vom Teufel spricht ...»

Mein Freund musterte 20Matar mit einem diabolischen Lächeln von Kopf bis Fuß: «Das soll er sein? Dieses schrille Etwas hier soll ein Mörder sein?»

Der Geheimdienstmann stutzte. Er zog die Tür auf, als wollte er wieder hinausgehen, ging dann aber nicht, sondern blieb plötzlich stehen, einen Fuß draußen, einen Fuß drinnen, und sein unruhiger Blick flackerte zwischen mir und Armando hin und her: «Und wer sind Sie?»

«*Camarada*, du musst nicht so tun. Du weißt genau, wer ich bin. Du hast meine Akte genau studiert. Immerhin ist es mutig von dir, dich hier in die Höhle des Löwen zu wagen.» Dann lachte er kurz und böse. «Rate mal, wer heute der Löwe ist?»

20Matar seufzte: «Ich war es nicht, der auf Herrn Kaley geschossen hat.»

«Nein?»

«Nein. Das waren wir nicht. Warum sollten wir so eine Dummheit begehen, jetzt, wo alle Welt auf Angola schaut?»

«Weil ihr dumm seid?!»

«Moment mal, *Senhor* Armando! Ich kenne Sie nicht, und ich habe mich Ihnen gegenüber stets korrekt verhalten.»

Armando stürzte sich auf das Männlein, bekam 20Matar am Kragen zu fassen und stieß ihn gegen die Pissoirs. Der Mann griff mit seinen zierlichen Händen nach seinem Hemd, durch das nun ein senkrechter Riss ging, und schaute uns konsterniert an: «Das Hemd hat viel Geld gekostet, *Senhor* Armando. Ein so teures Hemd ...»

Ich versuchte, sie auseinanderzubringen: «Was soll das ...»

Mein Freund schob mich beiseite und stieß 20Matar mit der Handfläche gegen die Brust. Der Mann plumpste auf eines der Urinale. In diesem Moment kamen drei junge Männer herein. Einen davon kannte ich, Flávio da Cunha, früher mal Basketballspieler und Mitinhaber des «Nomenklatura».

«Was ist denn hier los?», fragte er.

«Das ist der Kerl, der auf Hossi geschossen hat», sagte Armando.

«Aha?»

«Das ist er.»

Sie zerrten und stießen ihn bis zur Bar. Auf der Bühne klammerte sich gerade ein junger Rastafari ans Mikrofon, kerzengerader noch als der Mikrofonständer, und rezitierte mit großer Geste, laut und mit tiefer Stimme Gedichte von Pablo Neruda: «Sinkt jeder Tag hinab in jede Nacht, / so gibt's einen Brunnen, / der drunten die Helligkeit hält. / Man muss an den Rand / des Brunnendunkels hocken, / entsunkenes Licht zu angeln / mit Geduld.»

Flávio flüsterte ihm etwas ins Ohr. Der Rastafari deutete eine Verbeugung an und trat ab, gab den Platz hinter dem Mikrofon frei. Der frühere Basketballspieler stellte das Mikrofon auf sich ein: «Guten Abend, Freundinnen, Freunde, Genossinnen und Genossen. Ich habe eine Überraschung für euch.»

Armando und die anderen zwangen 20Matar auf die Bühne. Der Mörder wirkte dabei mehr verlegen als ängstlich, wie ein Bräutigam, der schüchtern auf seiner eigenen Hochzeit gedrängt wird, eine Rede zu halten.

«Wie heißt du?»

«Mestre. Rui Mestre.»

«Also gut. *Camarada* Rui. Was bist du von Beruf?»

«Ich bin Beamter.»

«Lauter!»

«Ich bin Beamter im Ministerium für Information und Staatssicherheit ...»

Der Saal tobte und schimpfte. Flávio hob beide Hände und bat um Ruhe. Es dauerte lange, bis sich das Publikum beruhigt hatte.

«Und erzähl uns, *Camarada* Rui, was hast du Herrn Kaley angetan?»

Wieder Gebrüll, Pfeifen, Rufen: «Mörder! Mörder!» 20Matar richtete sich auf und ließ seinen Blick verzweifelt durch den Raum schweifen, als suchte er irgendwo Unterstützung. Dann hüstelte er, räusperte sich und machte ein feierliches Gesicht. Versuchte, sein ramponiertes Hemd wieder zusammenzuziehen. Dann warf er sich in die Brust, wie ein Staatschef bei einer Ansprache an die Nation: «Hiermit erkläre ich in aller Form, vor der Welt und vor Afrika, meine vollumfängliche Unschuld. Ich schwöre beim heiligen Blut Christi, dass ich keinerlei Schüsse auf Herrn Kaley abgegeben habe. Ich töte keine Menschen. Weder heute noch zukünftig noch in der Vergangenheit.»

Auf einmal bahnten sich fünf Polizisten, zwei mit Schilden, die anderen mit Maschinenpistolen bewaffnet, einen Weg durch das Publikum, stürmten die Bühne und mühten sich, den Gemenge, der sich gegen sie erhob, zu ignorieren. Fast im Laufschritt traten sie wieder ab, mit dem schmächtigen 20Matar in der Mitte. Im Vorübergehen grinste er mir noch zu. Er sagte auch etwas, das aber verlor sich im Gemenge. Eine Frau neben mir schüttelte sich vor Lachen und deutete auf den feuchten Fleck auf der Hose des Agenten: «Schaut mal! Die Memme hat sich vollgepisst!»

Der restliche Abend verlief ohne Zwischenfälle. Meine Brüder Samuel und Júlio und ihre Frauen waren gekommen, und Júlio hatte sogar seine zwei ältesten Töchter mitgebracht. Ginga, die eine, ist so alt wie Karinguiri. Sie waren sich immer recht nah gewesen. Wir umarmten uns. Jahrelang hatten wir uns nicht mehr gesehen. Außerdem sah ich Melquesideque und seine Frau, glaubte jedenfalls, sie zu erkennen. Es gab viele Reden und lobende Worte für die jungen Gefangenen, ihren Mut, ihre Entschlossenheit. Der Rastafari mit der tiefen Stimme und den großen Gesten rezitierte noch einmal Neruda, Fernando Pessoa, Viriato da Cruz und Agostinho Neto. Drei berühmte Musiker, die vorher noch nie etwas zusammen gemacht hatten, sangen angolanische Songs aus den Fünfziger- und Sechzigerjahren. Als Armando ans Mikrofon trat, um das Ende der Mahnwache anzusagen, ging draußen schon die Sonne auf. Er verlas Solidaritätsadressen aus aller Welt und kündigte weitere Aktivitäten an. Da fiel mir das Papier ein, das mir Karinguiri bei meinem Besuch zugesteckt hatte und das noch in meiner Tasche war. Ich stand auf und trat vor zur Bühne: «Darf ich etwas von meiner Tochter vorlesen?»

Armando sah mich erstaunt an. Die Leute klatschten, als ich aufs Podest stieg. Ich faltete das Papier auseinander und las.

31

«Lieber Papa,
es tut mir so leid zu sehen, wie schlecht es Mama und Dir wegen mir geht. Ich hoffte, es gäbe einen anderen Weg, das zu tun, was ich für richtig halte, ohne Euch Sorgen zu bereiten. Da mir aber nichts besseres einfiel, hoffe ich, dass ich Dir wenigstens klarmachen kann, wie es dazu gekommen ist. Ich bin sicher, dass Du mich unterstützen wirst, wenn Du verstehst. Und mich unterstützen heißt nicht, mich zum Aufgeben zu bewegen oder zu hoffen, dass ich den Mund halte und zu allem Ja sage, was mein Herz ablehnt. Du unterstützt mich, wenn Du mir Deine Hand gibst, obwohl Du nicht einverstanden bist, Du unterstützt mich, wenn Du versuchst, stolz auf mich zu sein, weil ich etwas tue, was ich für richtig halte.

Als Ihr Euch getrennt habt, Du und Mama, wurde ich auseinandergerissen. Ich wuchs zwischen Euch beiden auf. Und ich litt jedes Mal, wenn Ihr Euch gestritten habt. Und verbarg vor dem einen, wie gern ich den anderen hatte.

Ich wuchs in sehr unterschiedlichen Welten auf. Schlimmer noch, ich wuchs entfremdet von meinem eigenen Land auf. Erst war Angola für mich der Name der Wohnanlagen, in denen Mama, meine Onkel und Tanten, Großeltern und ihre sämtlichen Freunde lebten. Eine Kette von Wohnanlagen, und dazwischen Einöde – Afrika. Ich dachte, auch unsere Hausangestellten lebten in Wohnanlagen mit Namen wie Rocha Pinto, Cazenga, Golfe oder Catambor. Irgendwann fragte ich einmal Teresa (mein Kindermädchen, ich hoffe, Du erinnerst Dich noch an sie), ob das Schwimmbecken in ihrer Siedlung größer sei als das bei uns. Und Teresa antwortete mir, dass, wo sie wohne, die Schwimmbecken Pfützen genannt würden und jeder Einwohner ein eigenes hätte. Die Ironie habe ich damals noch nicht verstanden.

Später dachte ich, Angola sei vor allem von Künstlern und Bohemiens bevölkert, die sich samstags besuchten und Bier tranken, *Liamba* rauchten und über Projekte redeten, die sie nie verwirklichten. So gut wie alle verachteten Reichtum und lästerten über den Luxus, in dem meine Mutter und ihre Familie lebten. Heute weiß ich, dass sie Geld verachteten, weil sie sich darüber keine Sorgen zu machen brauchten. Sie hatten genug davon. Wer arm ist, verachtet Geld nicht.

Das Angola der Armen – ich sage bewusst nicht das echte Angola, aber das der allermeisten – lernte ich erst vor ein paar Jahren kennen. Und, so merkwürdig es scheint, identifizierte ich mich damit. Ich sitze nun im Gefängnis, weil ich mich dafür entschieden habe, Angolanerin zu sein. Ich kämpfe dafür, dazuzugehören.

Angst macht die Leute kaputt. Korrumpiert sie mehr als das Geld. Das sehe ich im Angola der Luxussiedlungen von Mama genauso wie in den Wohngemeinschaften Deiner Künstlerfreunde. Und im Angola der Mehrheit auch.

Für Angst kann man sich nicht entscheiden. Sie lässt sich auch nicht verhindern. Aber man kann sich gegen die Angst vor der Angst entscheiden. Meine Genossen und ich haben uns für den Kampf gegen die Angst entschieden.

Man nennt uns Revolutionäre – Revus! – wie ein Schimpfwort. Man wirft uns vor, den Sturz des Präsidenten zu planen, doch das hatten wir nie vor. Natürlich wollen wir ihn nicht mehr. Wir wollen ein freieres, gerechteres, demokratischeres Land. Aber wir sind nur ein paar junge Leute – ein halbes Dutzend plus eine Person, um genau zu sein –, und wir wissen genau, dass wir keine Macht haben, einen Präsidenten zu stürzen. Nicht einmal den Präsidenten des Fußballklubs von Coqueiros könnten wir absetzen.

Doch wir haben gesehen, dass es möglich ist, etwas gegen die Angst zu tun. Wenn wir, die wir niemanden vertreten und keine Macht haben, uns trotzdem gegen den Präsidenten und seinen Repressionsapparat stellen, dann kann es auch jeder und jede andere.

Das Regime steckt uns ins Gefängnis, wirft uns einen Umsturzversuch vor und zeigt damit, dass es Angst hat. Es hat Angst vor ein paar machtlosen Jugendlichen, die in Wirklichkeit nicht einmal den Vorsitzenden eines Fußballvereins stürzen könnten.

Wieso also fürchtet Ihr Euch vor einem Regime, das schon zittert, wenn sieben Jugendliche, die absolut keine Macht haben, ihre Stimme erheben?

Denk bitte darüber nach, Papa.

Es grüßt Dich und küsst Dich, Deine Tochter

Karinguiri»

32

Am Sonntag nach der nächtlichen Kundgebung wachte ich auf und war immer noch müde, und mir tat alles weh. Aber ich war voller Tatendrang, fühlte mich stark und motiviert wie schon seit Jahren nicht mehr. Es war schon nach 11 Uhr. Ich fütterte Baltazar, machte mir einen Toast mit Käse und Thunfisch, schaltete den Fernseher ein und setzte mich zum Essen aufs Sofa. Auf dem Bildschirm erschien ein Mann mit einem geschwollenen Auge. Das andere, unversehrte Auge flackerte nervös hin und her. Vor ihm stand ein Polizist und redete in die Kamera: «Nach Tagen intensiver Ermittlungsarbeit konnte der Verdächtige in seiner Wohnung gestellt werden. Er war in vollem Umfang geständig. Los, sag schon, was du getan hast, Ezequiel ...»

Erst da erkannte ich Ezequiel Ombembua alias Jamal Adónis Purofilim. Er tat mir leid. Er stotterte: «Ja, das war ich. Ich habe auf Herrn Hossi Kaley geschossen und anschließend seinen Leibwächter, Herrn ...»

«Adriano Patrício», soufflierte der Polizist.

«Genau. Diesen Herrn Adriano getötet ...»

«Mit einem gezielten Schuss in die Brust», ergänzte der Polizist.

Ich schaltete den Fernseher aus und ging unter die Dusche.

Am Mittag rief mich Dona Filó an und sagte, ihre Tochter habe am Morgen einen Herzstillstand erlitten. Sie war sofort reanimiert worden und laut einem Gefängnisarzt sehr geschwächt, aber zumindest stabil.

«Ich bin auf dem Weg ins Gefängnis. Kommen Sie mit?»

Zehn Minuten später parkte ein uralter Citroën DS, wie ich ihn schon seit Jahren nicht mehr gesehen hatte, vor meinem Haus. Ich ging runter. Hinter dem Steuer saß Dona Filó. Wie sie ihren riesigen Busen hinter das Lenkrad geklemmt hatte, sah nicht sehr bequem aus. Sie schwitzte auf dem engen Ledersitz. Doch trotz Enge, Hitze und der Sorge um ihre Tochter lachte sie herzlich: «Nur Mut, steigen Sie ein.»

Ich stieg ein, und sie fuhr los, raste über den Asphalt, schlängelte sich elegant zwischen anderen Fahrzeugen, Fußgängern, Schlaglöchern hindurch, sehr präzise und absolut sicher. Die Verzweiflung, mit der sie mir noch einmal wiedergab, was der Arzt alles gesagt hatte, und alles, was sie mir über das Leben der Tochter erzählte, spiegelte sich überhaupt nicht darin, wie sie das Lenkrad bediente. Diese Frau, die da redete, kannte ich schon, die am Steuer in ihrer gelassenen Euphorie ließ mich staunen: «Sie fahren wie Emerson Fittipaldi.»

Sie lachte: «Das habe ich von meinem Patenonkel. Er war eine Motorsportlegende. Sind Sie nicht aus Huambo? Dann sagt Ihnen das Sechs-Stunden-Rennen von Nova Lisboa bestimmt etwas …»

Natürlich. Aus ganz Angola waren damals die Leute zu diesem Autorennen zusammengeströmt, sogar aus Mosambik und Südafrika. An den Hauptstraßen wurden Tribünen errichtet, und das Motorengebrüll scheuchte

Vögel und Hunde auf. Die Luft roch nach verbranntem Benzin. Ein Geruch, den ich mochte.

«Mein Onkel ist in Nova Lisboa einmal Dritter geworden. Ein paar andere Rennen hat er sogar gewonnen, Moçâmedes und einmal sogar in Luanda», fuhr Dona Filó fort. «Mit diesem Auto hier. Ich hüte es wie einen Schatz.»

Sie wunderte sich, dass mir der Name des Onkels nichts sagte, aber Sport hat mich nie interessiert, und Motorsport erst recht nicht. Aber wir waren schneller am Gefängnis, als ich erwartet hatte. Am Eingang baute sich ein Wachmann vor uns auf.

«Es ist noch keine Besuchszeit.»

Dona Filó rief den Arzt an, der sie informiert hatte, und dieser kam, um sich mit uns zu unterhalten. An die Mauer gelehnt, leicht nach vorn gebeugt und den Blick konsequent auf den Boden gerichtet. Dann holte er eine Zigarette aus seiner Hemdtasche und steckte sie an. Eine unendliche Minute lang rauchte er schweigend. Er könne nichts tun, sagte er dann, ohne ein einziges Mal aufzublicken. Wir sollten ihn bitte nicht mehr auf dem Handy anrufen. Er würde sich melden, sobald es ihm möglich sei. Lila ginge es gut. Seiner Meinung nach solle sie mit dem Hungerstreik aufhören. In ein paar Stunden schon würde sie zwangsernährt.

«Das dürfen Sie gar nicht», schimpfte Dona Filó. «Meine Tochter hat ein Papier hinterlegt, in dem sie jede Zwangsernährung ablehnt, selbst wenn sie das Bewusstsein verlieren sollte.»

«Wenn sie so weitermacht, wird sie sterben. Wollen Sie das?»

«Reden Sie keinen Quatsch! Meine Tochter entscheidet, wann sie essen will und wann nicht. Lassen Sie mich zu ihr. Lassen Sie mich mit ihr sprechen.»

«Tut mir leid. Es ist verboten.»

«Dann eben nicht. Dann protestieren wir.»

Und zu mir: «Kommen Sie. Ich habe alles im Auto dabei.»

Sie klappte den Kofferraum auf und holte zwei große Papierbögen heraus. Auf den einen schrieb sie mit schwarzem Filzschreiber in dicken Buchstaben: «Freiheit für die politischen Gefangenen!»

Den gab sie mir: «Halten Sie. Ich male noch ein Plakat für mich.»

Auf den anderen Bogen schrieb sie: «Lasst unsere Kinder frei!»

«Und jetzt?», fragte ich überrumpelt. «Was haben Sie vor?»

«Jetzt gehen wir auf die Straße, wo jeder uns sehen kann.»

«Dann werden wir auch festgenommen.»

«Sollen sie uns doch festnehmen.»

Ich folgte ihr. Als ich das Plakat in die Höhe hob, war die Kraft, diese Heiterkeit wieder da, die ich beim Aufstehen verspürt hatte. Die vorbeifahrenden Autofahrer bremsten, um besser lesen zu können, und fuhren dann wieder an. Einer hob lächelnd den Daumen. Ein kühler Wind kam auf. Im Osten verdunkelte sich der Himmel. Die Sonne prallte frontal gegen die schwarze Wolkenwand. Nach kurzer Zeit, zehn oder fünfzehn Minuten, kamen fünf Polizisten. Einer, der größer war als die anderen, ging vorneweg. Er sprach mich mit offiziellem Gesichtsausdruck an: «Bürger, verzeihen Sie. Mein Chef lässt fragen, was Sie da tun ...»

Dona Filó musste lachen. Am Horizont zuckte ein Blitz über den Himmel. Der ferne Donner klang wie ein Widerhall ihres Lachens: «Richten Sie Ihrem Herrn Vorgesetzten aus, dass wir protestieren. Wir bleiben hier stehen und protestieren, bis Sie uns zu unseren Töchtern lassen.»

«Das wird dem Chef nicht gefallen, *Mamã*.»

«Wir sind freie Bürger und kennen unsere Rechte. Unsere Töchter sind unter einem fadenscheinigen Vorwand festgenommen worden. Sie sind schon länger in Untersuchungshaft, als erlaubt ist, und sind immer noch nicht frei. Sie werden illegal festgehalten und sind deswegen im Hungerstreik. Meine Tochter wäre heute früh fast gestorben.»

«Es tut mir leid. Ich verstehe nichts von Politik.»

«Es geht nicht um Politik. Es geht um Menschenrechte. Sie sind doch Polizist. Also wäre es Ihre Pflicht, unsere Rechte zu schützen. Und wir haben das Recht, hier zu protestieren.»

«Ich tue nur, was man mir sagt ...»

Ein anderer Polizist trat vor: «Bitte, wenn Sie hier weitermachen, wird das für uns alle unangenehm.»

«Wir machen aber weiter», sagte nun ich. «Wir machen weiter, bis wir ins Gefängnis zu unseren Töchtern können.»

«Machen Sie es doch nicht so kompliziert», seufzte der erste Polizist. «Kommen Sie einfach wieder, wenn Besuchszeit ist. So lange gehen Sie spazieren, trinken etwas, und dann kommen Sie wieder wie alle anderen Besucher auch. Das wäre für alle das Beste.»

«Meine Tochter ist fast gestorben», sagte Dona Filó mit Nachdruck. «Sie hatte einen Herzstillstand. Und ich will sie jetzt sehen. Ich will doch nur mit ihr sprechen.»

Der Polizist schüttelte langsam den Kopf: «Sie sind aber hartnäckig! Ich frage mal meinen Chef.»

Wir blieben weiter dort stehen und hielten unsere Plakate hoch. Und sahen den Regen auf uns zurasen und das Licht sich zurückziehen. Dann stürzte das Wasser auf uns wie ein senkrechter Fluss und riss uns den Protest aus den Händen. Wir blieben trotzdem, nass bis auf die Knochen, die Kleidung klebte uns am Körper, die Haare hingen uns ins Gesicht, und der Straßenverkehr rauschte nun ungerührt an uns vorüber. Das Unwetter verlor sich, so schnell, wie es gekommen war, in der Ferne.

33

Als ich ins Zimmer kam, saß Ava auf einem Stuhl neben dem Bett, in dem Hossi mit dem Tod rang – oder sich von ihm wiegen ließ, wer kann das schon sagen – und schlief. Hossi war schon im Koma gewesen, als wir ihn ins Krankenhaus gebracht hatten, und hing seitdem an Maschinen. Melquesideque, den ich schon im Eingangsbereich getroffen hatte, versuchte erst gar nicht, die Situation zu beschönigen: «Beten Sie», sagte er. «Auch wenn Sie nicht gläubig sind, beten Sie für unseren Freund!»

Das versprach ich, auch wenn ich aus Mangel an Übung und Überzeugung nicht wusste, wie. Ich fragte, ob ich mich an den Kosten beteiligen könne. Er lächelte. Darüber müsse ich mir keine Gedanken machen, Doktor Tolentino de Castro käme für alles auf. Dann hatte er mich zu Hossis Zimmer geführt und war wieder gegangen. Nun saß ich vor Ava. Sie schlief, aufrecht, ganz auf die ausladende Architektur ihres Körpers gestützt. Plötzlich schreckte sie hoch, wie von Geisterhand aufgeweckt. Sie schaute mich an, nicht erstaunt: «Hossi will mit Ihnen reden.»

«Wie bitte? Ist er aufgewacht? Hat er etwas gesagt?»

«Ich habe von ihm geträumt. Wie damals in Havanna.»

«Das kann doch nicht sein.»

«Es gibt so vieles, was nicht sein kann. Ich habe von ihm geträumt. Und er hat gesagt, dass Sie sein Tagebuch finden müssen.»

Ich wusste, dass Hossi ein Tagebuch führte. Wir hatten einmal darüber gesprochen und diese Gemeinsamkeit hatte mich sehr gefreut. Kaum jemand schreibt heute noch Tagebuch. Hossi war anderer Meinung gewesen. Es sei vielleicht in Luanda nicht mehr üblich, die Leute dort seien faul und undiszipliniert, aber zu Zeiten der Guerilla hätten sehr viele ein Tagebuch geführt. Auch Savimbi selbst. Der Guerillachef habe auch seine Kommandanten dazu animiert. Tagebuch schreiben sei für ihn eine Übung in Disziplin gewesen. Als er im Wald von Lucusse in Moxico getötet worden sei, erzählte Hossi, habe Savimbi mehrere Bände seines persönlichen Tagebuchs dabeigehabt und Notizen für eine geplante Autobiografie. Viele Kommandeure der UNITA haben inzwischen Autobiografien veröffentlicht. Daher erschauerte ich, als Ava nun von dem Tagebuch sprach: «Hossis Tagebuch?»

«Ja. Hossi fürchtet, es könnte der Polizei in die Hände fallen.»

«Hat er gesagt, wer auf ihn geschossen hat?»

«Nein. Das hat er nicht gesagt.»

«Waren Sie die ganze Nacht hier?»

«Nein. Ich muss immer um sieben Uhr gehen. Dann holt mich Rosa ab, meine Freundin, die ich im Flugzeug kennengelernt habe. Ich bin die Nacht über bei ihr. Aber ich schlafe nicht, kann nicht schlafen. Wenn ich nach dem Mittagessen dann wieder hier sein kann, schlafe ich auf der Stelle ein. Und dann träume ich und bin wieder bei ihm.»

Ich ging sofort zu Melquesideque: «Ich muss im Krankenhaus übernachten. In Hossis Zimmer oder wenigstens nebenan.»

Der Arzt lachte. Ein freudloses Lachen.

«Sind Sie krank?»

«Wenn es sein muss, kann ich von einem Moment auf den anderen krank werden. Was muss ich haben, um eine Nacht hier zu verbringen?»

Melquesideque seufzte: «Ich frage nicht. Ich vertraue Ihnen, auch auf die Gefahr hin, meinen Arbeitsplatz zu gefährden. Ich vertraue Ihnen, weil sie der Vater von Karinguiri sind. Ich war bei der Solidaritätsaktion, und mich hat der Brief sehr bewegt, den Sie vorgelesen haben.»

In dieser Nacht blieb ich in der Muxima-Klinik in einem Zimmer neben dem, in dem Hossi lag. Die Übernachtung war teurer als ein Fünfsternehotel in London, Paris oder New York, aber immerhin billiger als eines mit vier Sternen in Luanda. Als schon das Licht aus war, kam noch einmal eine Krankenschwester und maß meine Temperatur. Sie schaute auf das Thermometer, warf einen Blick in die Krankenakte und ging leise kichernd hinaus: «Dieser Doktor Melquesideque …»

Um acht Uhr früh kam Melquesideque mich wecken. Er riss die Gardinen auf, und Sonne kam in einem Schwall herein, ich musste die Augen zusammenkneifen.

«Haben Sie, was Sie wollten?», fragte er.

Ich setzte mich im Bett auf und bemühte mich, meine Gedanken zu ordnen.

«Durchaus.»

«Dann sind Sie ja wieder gesund. Darf ich Sie gesundschreiben?»

«Ich bitte darum.»

Ich zog mich an, stieg vor dem Krankenhaus in mein

Auto, warf einen Blick auf die Tankanzeige (der Tank war noch fast voll) und fuhr direkt nach Cabo Ledo. Ich konnte an nichts anderes mehr denken als an den Traum, den ich die ganze Nacht, manchmal in Wiederholungen und Variationen wie eine Landschaft durch ein Kaleidoskop, geträumt hatte.

Hossis Hotel war geschlossen. Kein Mensch weit und breit. Ich ging zum Strand, wieder zurück, setzte mich auf die Terrasse des Restaurants und schaute aufs Meer. Als ich sicher war, dass mir wirklich niemand gefolgt war, stand ich auf und ging zum gelben Bungalow. Rechts vor dem Eingang saß auf einem Stein die Eisenholzfigur einer Meerjungfrau in Lebensgröße. Der Stein war echt, ein sehr dunkler, über Jahrtausende vom Meer rundgeschliffener, gemusterter Fels. Ich ging in die Hocke und tastete hinter dem Stein, zwischen dem Stein und der Hauswand herum, bis ich den Schlüssel gefunden hatte.

Ich schloss auf. Überall auf dem Boden verstreut lagen aufgeschlagene Ordner, manche auf dem Bett; eine völlige Unordnung. Ich ging geradewegs durch das Zimmer in das kleine Bad. Im Spiegelschrank über dem Waschbecken fand ich eine Schuhschachtel. Ich brauchte gar nicht hineinschauen, um zu wissen, dass Hossis Tagebücher noch darin waren. Ich nahm sie, ging hinaus, schloss die Tür hinter mir, steckte den Schlüssel ein und ging schnell zum Auto.

Aus dem Schatten des Mangobaums kam jemand direkt auf mich zu. Ich ließ erschrocken die Pappschachtel fallen: Hossi!

34

«Liebe Moira,
hinter mir liegt eine schwere, emotional turbulente Zeit. Meine Tochter ist noch immer im Hungerstreik. Vor drei Tagen wäre ein anderes Mädchen, das mit ihr im Gefängnis ist, fast gestorben, an Herzversagen. Sie hat immerhin den Hungerstreik abgebrochen. Gut ist, dass die Solidarität mit den Gefangenen immer größer wird, hier in Angola und auch draußen. Ich bekomme jeden Tag etliche Anrufe und E-Mails von Leuten, die ich oft gar nicht kenne, die sich mit den jungen Leuten solidarisieren. Das gibt mir Mut – als würde mir jemand sein Herz schenken.

Ich habe Dir doch von Hossi Apolónio Kaley erzählt, meinem Freund, der ein kleines Hotel hat und von dem die Leute träumen, erinnerst Du Dich? Auf ihn ist ein Anschlag verübt worden. Zweimal wurde auf ihn geschossen. Nun liegt er in einer Klinik in Luanda und ringt mit dem Tod. Ein Hotelangestellter war gleich tot. Die Polizei hat auch schon einen angeblichen Täter. Ein armer Teufel, von dem ich nicht glaube, dass er es war. Ich kann nichts beweisen, aber ich glaube, die politische Polizei steckt dahinter. Hossis Neffe ist einer von den Gefangenen, und Hossi war entschlossen, ihn zu befreien. Vielleicht hat er mit jemandem darüber gesprochen, mit dem er besser nicht hätte sprechen sollen.

Seit Hossi im Krankenhaus liegt, haben schon mehrere

andere Patienten von ihm geträumt. Auch seine Freundin Ava, die er vor Jahren in Havanna kennengelernt hat. Sie war plötzlich da, kurz bevor auf ihn geschossen wurde, aus heiterem Himmel. Sie sagt, dass sie ihn schon einmal verloren hat, und weigert sich nun anzuerkennen, dass sie ihn bald wieder verlieren wird. Jeden Tag sitzt sie im Krankenhaus neben seinem Bett und schläft. So kann sie wenigstens von ihm träumen.

Ich war auch eine Nacht im Krankenhaus. Habe im Zimmer nebenan geschlafen und geträumt, ich sei im Flugzeug über dem Meer und Hossi sei bei mir in einem violetten Jackett voller Abzeichen und Medaillen wie das eines Hotelpagen der gehobenen Kategorie. Die Stewardessen glitten auf Schlittschuhen durch den Gang. Ihre Geschäftigkeit wunderte mich, denn das Flugzeug war eigentlich leer.

Hossi sagte zu mir: ‹Gut, dass du da bist. Ich habe schon auf dich gewartet.›

Eine Stewardess beugte sich über uns, und das warst Du in einer dunkelblauen Bluse. Auch Dein Rock war dunkelblau, und auf dem Kopf hattest Du einen riesigen Turban mit kleinen gelben Flugzeugen darauf. Du hieltest uns ein Tablett voller winziger Seesterne hin: ‹Bitte, probieren Sie …›

Da fasste mich Hossi am Arm und sagte: ‹Pass gut auf, was ich dir sage.›

Es war nicht einfach, denn während Hossi sprach, hast Du Dich ausgezogen. ‹Kommt!›, hast Du geflüstert und Deine Bluse geöffnet und Deinen BH ausgezogen. ‹In der ersten Klasse ist ein herrlicher Strand.›

‹Pass gut auf›, sagte Hossi noch einmal. ‹Konzentriere dich auf meine Stimme. Du musst zum Hotel fahren. Gib acht, dass dir niemand folgt. Hinter der Meerjungfrau liegt der Schlüssel. Öffne die Tür und gehe ins Badezimmer. Meine Tagebücher sind in einer Schuhschachtel in einem Schrank. Nimm sie an dich.›

Am nächsten Morgen bin ich gleich nach Cabo Ledo zu Hossis Hotel gefahren, fand den Schlüssel, schloss auf, holte die Schuhschachtel und nahm sie mit mir nach Luanda. Es sind ganz besondere Tagebücher. Irgendwann einmal erzähle ich Dir von ihnen. Aber jetzt möchte ich vor allem, dass Du kommst. Ich hoffe, Du kannst auch Hélio mitbringen. Er muss meine Träume im Krankenhaus filmen. Meine Träume und die von Ava.

Einer von Hossis besten Freunden, ein portugiesischer Rechtsanwalt, der auch seinen Krankenhausaufenthalt bezahlt, wird alle Kosten übernehmen.

Es gibt viele Gründe, Dich und Hélio darum zu bitten. Vor allem muss ich wissen, wer auf meinen Freund Hossi geschossen hat. Für Hélio könnte es ein besonderes Experiment sein. Womöglich der Beweis, dass es Leute gibt, die nicht träumen, sondern geträumt werden.

Natürlich kann es auch sein, dass ich mir all das nur ausgedacht habe. Das am Anfang vor allem, weil ich Dich hier haben will. Ich brauche Dich, weil ich beschlossen habe, etwas gegen die Angst zu tun, und wenn Du mich in den Arm nimmst, bin ich größer und stärker. Ich brauche Dich, um ein besserer Mensch zu sein.

Küsse,

Daniel»

35

«Geliebter Daniel,
ich weiß gar nicht, wie ich Dir in diesem Moment anders helfen kann, als dass ich Ja sage, dass ich Dich besuchen komme, sobald es geht, und dass Du Dir keine Wundergeschichten ausdenken musst, um mich zu überreden. Ich bin schon überzeugt.

Schwieriger wird es mit Hélio sein. Er würde gern mit dem behandelnden Arzt telefonieren oder skypen. Glaubst Du, das geht?

Wir sind gut vorangekommen in letzter Zeit. Wir haben ein neues Programm, das nun auch Kurzfilme machen kann, die fast perfekt sind.

Bis bald,

Moira»

36

«Montag, 7. November 2016
Es gibt Glücksmomente – wenn Ava bei mir ist, und sie ist ständig an meiner Seite; und es gibt Momente der tiefen Verzweiflung – wenn ich an Sabino denke und an die anderen Revus, und ich denke sehr oft an sie.

Wäre Ava nicht, meine geliebte Ava, wäre ich wohl schon tot. Ich weiß inzwischen, dass Daniel wahrscheinlich zu Recht gegen meinen Plan war. Seit er zum ersten Mal in mein Hotel kam, weiß ich, dass er ein Feigling ist. Ein Feigling mit plötzlichen Anfällen von Mut. Feiglinge sind meist intelligenter als Helden. Zumindest zeichnen sich die meisten Helden, die sich mit blanker Brust gegen das Feuer des Feindes werfen, nicht durch besonderen Scharfsinn aus. Ich kenne keinen Helden, der gut Schach spielen kann.

Ava hatte genauso gereizt reagiert, als ich ihr von meinem Plan erzählte, und sagte, sie würde sofort wieder nach Kuba zurückgehen, wenn ich ihn in die Tat umsetzen wolle. Also ließ ich es bleiben.

Dienstag, 8. November 2016
Heute ist Jahrestag meines ersten Todes. Früher bin ich dann immer früh morgens nach dem Aufstehen spazieren gegangen, am Strand, und habe versucht, an nichts zu denken. An nichts zu denken, wenn einem der Schmerz

auf der Seele liegt, ist nicht leicht. So ging ich diesmal nur spazieren.

Mit jeder Minute brannte die Sonne stärker auf meinen Kopf, irgendwann sank ich auf die Knie, um mich von dem Licht reinigen zu lassen. Licht reinigt, wäscht Zorn ab, aber es hilft nicht zu vergessen. Was an jenem Tag war, habe ich nie jemandem erzählt. Ich konnte es nicht. Aber heute früh habe ich mich in den Sand gesetzt, die Füße im Wasser, Avas Kopf in meinem Schoß, und habe ihr alles erzählt. Ich habe sehr lange geredet. Als ich fertig war, hatte ich endlich Frieden.

Adriano ist von meinen Bekannten der Einzige, der ebenfalls weiß, was passiert ist. Bis heute. Jetzt weiß es auch Ava. Aber er war dabei. Er hat alles gesehen. Hat genauso wie ich mit ansehen müssen, wie meine Frau schreiend an den Haaren fortgeschleift worden ist. Wie sie ihr das Gesicht in den roten Sand gedrückt haben. Wie sie ihr das Buschmesser an den Hals gesetzt haben. Auch wie sie meine Söhne umgebracht haben. Paizinho war erst drei Jahre alt. Dudu fünf Monate.

Ich glaube, Ava ist zurückgekommen, um mich zu retten.

Donnerstag, 10. November 2016

Gestern hat mich Ava gleich nach dem Aufwachen auf den Mund geküsst und gesagt: ‹Ich habe von dir geträumt.›

‹Ich weiß›, sagte ich. ‹Wir waren in einem riesigen Garten mit Schmetterlingen.›

Sie stutzte und schaute mich etwas erschrocken an: ‹Woher weißt du das?›

Ich erzählte ihr, wie es war. Dass ich tatsächlich denselben Traum geträumt hatte. Und dass ich im Traum wach war, wenn man das so sagen kann. So wie Hauptmann Pablo Pinto oder Leutnant Juan Ernesto oder wie immer er sich auch nannte, es damals in Havanna gewollt hätte. Ich war im Traum und unterhielt mich mit Ava, als sei sie wach.

So war es auch heute Nacht wieder. Ich träumte und wurde geträumt.»

37

Der Mann trat aus dem Schatten des Mangobaums und sah mir direkt in die Augen. Sein Blick irritierte mich mehr als die Unmöglichkeit dieser Begegnung. Es war Hossi, der mich anschaute, ohne auch nur im Geringsten erkennen zu lassen, dass er mich kannte – als sähe er mich zum ersten Mal. Ich ließ den Karton fallen. Er sprang auf, und die Tagebücher fielen heraus auf den Boden, es waren sechs dicke Notizbücher, fünf davon mit einer roten Schleife darum.

«Was machst du denn hier, Hossi?»

Der Mann stutzte.

«Was ist los?» Er sah aus wie Hossi, nur ohne den Schmerz, der ihn sonst immer wie ein Panzer umgab. «Wer sind Sie?»

Da begriff ich: «Sie sind Jamba, nicht wahr?»

«Ja, das stimmt, und wer sind Sie?»

«Ich dachte, Sie seien gestorben. Hossi sagte, Sie seien im Krieg umgekommen.»

«Ich bin nicht gestorben. Im Gegenteil. Ich bin ins Leben zurückgekehrt. Ich bin desertiert.»

Wir setzten uns an einen Tisch auf der Terrasse. Erst dann stellte auch ich mich ihm vor und erzählte, dass auf Hossi geschossen worden und er in sehr kritischem Zustand sei und mich gebeten habe, nach Cabo Ledo zu fahren, um ein paar Texte und Dokumente zu holen. Dass er mir das im Traum gesagt hatte, erzählte ich nicht. Dann erzählte mir Jamba von sich. Wie er im Juli 2001 zu einem Fernmeldelehrgang nach Lissabon gegangen und nicht mehr zurückgekehrt sei, ein paar Monate in der Bar eines Freundes in Nazaré gekellnert, in Paris im Restaurant eines anderen angolanischen Deserteurs Teller gewaschen habe und dann von dort aus nach London gegangen sei. Dass er sich in Barcelona, Amsterdam und Berlin, immer ohne Papiere, mit Jobs über Wasser gehalten hatte, von Stadt zu Stadt, um nicht von der Polizei erwischt zu werden. 2010 habe er eine deutschstämmige Namibierin kennengelernt, mit der er nun in Swakopmund lebe, einer kleinen Stadt mit deutschen Kolonialbauten an der Küste, nicht weit entfernt von der angolanischen Grenze.

«Und die ganze Zeit über hatten Sie zu Ihrem Bruder keinen Kontakt mehr? Wussten Sie nicht, wo er war?»

Jamba zuckte die Schultern.

«Wo er war, ließ sich leicht herausfinden. Aber Hossi weigerte sich, mit mir zu sprechen. Er sagt allen, ich sei im Krieg gestorben.»

«Warum?»

«Das ist eine traurige Geschichte.»

Jamba war Major der Regierungstruppen und Spezialist für Fernmeldetechnik, als sie im Oktober 1999 Bailundo zurückeroberten. Dort hatte sich Hossis und Jambas Vater Graciliano nach seiner Flucht aus Huambo als Mechaniker niedergelassen. Kurz vor der Erstürmung hatte Hossi noch mit ihm zu Abend gegessen und war dann mit den Guerilleros gegangen. Wenige Tage danach, als die Regierungstruppen schon in der Stadt waren, kam Jamba zum

Essen. Der Alte umarmte ihn ebenso herzlich wie vorher den anderen Sohn, ließ ihn bei sich am Tisch Platz nehmen und gab ihm, was da war, Maniokbrei und frische Pilze. Sie unterhielten sich über früher, die Reisen im Personenzug und über Dampflokomotiven, was Graciliano immer zum Schmunzeln brachte.

Noch bevor sie mit dem Essen fertig waren, stürmten Soldaten das Haus und nahmen den Alten mit, angeblich, weil er mit der Guerilla zusammengearbeitet hätte. Jamba schimpfte, protestierte, aber vergeblich. Mehrere Zeugen wollten den Alten später nicht nur als Sympathisanten, sondern sogar als Anhänger oder wichtige Figur der UNITA erkannt haben. Zu Unrecht wahrscheinlich. Sicher ist, dass er wenige Tage danach im Gefängnis auf ungeklärte Weise zu Tode kam, was Hossi seinem Bruder nie verzieh.

«Ich habe getan, was ich konnte», sagte Jamba. Es klang aufrichtig. «Schließlich nahmen sie auch mich für ein paar Wochen fest. Die Armee vertraute mir nicht mehr. Und bei erster Gelegenheit bin ich desertiert. Hossi hat trotzdem nie wieder mit mir gesprochen.»

Er war nach Angola zurückgekehrt, weil er von der Festnahme seines Neffen erfahren hatte. Am Steuer des eigenen Wagens war er bei Santa Clara über die Grenze gekommen und hatte unterwegs in Lubango einen Anhalter mitgenommen, einen jungen brasilianischen Agrarwissenschaftler namens Caio César, einen fanatischen Surfer, der ganz allein wegen der legendären Wellen in Südangola aus Porto Amboim angereist war: ‹In Namibe gibt es eine *left barrel*, die ist drei Kilometer lang›, hatte er gestrahlt. ‹Die perfekte Welle, Mann, du kannst *droppen*, wo du Lust hast.›

Kurz hatte er mit dem Gedanken gespielt, in Huambo zu übernachten, Verwandte zu besuchen, aber Caio, der auch weiter wollte, hatte angeboten, alle vier Stunden das Steuer zu übernehmen. In Porto Amboim gingen sie auseinander wie alte Freunde. Das Hotel Arco-Íris zu finden, war für den ehemaligen Soldaten nicht schwierig gewesen. Er hatte sein Auto neben meins unter den Mangobaum gestellt und sich etwas gewundert, weil alles leer war. Gerade als er aus dem Auto stieg, war ich aufgetaucht.

«Und was nun?», fragte ich, als er mir seine Geschichte erzählt hatte. «Was haben Sie jetzt vor?»

«Nach Luanda fahren. Um Hossi zu sehen.»

Ich antwortete nicht, blickte aufs Meer hinaus.

«Weiß noch jemand, dass Sie hier sind?»

«Nein. Ich habe mich nicht angekündigt. Ich hatte Angst, an der Grenze gestoppt zu werden, weil ich doch Deserteur bin.»

«Umso besser. Dann sagen Sie jetzt auch niemandem etwas. Sie können bei mir bleiben, bis sich die Situation etwas beruhigt hat. Ich habe das unbestimmte Gefühl, dass Sie Hossi erwartet und eine Aufgabe für Sie hat. Ich weiß nur noch nicht, welche.»

38

Eine lautlos rot explodierende Bougainvillea. Eine verfallene Mauer. Im Hintergrund ein Palmensaum.

Mein Traum.

Ein Rabe, der aber kein Rabe war, sondern Hossi Apolónio Kaley in Gestalt eines Raben, und derselbe Rabe auf seiner Schulter. Hossi & Hossi. Der Mensch Hossi in einer albernen Portiersuniform. Der andere Hossi krallt sich auf dessen Schulter fest und wetzt sich den Schnabel an den Medaillen.

«Ja», sagte ich. «Genau so war es.»

Ein Stummfilm.

Mir schossen Tränen in die Augen.

«So war es.»

Wir waren in meiner Wohnung. Außer mir saßen im Wohnzimmer auf dem Sofa und auf drei zusätzlichen Stühlen Moira, Hélio, Armando Carlos, Jamba und Melquesideque. Hélio hatte sein Laptop an den Fernseher angeschlossen. Zum fünften Mal sahen wir uns den Film an, den er gemacht hatte, als ich schlief.

Moira und Hélio waren seit drei Tagen da. Sie war bei mir eingezogen und Hélio bei Armando Carlos. Beide waren sich auf der Stelle sympathisch gewesen in ihrer gemeinsamen Ablehnung von Kommerz, einer gemeinsamen Verachtung gesellschaftlicher Konventionen und ähnlicher Vorlieben in Musik und Literatur.

Anders als ich befürchtet hatte, war Melquesideque dem Versuch gar nicht abgeneigt, mit Hossi Kontakt aufzunehmen, im Traum. Ganz im Gegenteil, das Experiment begeisterte ihn. Er informierte sogar den Direktor der Klinik: Ein brasilianischer Neurowissenschaftler wolle eine neue Methode erproben, um Hossi aus seinem Koma zu reißen. Der Direktor, ein übergewichtiger, narkoleptischer Typ, ehemals Abgeordneter der Regierungspartei und verschwägert mit einem der Söhne des Präsidenten, hatte kein sonderliches Interesse gezeigt, aber nachgefragt, wer denn den Aufenthalt des Brasilianers und die Behandlung bezahle. Dann und nach einer längeren Pause sowie einem herzhaften Gähnen hatte er sich noch erkundigt, ob Doktor Tolentino nicht vielleicht auch interessiert sei, der Klinik an sich eine Zuwendung zukommen zu lassen. Aber Melquesideque erwiderte, der allseits beliebte, geachtete und im Übrigen mit sehr einflussreichen Personen befreundete Tolentino bestreite bereits mit beträchtlichen Mitteln den Unterhalt eines Heims für obdachlose Kinder.

«Ist ja schon gut», hatte der Direktor erwidert. «Trotzdem verstehe ich nicht, warum Sie sich so für diesen früheren Guerillero einsetzen, diesen dahergelaufenen Bailundo und Onkel eines Terroristen.»

«Man nennt es wohl Freundschaft», gab Melquesideque zurück. «Hossi ist unser Freund.»

Er ließ ein zweites Bett in Hossis Zimmer stellen. Ich sollte der Erste sein, an dem die Maschine erprobt wurde. Hélio zog mir eine Haube mit Kabeln über den Kopf und erklärte, ich solle einfach an nichts denken und entspannen. Dann hatte ich mich aufs Bett gelegt und auf den Schlaf gewartet.

«Und was hat Hossi gesagt?», fragte Moira, als wir uns nun gemeinsam den Film ansahen. «Ein Jammer, dass wir noch keinen Ton aufnehmen können.»

Wir hätten Kindheitserinnerungen ausgetauscht, sagte ich. Nichts Besonderes. Nach dem Tod meiner Großmutter, als ich dreizehn war, kletterte ich gern in die höchsten Zweige des Avocadobaums. Da war ein Loch im Stamm. In dieses Loch redete ich hinein und glaubte, der Baum könne eine Verbindung zwischen mir und meiner verstorbenen Großmutter herstellen, wo auch immer sie war. Das hatte ich Hossi erzählt, und der Rabe, hatte sanft und kein bisschen gehässig gelacht, während der andere Hossi in der Portiersuniform reglos dagestanden und mit halb geschlossenen Augen den Palmensaum in der Ferne beobachtet hatte. Dann erzählte mir Hossi aus dem Mund des Raben, dass er und sein Bruder im selben Alter immer samstags zum Friedhof gingen, um mit ihrer älteren Schwester zu reden, die mit achtzehn an Weihnachten unmittelbar nach der Mitternachtsmesse gestorben war – überfahren von einem Unteroffizier der Kolonialstreitkräfte.

«Es ist egal, ob man mit einem Kreuz auf dem Friedhof redet oder in einen hohlen Baum», hatte Hossi gesagt. «Beides ist gleich verrückt. Aber ich glaube, es ist schöner, sich mit einem hohlen Baum zu unterhalten als mit einem steinernen Kreuz.»

«Das stimmt doch alles gar nicht», sagte Jamba. «Wir haben nur eine Schwester, und die lebt, Gott sei Dank. Sabinos Mutter.»

Das Schweigen, das sich daraufhin breitmachte, war fast schon anklagend. Ich schüttelte ärgerlich meinen Kopf: «Mein Traum ist also eine Lüge?»

«Es ist nur ein Traum», sagte Hélio. «Warum sollte es mehr als ein Traum sein?»

«Es ist ein Traum, aber nicht irgendeiner. Ich habe von Hossi geträumt, und er trug ein violettes Jackett. Ava hat auch von ihm geträumt, in derselben Kleidung, wie damals in Havanna. Wir haben zumindest bewiesen, dass es stimmt …»

Hélio unterbrach mich: «Das beweist gar nichts. Sie haben von Hossi geträumt und dass er sein violettes Jackett trug, weil Sie von dieser Geschichte besessen sind.»

«Hélio hat recht», sagte Armando Carlos. «Wenn man die Wahl hat, entscheidet man sich immer für die wahrscheinlichste Variante.»

Moira umarmte mich: «Es tut mir leid, Schatz. Ich würde gern glauben …»

«Ach ja?!» Ich stand auf. «Und was ist mit dem Traum, in dem Hossi mir sagt, dass ich seine Tagebücher in Cabo Ledo holen soll? Woher sollte ich wissen, wo er den Schlüssel zum Bungalow versteckt hatte? Und die Tagebücher?»

«Ich weiß nicht», sagte Hélio mit einem Schulterzucken. «Was glauben Sie?»

«Ich weiß gar nicht mehr, was ich glauben soll.»

«Es gibt mehrere Möglichkeiten. Vielleicht hat Hossi Ihnen ja irgendwann von den Tagebüchern erzählt, vielleicht hat er einmal erwähnt, wo er die Schlüssel zu seinem Bungalow versteckt. Aber Sie hatten es mittlerweile vergessen. Oder dachten, Sie hätten es vergessen. Viele Erinnerungen, die wir vergessen glaubten, kehren im Traum zurück.»

Ich ließ mich aufs Sofa fallen.

«Das kann schon sein.»

Später, in der Nacht, schmiegte sich Moira an mich. Ich reagierte nicht und blieb reglos liegen. Sie war verunsichert: «Was ist los?»

Ich sagte nichts. Jamba schnarchte im Wohnzimmer auf dem Sofa. Ob er wohl träumte? Und was?

39

Man hatte ihr die Zöpfe abgeschnitten. Und dort, wo sie es damals abrasiert hatte, war das Haar nachgewachsen, sodass die Tätowierung mit dem Wort «Freiheit» nicht mehr zu sehen war. Wie sie so auf dem Bett lag, abgemagert, bleich und mit fahler Haut, erinnerte mich meine Tochter an diese Heiligenbildchen, die früher von den Priestern im Religionsunterricht ausgeteilt worden waren. Ich musste auch an eine Reportage von einem Erdbeben denken, irgendwo im Mittleren Osten, die ich vor Jahren einmal gesehen hatte. Feuerwehrleute, die sich durch die Trümmer kämpfen, und auf ihrer Trage liegt ein Mädchen, das mehrere Tage unter dem Schutt überlebt hat. Ihr Gesicht war von einer dünnen, weißen Staubschicht überzogen, und ihr Körper wirkte wie tot. Doch ihre Augen waren weit offen und strahlten. So wie jetzt die meiner Tochter.

Ich setzte mich neben sie und nahm ihre Hand. Karinguiri richtete alles Licht ihrer Augen auf mich, lächelte und sagte: «Papi, du hast abgenommen!»

Seit einundzwanzig Tagen hatten Karinguiri, Sabino und Bicho Mau keine feste Nahrung mehr zu sich genommen. Die übrigen Revus hatten den Hungerstreik abgebrochen, entweder aus gesundheitlichen Gründen wie Lila, oder auf Druck der Familie. Der Präsident hatte sich noch nicht ein einziges Mal dazu geäußert. Auch niemand aus der Regierung. Dafür hatte João Aquilino, Direktor des

Jornal de Angola, einen wütenden Leitartikel verfasst, gegen die «internationale Presse im Dienst des Neokolonialismus» und die «journalistischen Vaterlandsverräter, die hochgefährliche politische Straftäter unterstützen, indem sie Ihnen Aufmerksamkeit schenken, allein mit dem Ziel, die rechtmäßige und vom gesamten angolanischen Volk geliebte und getragene Regierung zu stürzen.»

Wie immer verließ ich das Gefängnis São Paulo mit schwerem Herzen und voller Beklemmung. Eine portugiesische Reporterin, die ein in Portugal und Angola beliebter Kabelkanal nach Luanda entsandt hatte, wartete vor dem Gefängnis auf mich, umringt von einer Gruppe jugendlicher Demonstranten, die wiederum von bewaffneten Polizisten mit Hunden umstellt waren. Mehr Polizisten als Demonstranten, wie immer.

«Guten Tag», begrüßte mich die Journalistin. «Wie geht es Ihrer Tochter?»

«Schlecht. Sehr schlecht. Wie nicht anders zu erwarten.»

«Hoffen Sie noch auf ein Einlenken des Präsidenten? Eine Geste der Großherzigkeit, die Freilassung der Gefangenen?»

Das Interview ist mittlerweile überall im Internet. Man sieht genau den Moment, in dem der Benchimol-Dämon über mich kommt. Ich richte mich auf, und meine Stimme wird laut. Einige sagen, ich hätte gebrüllt, aber ich weiß nicht, ich habe es mir nie angesehen: «Großherzigkeit?! Als ob man das Ei einer Schlange ausbrütet und hofft, dass ein Engel herauskommt! Von einem bösen, korrupten Mann ist nicht mehr zu erwarten als Bosheit und Korruption.» Kurze Pause, tief einatmen: «Der Mann, den Sie Präsident nennen, ist ein Tyrann, der so feige ist, dass er sich Tag und Nacht hinter den Mauern seines Palasts aus der Kolonialzeit verbarrikadiert und Angst hat, sich draußen auf der Straße der Bevölkerung zu stellen. Er ist nur ein Schuft!»

Ich sagte noch zwei oder drei solcher Sätze, alle weit intelligenter als dieser, aber er war es, der mich berühmt gemacht hat, zumindest für meine Verhältnisse. Davor hatten kaum ein paar Leute in Angola eine Ahnung davon, dass es mich gibt, und im Ausland hatte noch nie jemand auch nur meinen Namen gehört. Innerhalb von zwei Stunden änderte sich das nun schlagartig. Ich war gerade in der Muxima-Klinik, als mein Telefon klingelte. Und den ganzen Nachmittag lang nicht mehr aufhörte zu klingeln. Aus Portugal, Brasilien, Mosambik, Kapverde, Frankreich, Deutschland riefen Journalisten an, um zu fragen, ob ich das wirklich gesagt hätte. Auch viele Freunde meldeten sich, um mir Mut zu machen oder um mich zu beschimpfen. Dass Lucrécia anrief, wunderte mich da schon gar nicht mehr. Sie war stinksauer und erklärte, mein hirnrissiges, idiotisches und völlig unverantwortliches Interview hätte zwei Wochen «diplomatischer Bemühungen etlicher sehr angesehener Leute» (ihre Worte) zunichtegemacht, denn der Präsident hätte sich bereits höchstpersönlich dafür eingesetzt gehabt, Karinguiri freizulassen, unter der einen Bedingung, dass sie nach Lissabon ginge, um weiterzustudieren. Die Regierung hätte längst ihre Bereitschaft signalisiert, alles zu vergessen, und ihr zudem für den Fall, dass sie nach Portugal ginge, ein großzügiges

Stipendium zugesagt. Ich fragte, ob die Betroffene selbst schon etwas davon wisse. Darauf antwortete sie nicht mehr, sondern brüllte nur, ich sei schon immer ein schlechter Vater gewesen und auch jetzt eine Katastrophe als Vater, und legte auf.

Ich fuhr nach Hause. Auf dem Gelände gegenüber dem Haus, auf der anderen Straßenseite, war in den letzten Monaten nach und nach eine Barackensiedlung entstanden. Als ich aus dem Auto stieg, sah ich einen Alten vor einer dieser Baracken auf einem Stein sitzen. Ich kannte ihn, er saß oft da, egal, ob die Sonne schien oder es regnete, und schaute mich an, als würde er mich persönlich für seine Misere verantwortlich machen. Dieses Mal jedoch fiel mir seine Jacke auf. Er trug ein sehr auffälliges Jackett in einem rötlich schimmernden Blau, fast schon violett, an dem wie militärische Abzeichen Kronkorken und kleine Aluminiumplättchen aus Getränkedosen befestigt waren. Ich ging zu ihm: «Woher haben Sie diese Jacke?»

Der Alte warf mir einen spöttischen Blick zu: «Das ist meine Generalsuniform. Ich habe sie selbst gemacht. Ich war Schneider.»

«Sie gefällt mir. Wie viel wollen Sie dafür haben?»

Er lachte, froh wie ein Bräutigam und ließ sein blankes Zahnfleisch erkennen: «Zweitausend Kwanzas.»

Ein völlig absurder Preis. Ich schüttelte den Kopf, halb erstaunt, halb belustigt und gab ihm viertausend. Der Alte zählte die Scheine und verstaute sie in einer abgegriffenen Ledertasche. Dann zog er die Jacke aus und gab sie mir. Mit nacktem Oberkörper und abgemagert erinnerte er mich an einen buddhistischen Mönch in fortgeschrittenem Stadium der Selbstmumifizierung. Ich zog mein Hemd aus, und er nahm es ohne ein Wort des Dankes. Dann zog ich stattdessen die Jacke an. So trat ich in meine Wohnung. Im Wohnzimmer saß Jamba auf dem Sofa und schaute Fernsehen. Er lachte laut los: «Ist schon Karneval oder hast du dich als Verrückter getarnt, um die Polizei in die Irre zu führen?»

Er hatte gerade das Interview in dem portugiesischen Sender gesehen und fand, ich sei zu weit gegangen. Seiner Meinung nach sollte ich besser gleich bei der schwedischen Botschaft, der brasilianischen oder auf den Kapverden Asyl beantragen. Nur nicht in Portugal, sagte er, denn von dort würde man mich sicher in Handschellen und mit einem Entschuldigungsschreiben direkt den Behörden Angolas ausliefern.

Ich gab ihm recht und erinnerte ihn noch mal daran, dass auch er sich bedeckt halten sollte, nicht mit Journalisten sprechen und auch nie die Tür aufmachen. Niemandem! Das merkwürdige violette oder fast violette Jackett hängte ich erst einmal in den Kleiderschrank und ging duschen. Dann streifte ich ein sauberes Hemd über und zog wieder los. Ich parkte mein Auto vor der Muxima-Klinik. Hélio und Moira waren bei Hossi und versuchten gerade, Ava zu überreden, sich an die Traumaufzeichnungsmaschine anschließen zu lassen. Doch die Kubanerin weigerte sich: «Nein, das wäre, wie jemanden durch das Fenster zusehen zu lassen. Das kann ich nicht.»

Ich stellte mein Telefon stumm, um mich besser auf das Gespräch konzentrieren zu können. Ich gab Ava recht und schlug vor, jemand anderen anzuschließen. Moira bot sich an, über Nacht bei Hossi zu bleiben. Ich schaute sie überrascht an: «Du? Du hast ihn doch nicht einmal gekannt?»

«Ein Grund mehr. Dann bin ich nicht so beeinflussbar wie ihr alle.»

Dann würde ich auch bleiben, erklärte ich. Zu Hause wollte ich sowieso gerade nicht sein. Jamba hatte angerufen, kaum dass ich in der Klinik war, und gesagt, dass sich vor dem Haus Journalisten wie Wegelagerer zusammengerottet hätten. Einer sei sogar hochgekommen, habe den Aufzug genommen und an der Wohnungstür geklingelt.

Ava ging gegen sechs Uhr abends und verabschiedete sich unter Tränen. Melquesideque kam wenig später herein. Er warf einen traurigen Blick in die Krankenakte, die ihm eine Krankenschwester gebracht hatte. Er beugte sich über Hossis eingefallenes Gesicht, und mir war, als flüsterte er ihm etwas ins Ohr. Schließlich sagte er zu mir: «Unserem Freud geht es zusehends schlechter. Ich glaube, er hat aufgegeben zu leben.»

Er fragte mich, ob ich mit ihm in der kleinen Bar neben der Klinik einen Kaffee trinken wolle. Dort setzten wir uns an einen Tisch. Ich sah, wie die anderen Gäste anfingen zu tuscheln und heimlich zu mir herüberschauten – die einen sehr anerkennend, die anderen mit offener Wut.

«Man redet über Sie», sagte Melquesideque und lächelte. «Sie sind das Thema des Tages.»

Und dann grinste er: «Herzlichen Glückwunsch zu diesem Wahnsinn!»

«Ich bin froh, dass Sie es so bezeichnen», gestand ich. «Die meisten Leute, jedenfalls die, die auf meiner Seite sind, nennen es Mut. Ich glaube, Sie haben das richtige Wort gewählt, weil es nicht mutig war, sondern verrückt. Ein kurzer Moment des Wahnsinns. Und der verdient keine Bewunderung.»

«Aber ja doch. Wahnsinn ist nicht schön, normalerweise. Aber wenn doch, dann verdient er Bewunderung. Ihr Anfall, lassen Sie es mich so nennen, Ihr Anfall war ein großer Moment.»

Er zeigte mir eine Nachricht, die sich über Handys und soziale Netzwerke verbreitete; ein Aufruf an alle zu einer Demonstration in Luanda, am selben Abend noch auf dem Platz der Unabhängigkeit: «Von einem bösen, korrupten Mann ist nicht mehr zu erwarten als Bosheit und Korruption. Auf die Straße für die Freiheit der politischen Gefangenen. Nieder mit der Diktatur! Es lebe die Freiheit!»

Ich verabschiedete mich und ging wieder in Hossis Zimmer. Dort setzte ich mich in eine Ecke und las all die Nachrichten, die ich noch immer auf mein Handy bekam. Dann kam ein Anruf von Armando Carlos. Er war auf dem Platz der Unabhängigkeit.

«Hier sind Hunderte Leute, Mann! Die Stimmung ist großartig. Begeisterung. Die Leute trommeln und tanzen und singen. Du solltest auch hier sein. Die meisten sind sowieso wegen dir hier.»

«Ich bin im Krankenhaus.»

«Soll ich dich holen?»

Ich zögerte. Hossi ging es sehr schlecht. Womöglich

würde er die Nacht nicht überleben. Armando Carlos verstand. Er kennt mich wirklich gut: «Hast du Angst?»

«Natürlich habe ich Angst.»

«Nach diesem Interview kannst du nun nicht mehr zurück, glaube ich. Du musst weitermachen. Es ist noch nicht viel Polizei da, ein paar Bullen nur, die verlegen herumstehen und nicht wissen, was sie tun sollen. Die Ninjas, die Profis der Repression, kommen bestimmt noch. Aber je mehr Leute hier sind, bevor sie da sind, desto schwieriger wird es für sie, uns zu räumen. Komm bitte!»

Ich sagte, ja, dass ich gleich kommen würde.

Ja, ich stand sogar auf. Verabschiedete mich sogar schon von Hélio und Moira, die nicht einmal aufschauten. Aber ich ging nicht, sondern setzte mich wieder hin. Schaute zu, wie der brasilianische Wissenschaftler Moira die Haube auf den Kopf setzte und ihr Anweisungen zuflüsterte. Sie legte sich auf das Bett, er löschte das Licht, setzte sich auf den anderen Stuhl und konzentrierte sich auf die Kurven, die nun wie farbige Blitze über seinen winzigen Laptop zuckten. Ich schaltete mein Telefon aus, schloss die Augen und überließ mich der Müdigkeit.

Plötzlich schreckte ich hoch. Zwei Krankenschwestern versuchten, Hossi zu reanimieren, die eine, die ältere, rief der anderen Kommandos zu. Ich sprang auf. Ein junger Arzt, ein Freund von Melquesideque, kam ins Zimmer gestürmt.

«Was ist los?», fragte ich.

Der Mann schob mich beiseite wie ein aufdringliches Kind und gesellte sich zu den Krankenschwestern. Die Sonne kam bereits durch die offenen Fenster. Hélio und

Moira waren nicht da. Keine Spur von ihnen. Ich schaltete mein Telefon ein, und die Nachrichten kamen, eine nach der anderen. Die ersten von Armando Carlos.

11:17h: «Die Ninjas sind da. Ich versuche, mit ihnen zu reden.»

11:28h: «Großes Chaos. Sie lassen die Hunde los. Sie prügeln sich durch. Viele Verletzte.»

11:58h: «Bin gebissen worden, am Arm. Sie bringen uns auf die Wache. Hoffe, sie nehmen uns nicht die Handys weg.»

00:18h: «Bin im 29. Revier. Sie durchsuchen uns alle. Wir sind fünfzehn hier. Sag deinen Kollegen im Ausland Bescheid. Alarmiere die anderen!»

07:38h: «Wo steckst du? Wir sind jetzt raus. Sie haben uns die ganze Nacht verhört. Die sind völlig durchgedreht. Erst jetzt habe ich mein Telefon wieder. Bin auf dem Weg in ein Krankenhaus wegen des Arms.»

08:00h: «Was ist los? Ich verstehe das alles nicht. Verstehst du, was los ist? Ruf mich an!»

Der Arzt unterbrach mich.

«Es tut mir leid», sagte er. «Ihr Freund ist gestorben.»

Ich schaute ihn ausdruckslos an: «Hossi ist tot? Jetzt?»

«Es ging ihm sehr schlecht. Es war nichts mehr zu machen ...»

Erst da fiel mir der Traum wieder ein. Anders als sonst. Normalerweise weiß ich gleich nach dem Aufwachen noch, was ich geträumt habe, dann verschwindet der Traum plötzlich und ist weg. Manchmal wache ich auf, stehe auf, gehe mir das Gesicht waschen, und ein bestimmter Geruch, eine Kleinigkeit wirft ein Schlaglicht auf etwas im Dunklen, einen Satz, einen Gedanken. Wenn ich Glück habe, gelingt es mir, diese winkende Hand zu ergreifen und den Traum fast komplett mit Dialogen und Szenen herüberzuretten. Diesmal war es anders. Der Traum tauchte in meinem Kopf auf, vollständig und strahlend wie ein riesiger silberner Fisch, der plötzlich durch die glatte Wasseroberfläche bricht. Ich stürmte hinaus aus dem Zimmer, wartete nicht auf den Aufzug, rannte die Treppen hinunter und stieg in mein Auto. Von dort rief ich Armando Carlos an.

«Wo bist du?»

«Zu Hause. Hélio und Moira sind auch da. Du musst auch sofort herkommen.»

«Ich bin schon unterwegs.»

Ich drehte den Zündschlüssel um und fuhr los. Viele Leute waren schon unterwegs. Manche hielten Plakate hoch, auf denen: «Freiheit!» stand, oder: «Keine Demokratie, kein Friede», «Nieder mit dem Tyrannen!»

Ich drückte aufs Gas, war in nur fünfzehn Minuten am Maianga-Platz, parkte das Auto direkt auf dem Bürgersteig vor dem Haus von Armando Carlos und stürmte die morschen Treppen hinauf. Die Tür stand offen. Mein Freund saß im Wohnzimmer auf einer Bierkiste vor Hélios Laptop. Sein rechter Arm war verbunden. Hinter ihm standen Moira und der Wissenschaftler.

«Sieh dir das an!», sagte Armando Carlos.

Ich ging näher heran und schaute ungläubig auf die sich bewegenden Bilder.

«Das ist mein Traum! Habt ihr doch meinen Traum aufgezeichnet?»

«Nein, das ist nicht dein Traum», widersprach Moira. «Das ist meiner.»

«Weder deiner noch seiner», sagte Armando Carlos gelassen. «Anscheinend hat heute Nacht ganz Luanda dasselbe geträumt.»

«Wie meinst du das?»

«Ganz genau so», sagte Moira. «Geh mal raus auf die Straße und frage die Leute. Du wirst dich wundern. Alle da draußen haben heute Nacht von Hossi geträumt. Genau das, was ich auch geträumt habe.»

«Nur ich habe nicht träumen können», jammerte Armando Carlos. «Weil sie mich verhört haben. Aber es ist auch mein Traum. Es ist unser Traum!»

40

Die Tür zum Palast war geschlossen. Doch kein Soldat stand davor. Hossi ging durch die Wand, elegant und geradewegs, als seien Wände nur dazu da, durch sie hindurchzugehen. Der Präsident wartete schon. Er stand sehr aufrecht in einem riesigen Arbeitszimmer vor einem Schreibtisch, auf dem sich Papiere türmten. Er wirkte energisch, obwohl er schon über siebzig war und an einer Knochenerkrankung litt. Stand gerade wie ein Balletttänzer.

Hossi und der Präsident standen sich gegenüber, wie zwei Kampfhähne, bevor sie sich aufeinanderstürzen.

«Was wollen Sie?», fragte der Präsident.

«Alles!», antwortete Hossi und schlug den Präsidenten mit einer sanften Bewegung in der Mitte durch. Zum Vorschein kam ein zweiter Präsident, etwas kleiner und steifer als der erste. «Warum?», fragte der kleinere Präsident.

«Weil Sie uns bestohlen haben.»

«Niemand kann stehlen, was ihm gehört», sagte der kleinere Präsident. «Wir alle sind Angolaner.»

«Ja, das sind wir, aber es war ausgemacht, dass der Reichtum des Landes allen gehört. Sie haben unseren Kindern die Zukunft genommen. Unseren Traum. Sagen Sie doch, wie es ist.»

«Wie was ist?»

«Warum die Revus im Gefängnis sind.»

«Es sind Terroristen.»

Leicht wie beim ersten Mal schlug Hossi den Präsidenten noch einmal entzwei. Und wieder trat aus ihm ein Männlein hervor, das noch kleiner war und ihm kaum bis zum Knie reichte.

«Warum haben Sie die Revus einsperren lassen?», fragte Hossi noch einmal.

«Weil sie gefährlich sind», sagte der kleinere Präsident, und seine Stimme zitterte. «Sie haben den Krieg noch erlebt. Diese jungen Leute nicht. Sie wissen doch nichts von den Schrecken des Krieges. Deshalb zündeln sie und treiben einen Keil zwischen die Leute. Ich habe sie einsperren lassen, weil ich keinen Bürgerkrieg mehr will.»

Hossi zerteilte den Präsidenten noch einmal. Und nun stand da ein kaum noch zu erkennendes, ängstliches Wesen mit einem Stimmchen wie eine Rohrklapper.

«Hören Sie auf», flehte der Präsident. «Was wollen Sie?»

«Dass Sie die Wahrheit sagen. Warum sind die Revus im Gefängnis?»

Schließlich ergab sich der winzige Präsident: «Weil sie keine Angst haben! Sie fürchten sich nicht, diese jungen Leute! So geht das nicht! Sie sind wahnsinnig. Sie fürchten sich nicht, und das ist ansteckend!»

«Sie meinen, keine Angst mehr zu haben, steckt an?»

«Die sind wahnsinnig! Sehen Sie nicht, dass sie verrückt sind? Wenn ich sie freilasse, stecken sie mir alle Leute an. Die werden mich fertigmachen, mich und meine gesamte Familie. Sie werden alles zerstören, was wir uns aufgebaut haben. Ich kann sie nicht laufen lassen.»

Hossi zertrat mit dem Fuß das, was von dem mickerigen Präsidenten noch übrig war.

Und nun kamen noch mehr Leute durch die Wand: Jugendliche mit Trommeln, alte Leute mit Hacken und Buschmessern über der Schulter, Mechaniker in öligen Arbeitsanzügen, junge Mucubal mit Kopfschmuck aus Zebramähnen, Heiler, Soldaten, Studenten, Fischer. Und auch minderjährige Prostituierte, Straßenhändlerinnen, Fischverkäuferinnen, Obsthändlerinnen, Geldwechslerinnen, uralte, gebeugte Bessanganas, Schwangere mit einem Kind auf dem Rücken und einem weiteren an der Hand, Köchinnen, Waschfrauen, Kindermädchen.

Sie schwirrten wie Fische in einem Aquarium durch das überdimensionierte Präsidentenbüro und staunten, bewunderten mit großen Augen Gemälde und Schränke, hinter deren aufgerissenen Türen nun Tausende Büsten des Präsidenten zum Vorschein kamen, in Gold und in Silber, und Schädel von früheren, schon seit Jahren verschwundenen Dissidenten, Fraktionisten und Volksfeinden, Glasbehälter mit kleinen, verzweifelten Herzen darin, die noch lebten und schlugen, Kristallkugeln, in denen in einem Himmel so blau wie der meiner glücklichsten Kinderzeit, Spiele schwebten, die noch darauf warteten, von den Kinderprostituierten und barfüßigen Kindern gespielt zu werden.

«Es ist alles da», sagte eine der alten Damen und wies mit dem Arm in die Runde. «Jeder einzelne gute Tag, den man uns gestohlen hat.»

Dann begann sie zu weinen.

Zu weinen und zu lachen.

Und diese Dame, das waren wir alle.

41

Als mein Blick dem von Jamba begegnete, sah ich, dass er es schon wusste. Bis heute weiß ich nicht, woher. Vielleicht aus dem Radio. Er stand am Fenster, drehte sich zu mir um, und sein Blick erinnerte mich an den einer ans rostige Wrack eines Panzers geketteten, mageren Ziege, damals in der schweren Zeit. Ich umarmte ihn. Erst machte er sich sehr steif, als sei es ihm unangenehm. Dann gab er nach. Über den Traum sprachen wir nicht. Weil es nicht nötig war. Ich machte uns Tee, und wir tranken ihn schweigend. Dann ging ich zum Kleiderschrank, holte das violette Jackett heraus, gab es Jamba.

«Zieh das an.»

Jamba zögerte nicht. Er zog das Jackett über sein weißes Hemd.

«So gehen wir jetzt zum Palast, richtig?»

«Genau.»

Armando Carlos wartete schon unten im Auto auf uns. Ich setzte mich ans Steuer und fuhr los. Je näher wir dem Regierungsviertel in der Oberstadt kamen, desto mehr Leute waren schon auf der Straße, immer lauter wurde das Rufen, der Tumult. Eine festliche Stimmung, fast wie im Karneval. Männer und Frauen sangen und tanzten und dachten sich neue Parolen aus. Darunter sogar Polizisten. Nur einer sprang brüllend herum und versuchte, die lachende, spottende Menge auseinanderzutreiben.

«Der hat wohl die Nacht durchgearbeitet», grinste Armando Carlos. «Wahrscheinlich war er es, der uns verhört hat.»

Bei Coqueiros stand die Menge bereits so dicht, dass wir aussteigen mussten und zu Fuß weitergingen. Kaum war Jamba in seinem auffälligen, violetten Jackett aus dem Auto gestiegen, erhob sich ein Aufschrei, verbreitete sich in konzentrischen Wellen, und dann herrschte staunende Stille. Die Leute traten zur Seite, um uns durchzulassen.

Wie eine Erscheinung gingen wir nun durch die Menge, und die Leute streckten ihre Hände nach Jamba aus, um ihn kurz zu berühren, und niemand stellte sich uns in den Weg. Bis zum Präsidentenpalast kamen wir allerdings nicht gleich durch, weil er von einem riesigen Militäraufgebot umstellt war.

«Das ist das Wachregiment des Oberbefehlshabers», sagte Armando Carlos. «Die Typen sind wirklich gefährlich.»

«Und der Traum?», fragte Jamba.

«Ich weiß nicht. Vielleicht sind sie darauf trainiert, nicht zu träumen», lästerte Armando.

Wieder standen die Leute um uns und skandierten: «Warum sind die Revus im Knast – Präsident? Warum sind die Revus im Knast? Warum?!»

Die Soldaten starrten entgeistert auf Jamba. Allmählich wurde mir klar, dass auch sie es nicht wagen würden, auf ihn zu schießen. Vielleicht auf die Leute um uns herum, wohl auch auf mich oder Armando Carlos, aber auf ihn niemals.

«Und nun?», fragte Jamba. «Was machen wir nun?»

«Sag ihnen, wir wollen mit dem befehlshabenden Offizier sprechen», sagte Armando Carlos.

«Wir wollen mit Ihrem Kommandanten sprechen!», rief Jamba. «Wir wollen hier durch!»

Ein Zucken ging durch die Soldaten. Dann wurde es still. Hier und da hustete jemand. Ein Kind fing zu weinen an. In der Ferne hörte man Autos hupen. Schließlich kam ein Offizier mit einem Megafon in der Hand. Er schob die Soldaten beiseite und winkte uns mit der freien Hand zu sich.

«Kommen Sie! Schnell! Der Präsident ist einverstanden, Sie zu empfangen ...»

Wir gingen zwischen den Soldaten durch. Einige Demonstranten versuchten mitzukommen, wurden aber mit Gewehrhieben zurückgehalten. Und wieder erhob sich wütendes Geschrei. Anstatt zurückzuweichen, warfen sie sich gegen die Absperrung. Der Offizier gab mir das Megafon: «Sagen Sie den Leuten, dass sie sich beruhigen sollen. Sonst gibt es hier noch ein Blutbad.»

Ich klammerte mich mit beiden Händen an das Megafon.

«Ruhe, Leute!», rief ich. Und die Worte kamen aus meinem Mund, ohne dass ich mir vorher Gedanken gemacht hätte. «Beruhigt euch! Wir gehen jetzt da rein und reden mit dem Alten. Wartet erst einmal, bis wir wieder draußen sind.»

Jamba entriss mir das Megafon: «Und wir kommen zurück! Freiheit für die Revus!»

Die Menge antwortete im Chor: «Freiheit für die Revus!»

«Das hier ist keine Wahlkampfveranstaltung», schimpfte der Offizier. «Geben Sie mir das Megafon, und dann gehen wir!»

Er entriss Jamba das Megafon und führte uns zum Präsidentenpalast. Wir gingen durch Räume, von denen ich mich an nichts mehr außer an Zwielicht erinnere, und auch daran nur, weil es zu flimmern schien, zu pulsieren und jedes Mal aufflackerte, wenn die Menge draußen das Wort «Freiheit!» skandierte. Dann kamen Flure und Flure, menschenleer, und dann standen wir in einem riesigen Saal, in dem an einer Wand drei überdimensionierte Ölbilder prangten. Für mich sahen sie aus wie das Triptychon einer Meerjungfrau in smaragdgrünem Meer. Armando Carlos widersprach mir fast ärgerlich, dass man wohl deutlich ein Raumschiff erkenne, das über den endlosen Himmel gleite. Jamba wiederum widersprach mir und ihm und sah die Absicht des Künstlers ganz offensichtlich darin, eine möglichst genaue Abbildung eines durch eine vom Regen durchnässte Grassteppe tanzenden Mukishi zu fertigen. Wir diskutierten noch über die wirkliche Deutung des Triptychons, als der Offizier, der uns hergeführt hatte, wiederkam, salutierte und brüllte: «Seine Exzellenz, der Herr Präsident der Republik Angola!»

Der Präsident trat ein. Er kam mir klein vor, angeschlagen und beinahe alt im Vergleich zu dem, der im Fernsehen sehr aufrecht mit sonorer Stimme tonlose Reden verlas und den wir leidenschaftslos zu hassen gelernt hatten; der sich für große Gefühle nicht einmal mehr Mühe gab und der, wenn er Journalisten oder den einen oder anderen Dissidenten beseitigen ließ, dies nicht aus Zorn tat, sondern als Pflicht ansah. Kaum anzunehmen, dass er all die Jahrzehnte nicht eher aus Versehen und Bequemlichkeit in seinem Amt geblieben war, als aus unbedingtem Willen zur Macht.

Er gab keinem von uns die Hand.

«Setzen Sie sich», sagte er mit einem Kopfnicken zu einem riesigen gelben Sofa herüber. Als er sprach, war er wieder der Mann, den wir aus dem Fernsehen kannten, nur etwas verletzlicher und weniger aufrecht. «Ich habe Sie schon erwartet.»

Wir setzten uns. Keiner von uns wusste, was er sagen sollte. Also beugte ich mich zu ihm vor und erklärte, wir seien in Frieden gekommen und mit dem alleinigen Ziel, über die Freilassung der jungen Leute zu verhandeln. Der Präsident überhörte mich und wandte sich mild lächelnd an Jamba:

«Ich weiß nicht, wie Sie das geschafft haben. Diesen Trick mit dem Traum ...»

«Es war kein Trick», brummte Jamba.

«Ein Trick oder ein Wunder, was auch immer; bitte tun Sie das nicht noch einmal. Übrigens habe ich gerade erfahren, dass Sie tot sind, Herr Hossi. Man hat mich telefonisch darüber in Kenntnis gesetzt, dass Sie gestorben sind und in der Muxima-Klinik in einem Sarg liegen.»

Jamba lächelte. Seine Stimme klang plötzlich entschlossen: «Trotzdem bin hier.»

«Selbstverständlich. Ach, und falls Sie noch nicht selbst darauf gekommen sind: Wir waren es, die Sie getötet haben. Es tut mir leid, aber Sie haben uns keine Wahl gelassen.»

«Ich dachte mir, dass es Ihre Leute waren. Übrigens möchte ich, dass Sie außer meinem Neffen und den anderen jungen Leuten auch den Herrn Ombembua freilassen …»

«Der ist schon längst frei. Schon seit zwei Tagen und sitzt meiner Kenntnis nach mittlerweile in einem Hotel in Brazzaville, wo er sich von dem Schrecken erholt. Sie können beruhigt sein, der Mann hat eine angemessene Entschädigung erhalten. Was nun Sie anbelangt …»

«Was mich anbelangt?»

«Was nun Sie anbelangt, und da es mir schwerfällt zu glauben, dass Sie tatsächlich tot in der Muxima-Klinik in einem Sarg liegen, wo Sie sich doch gleichzeitig und sehr lebendig mit mir unterhalten, gehe ich stark davon aus, dass sie nicht Hossi sind, sondern Jamba. Meine Geheimdienste sind miserabel, ich weiß, aber das herauszufinden war nicht kompliziert.»

«Natürlich nicht. Ich habe noch Freunde bei der Armee.»

«Und einige Feinde. Es tut mir leid, Sie enttäuschen zu müssen, aber gleich werden wir Ihren Schwindel im Fernsehen auffliegen lassen. Wir werden die Leiche Ihres Bruders zeigen und Fotos von früher von Ihnen mit ihm. Und dann werden die Leute erkennen, wie sie hereingelegt worden sind. Ihr Spielchen ist aus.»

Armando Carlos lachte. Wütend, wie ein lachender Gott:

«Aus? Haben Sie nicht die Leute da draußen gehört? Hören Sie!»

Er fuhr mit dem Arm herum, als wolle er Wände einreißen, und von draußen war nun das Rufen der Leute zu hören, «Freiheit! Freiheit!» Für einen Sekundenbruchteil glaubte ich, in den Augen des Präsidenten einen Anflug von Angst zu erkennen, doch dann hob er seine rechte Hand mit den schlanken, gepflegten Fingern, und schon waren die Rufe verstummt. Zumindest schien es mir so.

«Machen Sie sich keine Illusionen, mein lieber Armando. Diese Leute, die da gegen mich demonstrieren, werden mir gleich wieder zujubeln. Das Volk ist flatterhaft, dumm und hat kein Gedächtnis.»

«Da täuschen Sie sich», erwiderte ich und bemühte mich, nicht zu brüllen. «Sagen Sie, wo sind denn jetzt alle?»

Erst da schaute der Präsident auch mich an.

«Wen meinen Sie?»

«Ihre Leute. Die Generäle, Minister, Sekretäre und Assistenten. All die, die sich gestern noch gegenseitig auf den Füßen gestanden haben, um irgendwie in den Palast zu gelangen.»

«Die werden da sein, wenn ich sie rufe.»

«Nein. Denn das haben Sie schon, und sie sind nicht da.»

«Haben Sie nicht die Soldaten da draußen gesehen?»

Jamba stand auf: «Herr Präsident, ich war selbst Soldat. Keiner dieser Männer wird mehr sein Leben für Sie aufs Spiel setzen. Wenn wir nicht in zehn Minuten hier rauskommen, werden die Leute nicht länger warten, und niemand wird mehr einen Finger rühren, um sie aufzuhalten. Lassen Sie die jungen Leute frei.»

Jetzt stand auch Armando Carlos auf. Und ich auch.

«Lassen Sie die jungen Leute frei. Sofort. Rufen Sie im

Gefängnis an! Wir wollen hören, wie Sie den Befehl geben.»

Der Präsident blieb weiter sitzen.

«Gut», sagte er schließlich. «Ich werde Anweisung geben, sie freizulassen. Aber vorher sagen Sie, *Senhor* Jamba, den Leuten, dass sie nach Hause gehen sollen.»

«Nein. Erst die Anweisung.»

Der Präsident zog sein silbern glänzendes Telefon aus der Jacketttasche und telefonierte. Seine Stimme klang nicht mehr befehlend, sondern fast schon wie ein Flehen. Er steckte das Telefon wieder ein und schaute uns an, mit dem erschrockenen Blick eines Mannes, der sich ohne noch viel zu erwarten, an seine letzten Momente des Ruhms klammert:

«Sie können Ihre Kinder jetzt holen. Es ist vorbei.»

Wir gingen zurück durch den leeren Palast, schweigend, bis wir aus der ewigen Dämmerung der Salons in das gleißende Licht dieses herrlichen Nachmittags traten. Die Menge empfing uns mit einem einzigen Schrei: «Freiheit! Freiheit!», während sie unaufhaltsam jubelnd gegen die hilflosen Soldaten vorrückte.

Epilog

Ich schaue auf, und Moira treibt wie schwerelos im kristallklaren Wasser des Ozeans. Karinguiri sitzt neben mir und liest ein Buch. Sie ist über die Osterferien bei uns zu Besuch. Sie ist erst zehn Tage hier und kennt sich schon besser auf der Insel aus als ich. Die Studenten – in der Festung ist eine Universität – haben sie wie eine Prophetin empfangen. Auch hier gibt es Leute mit Utopien.

Nur ich habe keine. Ich schaue nur zu, bin ein unbeteiligter, leidenschaftsloser Beobachter: ein Bantu-Flaneur.

In der Zeitung stand, dass sie den Präsidenten ausweisen wollen, nicht nach Luanda, sondern in eines der vielen Länder, in denen sein Geld auf der Bank liegt. Jetzt, da er nicht mehr an der Macht ist, rufen viele seiner früheren Teilhaber, Mitstreiter und besten Freunde danach, ihn ins Gefängnis zu stecken. Seit er in einem Luxusflieger, mit seiner Frau und mit seinen Kindern nach Russland geflohen ist, überschlagen sich die Meldungen über den Zusammenbruch seines Finanzimperiums. Die Generäle, die ihn abgesetzt haben und nun freie und gerechte Wahlen versprechen und sie alle sechs Monate wieder verschieben, wollen ihn allerdings nicht mehr zurück. Vielen von ihnen käme ein Prozess vor Gericht nicht gelegen.

Erst gestern kam eine E-Mail von Armando Carlos: «Du musst zurückkommen. Wir müssen zu Ende bringen, was wir begonnen haben. Der Kampf geht weiter!»

Ich habe ihm noch nicht geantwortet.

Es geht mir gut hier. Mein Leben ist ruhig. Ich unterrichte an der Universität, lese viel und gehe im Meer schwimmen. Moira ist endgültig aus Kapstadt hierhergezogen und hat nun ihr Atelier in einer früheren Ruine direkt gegenüber der uralten Stadtvilla, die ihrer Familie gehört und in der wir nun leben, umgeben von Wänden so dick wie Festungsmauern. Hier schreibe ich diese Erinnerungen zu Ende. Natürlich träumt sie noch immer, macht ihre Träume zu Bildern, und ihr Werk hat noch immer die Kraft zu beunruhigen. Nur sie selbst ist ruhiger geworden, nun, da sie schwanger ist.

Ilha de Moçambique, 2. März 2017

Einige Daten zur Geschichte Angolas

1961 Beginn des bewaffneten Aufstands für die Unabhängigkeit von Portugal. Offiziell wird der Beginn mit einer versuchten Gefangenenbefreiung am 4. Februar 1991 angegeben.

1974 (25. April) Sturz des faschistischen Regimes in Portugal durch die sogenannte Nelkenrevolution.

1975 (11. November) Ausrufung der Unabhängigkeit Angolas.

1977 (27. Mai) Zuspitzung eines Machtkampfes innerhalb der regierenden MPLA. Anschließende «Säuberungen» gegen sogenannte «Fraktionisten», denen ein Umsturzversuch vorgeworfen wurde.

1979 Nach dem Tod des Staatsgründers Agostinho Neto wird José Eduardo dos Santos Präsident von Angola.

1990 Ende des Einparteienregimes der MPLA.

1992 Erste Parlaments- und Präsidentschaftswahlen. Wiederaufflammen des Bürgerkriegs bis 1994.

1998 Erneutes Ausbrechen des offenen Bürgerkriegs.

2002 Ende des Bürgerkriegs mit dem Tod des UNITA-Anführers Jonas Savimbi.

2008 Zweite Parlamentswahl in Angola.

2011 In der Folge des «Arabischen Frühlings» in Nordafrika kommt es auch in Angola zu Jugendprotesten, die aber meist schnell niedergeschlagen werden. Teile der Kulturszene solidarisieren sich mit der Jugendbewegung.

2015 (Juni) 17 Aktivisten eines Lesezirkels über gewaltlosen Widerstand werden unter dem Vorwurf der Vorbereitung eines Staatsstreichs festgenommen. Einige der Gefangenen treten in einen unbefristeten Hungerstreik. Ihr Prozess wird zu einer Farce und endet mit der Einstellung des Verfahrens.

2017 Parlamentswahlen und Ende der Präsidentschaft von José Eduardo dos Santos.

Glossar

Mário Pinto de ANDRADE (1928–1990) Mitbegründer der Befreiungsbewegung und späteren Regierungspartei → MPLA, brach 1974 mit dieser und ging unmittelbar nach der Unabhängigkeit ins Exil.

Andulo Kleinstadt in der zentralangolanischen Provinz Bié. Zu Zeiten des Bürgerkriegs ein Stützpunkt der Rebellenorganisation → UNITA.

Bahia Bundesstaat im Nordosten Brasiliens mit der Hauptstadt Salvador da Bahia

Bailundo Kleinstadt in Zentralangola. Früher Sitz des gleichnamigen Königreichs und 1902 Zentrum eines Aufstandes gegen die portugiesische Kolonialmacht. Während des Bürgerkriegs zeitweise Sitz der aufständischen → UNITA.

Fulgencio BATISTA (1901–1973) Von 1940 bis zu seinem Sturz 1958 durch die Revolution unter Fidel Castro kubanischer Präsident und Diktator.

Benguela Provinzhauptstadt an der Küste Angolas, ca. 400 km südlich von Luanda.

Bessangana Dame der Mittelschicht in Luanda, oft gleichgesetzt mit der typischen traditionellen Kleidung aus gemusterten Tüchern.

Alioune BLONDIN BEYE (1939–1998) Sondergesandter der UNO zur Verhandlung des Friedensprozesses, der 1994 einen Waffenstillstand zwischen der angolanischen Armee und der → UNITA verhandelte.

Caála Kleinstadt ca. 20 km westlich von → Huambo.

Cabo Ledo 120 km südlich von Luanda in einem Nationalpark gelegene Bucht. Historischer Schauplatz der Landung der Brasilianer, die 1648 Angola aus holländischer Herrschaft wieder für die portugiesische Krone eroberten. Heute ein Urlaubsort.

Cacusso Süßwasserfisch aus der Familie der Barsche.

Calulo Kleinstadt in der Provinz Kuanza Sul.

Candomblé Afrobrasilianische Religion.

Canjala Stadt an der Nationalstraße EN 100 entlang der angolanischen Küste.

Caporroto (auch: Capurroto) Traditionell aus Mais destillierter Schnaps. Auch Synonym für Fusel.

Catambor Stadtteil von Luanda.

Cazenga Stadtteil in den Außenbezirken von Luanda.

Coqueiros Stadtteil von Luanda. Name des dortigen 1947 errichteten Sportstadions.

Viriato da CRUZ (1928–1973) Dichter und Ideologie der Unabhängigkeitsbewegung. Mitbegründer und bis 1962 Generalsekretär der → MPLA, innerparteilicher Gegner von → Agostinho Neto. Später aktiv in der chinesischen Kulturrevolution.

José Augusto da CUNHA e MORAES (1885–1993) In Angola aufgewachsener portugiesischer Fotografiepionier mit zahlreichen Bildbänden über Angola und das westliche Afrika.

Dondo Stadt in der Provinz Cuanza Norte.

Funge (auch: Funje) Maniokpaste. Grundlage vieler traditioneller Speisen in Angola.

Gindungo (auch: Jindungo) Scharfer Chili.

Golfe Stadtteil von Luanda.

Huambo Stadt im zentralen Hochland von Angola.

Ilha da Moçambique Vor Nordmosambik liegende Insel, die dem Land Mosambik seinen Namen gab.

Imbondobaum Imbondeiro/Baobab/Afrikanischer Affenbrotbaum (Adansonia).

Ingombota Das eigentliche Stadtzentrum Luandas, direkt an der Bucht von Luanda gelegen.

Jamba Stadt im Südosten Angolas, von 1976 bis 1992 Hauptquartier der → UNITA.

Jornal de Angola Ehemals offizielles Organ der angolanischen Regierungspartei → MPLA. Seit 1991 formell unabhängig, doch weiter unter Einfluss der Regierung. Wichtigste angolanische Tageszeitung.

Kimbundu Eine in Nordangola beheimatete Bantu-Sprache, die von ca. 25% der Bevölkerung Angolas gesprochen wird.

Kommunistische Organisation Angolas Organização Comunista de Angola (OCA). Maoistische Abspaltung der nach der Unabhängigkeit herrschenden → MPLA, die deren «Sozialimperialismus» und die Anlehnung an die Sowjetunion ablehnte und den Abzug der Kubaner verlangte.

Kota Respektvolle Anrede für einen älteren Mann.

Kwacha Bezeichnung für Anhänger der → UNITA.

Kwanza Angolanische Währung. 1 Euro = ca. 300 Kwanzas; 2000 Kwanzas = ca. 8 Euro.

Liamba Marihuana.

Lobito Hafenstadt in der Provinz Benguela.

Lubango Stadt im Südwesten Angolas.

Lucusse Stadt in der ostangolanischen Provinz → Moxico, der Hauptoperationsbasis der → UNITA. Ihr Anführer Jonas → Savimbi starb hier 2002 auf der Flucht bei einem Feuergefecht mit den angolanischen Regierungstruppen und wurde in Lucusse begraben.

Lusa Portugiesische Nachrichtenagentur.

Maianga Stadtviertel im Zentrum Luandas.

Malecón Uferpromenade der kubanischen Hauptstadt Havanna.

Mangueira Einer der berühmtesten Karnevalsklubs von Rio de Janeiro.

Maputo Hauptstadt von Mosambik. Im Süden des Landes gelegen.

Marionetten Von linker Seite wurden die bis 2003 gegen die → MPLA-Regierung kämpfenden und von den USA und Südafrika unterstützten Rebellen als deren Marionetten bezeichnet.

José MARTÍ (1853–1895) Kubanischer Nationaldichter.

Marufo Palmwein.

Mavinga Ort in der Provinz Cuando Cubango. 1987 Schauplatz einer Entscheidungsschlacht zwischen den von der Sowjetunion und Kuba unterstützten angolanischen Truppen gegen die von Südafrika und den USA unterstützte → UNITA.

David MESTRE (1948–1998) Angolanischer Dichter. Zeitweise Direktor des → Jornal de Angola.

Minas Gerais Bundesstaat in Zentralbrasilien mit der Hauptstadt Belo Horizonte.

Moçâmedes Stadt an der Atlantikküste im Süden Angolas.

Moreno Spanisch: braun, dunkelhäutig.

Moxico Provinz im Osten Angolas. Hauptoperationsbasis der Rebellenarmee → UNITA.

MPLA Volksbewegung zur Befreiung Angolas. Unabhängigkeitsbewegung, später bis heute Regierungspartei in Angola.

Mucubal (auch: Kuvale) Den Herero zugerechnete halbnomadisch lebende Volksgruppe im Süden Angolas, die für ihren Widerstand und die Bewahrung ihrer ursprünglichen Kultur bekannt sind.

Mufete Typisches Gericht von der Ilha de Luanda aus gegrilltem Fisch, Bohnen, Palmöl und Kochbananen.

Mukishi Ahnengeist.

Namibe Südlichste Provinz in Angola. Grenzt an Namibia.

Natal Hauptstadt des Bundesstaats Rio Grande do Norte in Nordostbrasilien.

Nazaré Fischerort in Portugal, ca. 100 km nördlich von Lissabon. Auch als Surfparadies bekannt.

Ndebele Eine im Norden Südafrikas beheimatete Volksgruppe, die für die traditionelle, typische Bemalung ihrer Häuser und von Gebrauchsgegenständen bekannt ist.

Agostinho NETO (1922–1979) Erster Staatspräsident des unabhängigen Angola und auch Dichter.

Nova Lisboa (Neu Lissabon) Bezeichnung der Stadt → Huambo zu Kolonialzeiten.

Ovimbundu Hauptsächlich im zentralen Hochland in den Regionen Huambo, Bié und Benguela ansässige Volksgruppe, der knapp 40% der Bevölkerung Angolas angehören.

Pitanga Surinamkirsche, Kirschmyrthe.

Porto Amboim Hafenstadt in Angola.

Portugiesische Jugend (Mocidade Portuguesa) Faschistische Jugendorganisation.

Quinaxixe (auch: Kinaxixi) Stadtviertel von Luanda.

Anselmo RALPH (*1981) Angolanischer Popsänger.

Recife Brasilianische Hafenstadt und Hauptstadt des Bundesstaats Pernambuco.

Rocha Pinto Stadtviertel von Luanda.

Glória de SANT'ANNA (1925–2009) portugiesisch-mosambikanische Dichterin.

Santería Afrokubanische Religion.

Jonas SAVIMBI (1934–2002) Anführer der Rebellenorganisation → UNITA. Mit seinem Tod 2002 endete der angolanische Bürgerkrieg.

TAAG Angolanische Luftfahrtgesellschaft.

Talatona Wohlhabendes Stadtviertel in Luanda.

UNITA Nationale Union für die völlige Unabhängigkeit Angolas. 1966 gegründete Befreiungsbewegung, später Hauptgegner der Regierungspartei → MPLA im angolanischen Bürgerkrieg. Heute Oppositionspartei.

Liceu VIEIRA DIAS (ca. 1918–1994) Gilt als Vater der angolanischen Popmusik. Mitbegründer der Unabhängigkeitsbewegung → MPLA, von 1959 bis 1969 Gefangener im portugiesischen Gefangenenlager Tarrafal.

Paulinho da VIOLA (*1942) Brasilianischer Sambamusiker, Sänger und Komponist.

Welwitischie (Welwitschia Mirabilis) Wüstenpflanze, die ausschließlich im südlichen Angola sowie in Namibia vorkommt. Die ältesten Exemplare werden auf 2000 Jahre geschätzt.

20Matar Kampfname. Die Tradition der Kampfnamen geht auf die Zeit der Unabhängigkeitskämpfe zurück. 20Matar ist ein Wortspiel aus der Kombination von «vinte» (portugiesisch: zwanzig) und «matar» (portugiesisch: töten), was sich zusammen ausgesprochen anhört wie «vim te matar» (portugiesisch: Ich bin gekommen, um dich zu töten).

0 1 2 3 km
Ilha da Luan
(Ilha do Cab
Atlantischer Ozean
B
LUANDA
Coqueiros
Chicala
Ingomb
Macul
Maianga
Alva
Quinanga
Catambor
Prenda
Mártire
Maianga
Flughafen
K
Av. 21 de Janeiro
EN100
Av. P
Talatona
Luanda Sul